꽃 산 행

꽃 詩

꽃 산 행

꽃 詩

이굴기 글·사진

궁리
KungRee

서
문

　나의 몸은 나에겐 대륙이다. 좁다면 좁겠지만 그 안에서 벌어지는 일
들이 참 많다. 또한 넓다면 얼마나 넓은 곳이더냐. 나에게 속한 곳에서의
일이라지만 모르는 일들이 너무 많았다. 돌이켜 관찰해 보면 그 땅에서
내가 짚고 다닌 곳은 늘 같은 자리였다. 제자리를 맴돈 것에 불과했던 것
이다. 지구에서 지진이 일어나듯 나의 대륙에서도 미세한 진동이 느껴
지기도 했다. 그 희미한 신호가 나에게 뜻밖의 길을 가르쳐주었다. 꽃과
나와의 관계가 이런 사정 속에서 얽히기 시작하였다.
　펵 다행한 일이었다. 사무실이 서울의 인왕산 아래에 있다. 그 지리적
조건을 이용해서 자주 산을 들락날락거렸다. 어느 날 문득 아무리 산을
다닌다지만 정작 산에 대해서 아는 게 아무것도 없다는 자각이 들었다.
산이 삼각형의 흙덩어리만은 분명 아니지 않는가. 산에 꽂힌 나무나 풀
이 누가 그린 무늬일지도 모르는데 정작 그것을 모르고 있구나, 하는 생
각이 들었던 것이다.
　아주 행운이었다. 고개를 들고 주위를 둘러보니 식물에 관한 한 선생
님들이 가까이에 있었다. 아무것도 모르는 문외한에게 그들은 기꺼이

곁을 내주었다. 그리하여 뒤를 쫓아다니기 시작한 지 이제 3년이 된다.

분명히 적지만 나는 식물에 관한 한 아직 초보자에 불과하다. 이름을 안다고 그 식물을 이해한다는 건 아닐 것이다. 이 책에는 꽃을 찾아 멋모르고 돌아다니며 산을 어지럽힌 자의 어설픈 행각이 고스란히 드러난다. 꽃을 보겠다고 산으로 들었지만 산에는 식물들만 있는 게 아니었다. 포기마다 사연이 있고 그루마다 이야기가 있었다. 눈으로 들어오는 그것을 포착하는 재미가 꽃을 보는 것만큼이나 좋았다. 그래서 내 식대로 함부로 해석하고 상상한 내용들도 많다. 식물에 관한 전문적인 내용을 원하는 분들께는 분명 미흡한 책임을 자인하지 않을 도리가 없다.

지난 3년간 제법 많은 산을 돌아다녔다. 그동안 꽃산행을 하면서 꽃도 꽃이지만, 꽃이 자연에서 처한 자리에서 엮어내는 풍경에도 주목을 해왔다. 아니 꽃만이 아니었다. 그것이 없다면 도무지 자연이라는 것이 성립하지 않을 벌레나 곤충은 물론 지형과 바위 등의 무정물에서도 특별한 감흥을 느꼈다. 고마운 것은 이 특별한 상황에 걸맞게 내가 읽었던 시 한 편이 맞춤하게 찾아와준다는 점이었다. 이런 사정을 맞닥뜨리기 훨씬 이전에 그러한 시심을 일구어낸 시인들께 탄복한 적이 한두 번이 아니었다. 견물(見物)해야 겨우 생심(生心)하는 자의 글에 수록을 허락해준 여러 시인들께 감사를 드린다.

꽃에 관해 나에게 곁을 준 분들이 많다. 그중에서도 동북아식물연구소의 현진오 박사는 으뜸이다. 그는 어쩌다 산에 가는 것이 아니라 산에서 잠깐 내려오는 것만 같다. 그만큼 나무와 꽃들의 현장을 지키는 것이다. 산행이 산행으로만 그치지 않고 이렇게 기록으로 남기게 된 계기도 천마산의 첫 꽃산행에서 그가 나에게 준 숙제에서부터 시작되었다. 그의 호의가 깊고도 넓다. 생물다양성교육센터의 권희정 박사 또한 든든

한 길잡이이다. 둔한 동작을 격려하고 아둔한 머리에 꽃을 옮겨 심어주느라 그는 늘 분주하였다. 아직도 나는 그가 옆에 있을 때 나무하고 대등해질 수가 있다. 이외에도 실로 많은 분들한테 배우고 익혔다. 일일이 호명할 수는 없지만 산에서 함께한 많은 분들께 감사드린다.

나에게는 웬만하면 주말을 같이하는 꽃동무들이 있다. 그이들 속에 섞이면 여기가 곧 숲속인 듯 마음이 환해지고 넓어지고 편해진다. 함께 걷는 이 길이 꽃길이 아니고 무어랴.

이 책은《프레시안》에 연재한 것과 궁리닷컴(www.kungree.com)에 실은 것을 묶은 것이다. 무턱댄 제안을 선뜻 받아주고 갈무리해준 강양구 기자께 고마운 인사를 전한다. 믿고 따르는 손철주 선배님의 격려에도 감사드린다.

예나 지금이나 발 없는 식물들은 말 또한 없다. 이따위 식물 공부나 해서 뭘하겠느냐며 3년간이나 투덜거렸던 자가 이제 30년도 더 지나서 나무들 앞에 섰다. 그 언제가 될지는 모르겠지만 식물의 뿌리 곁으로 몸을 뉘어야 할 때가 온다. 그날에 대비하는 예행연습처럼, 땅에게 노크하듯 꽃들 앞에 몸을 구부린다. 그 순간만큼은, 누가 뭐라 해도, 황홀하다.

2014년 가을
이굴기 적음

6

차례

여름

가을·겨울

봄

1

길마가지나무의 고운 눈썹

서정주의 〈동천〉

길마가지나무라는 나무가 있다. 그 이름을 처음 들어본 것은 전남 장성의 백암산에서였다. 사람이 좋아 그저 사람 곁에 가까이 가고 싶어 그러는 것일까. 나무는 등산로에 바짝 붙어 있었다. 사람의 마음들도 다종다양한 야생화처럼 다 오리무중인지라 그 마음이 다 같을 수는 없는 노릇이다. 가까이 있다고 그냥 쉽게 툭툭 건드리는 탓에 나무는 쉽게 다치기도 하는 것 같았다. 아니나 다를까. 길마가지나무는 성한 것이 없었다. 어디든 한두 개의 가지가 부러져 있거나 껍질이 덜렁덜렁 찢어져 있었다.

처음 만난 길마가지나무. 그 나무는 교목이 아니라서 그저 가는 줄기에 삐쩍 마른 몸매였다. 키도 나하고 얼추 비슷해서 어깨를 견줄 만했다. 여러 그루가 모인 것도 아니었고 그저 가늘고 가냘프게 한 개체만 외롭게 서 있었다. 남녘이었지만 때가 일러 꽃은 달고 있지 않았다.

길마가지. 그 이름을 처음 들었을 때 이상하게 정감이 갔다. 나무 공부를 할 때 이름이 도통 잘 외워지지가 않는 법이다. 그런데 그 이름은 한번 들으매 기특하게도 쏙 머리에 남는 것이었다. 기억을 아무리 뒤적여보았지만 어릴 적 시골에서 한 번이라도 만난 적이 없는 나무였는데도 그러하였다.

그 이후 여러 차례의 꽃산행에서 길마가지를 보았다. 만날 땐 어디에서나 길가에 있었고 군락이 아니라 홀로 외로이 서 있었다. 압도적인 꽃들 옆에서 그저 있으나마나 한 존재. 그렇게 등산로 옆에서 울긋불긋한 나무들 곁에 시부직이 서 있다가 시나브로 사라지는 것 같은 느낌이었다. 어느 산에 가더라도 그저 서너 개체, 항상 삐쩍 마른 몸매로.

길마가지나무는 꽃의 향기가 너무 강해 지나가는 길손의 발길을 막아선다 하여 그 이름을 얻었다고도 한다. 그래서인지 볼 때마다 나의 걸음도 나무 앞에서 어김없이 멈추었다. 어디 걸음만 정지하였을까. 길마가지, 길마가지, 길마가지. 몇 번 중얼거리면 입안에 침이 돌고 가슴속으로 무언가 휙 지나가는 것이 있었다.

한반도에서 보물섬을 하나 꼽으라면 어디일까. 봄이면 바람난 이들에게 섬이란 섬은 모두 보물이겠지만 그중에서 이름 자체가 보물인 곳도 있다. 사람마다 생각이 다르고 느낌이 다를 테지만 특히 진도를 생각하면 몇 가지 개인적인 체험과 더불어 곧장 보물섬을 떠올리게 된다.

계사년 첫봄맞이를 경주에서 하였다. 군이 균형을 맞추려 한 것은 아니었지만 뜻밖의 기회가 생겨 연이은 주말에 진도를 가게 되었다. 진도식물조사단의 말석에 끼게 된 것이었다. 그렇게 해서 도착한 진도 야산의 어느 모퉁이에서 봄의 선물처럼 길마가지나무를 만났다. 예의 나무는 길가에 서 있었다. 길마가지나무는 꽃을 제대로 활짝 피우고 있었다. 다행인 것은 나지막한 산이라 등산객이 거의 없다는 점이었다. 상처 하나 없는 몸으로 나무는 꽃을 그대로 건사하고 있었다.

생강나무가 노란 꽃을 드문드문 달고 있을 뿐, 아직 철이 일러 발아래에 야생화가 거의 없는 때였다. 드물게 노루귀, 현호색, 산자고, 개구리발톱이 있을 뿐이었다. 내 눈과 비슷한 높이에. 달린 길마가지나무의 초롱초롱한 꽃을 보면서 미당의 〈동천(冬天)〉을 떠올리는 건 그래서 자연스런 일이었다.

내 마음 속 우리 님의 고운 눈썹을
즈믄 밤의 꿈으로 맑게 씻어서
하늘에다 옮기어 심어 놨더니
동지섣달 날으는 매서운 새가
그걸 알고 시늉하며 비끼어 가네

그랬다. 진도 어느 나지막한 산의 조붓한 길모퉁이에서 길마가지나무를 만났을 때. 그 길마가지나무의 활짝 핀 꽃을 보았을 때. 적어도 내 눈에는 길마가지나무 꽃들이 공중에 떠 있는 동그란 눈알 같았다. 움터나는 눈썹과 긴 속눈썹을 제대로 갖춘 한 조각의 눈동자 같았다. 붉은색이 감돌며 벌어진 꽃잎의 높이를 좀더 정교하게 가늠한다면 실제 내 눈썹과 비슷한 위치에 있는 것도 같았다. 조금 각도를 다르게 응시하면 노란 수술은 파르랗게 떨리는 여인의 속눈썹!

어느 글에서 본 창작 후기에 따르면, 미당은 마음에 쏙 드는 시를 낳으면 노루처럼 방안을 떼굴떼굴 굴렀다고 한다. 자신도 기분이 너무 좋아서 그 주체 못할 희열을 그렇게 표현한 것이리라. 아마 저런 〈동천〉급의 시를 짓고 나서라면 미당은 몇 바퀴를 굴렀을까. 모르긴 몰라도 방바닥이 패이도록 여러 날을 구르지 않았을까.

시인만이 시를 지을 자격이 있는 건 아닐 것이다. 시인이란 타이틀이 시를 그저 물어다 주는 건 더욱 아닐 것이다. 당장 여기 진도의 야산에는

노루귀

〈동천〉에 필적하고도 남을 시 한 편이 있다. 그것은 마침 저기 바위 아래에 핀 노루귀! 고운 흙이 어렵게 토해낸 한 편의 시(詩)!

가늘고 연약한 줄기에 뽀얀 솜털이 빽빽한 야생화이다. 길마가지나무 곁에 음전히 피어난 꽃이다. 이 모퉁이까지 여러 날을 달려온 찬 바닷바람도 그 연약함을 알고 시늉하며 비끼어 간다.

지을 줄은 못해도 읽을 줄은 안다. 떼굴떼굴 등을 대고 구를 자격이야 없지만 죽은 낙엽 위에 바스락거리며 엎어지는 희열은 내게도 있다. 고느적한 공중에 건축된 한 편의 시를 읽기 위해 내 발등 높이의 뜬, 노루의 귀를 닮았다는 노루귀 앞에 나는 착 엎드렸다.

2 . 개주가는 사람들

장사익의 〈꽃구경〉

국립국어원에서 펴낸 표준국어대사전에서 '지게'에 대한 항목을 찾아보면 다음과 같은 풀이가 나온다. "사람이 등에 지고 그 위에 짐을 실어 나르도록 만든 한국 특유의 운반 기구. 두 개의 가지 뻗은 장나무를, 위는 좁고 아래는 벌어지게 나란히 세운 다음, 그 사이에 세장을 가로질러 사개를 맞추고 아래위로 질빵을 걸었다."

임진년 봄. 경주 시내를 통과해서 안강읍의 야산으로 꽃산행을 갔을 때의 일이다. 금곡사지 원광법사 부도탑 안내판이 있고 그 옆으로 하곡 저수지의 꼬리가 넓고 길게 산의 골짜기 속으로 뻗어가고 있었다. 저수지의 습한 기운을 따라 저 골짜기에는 야생화가 많이 피어 있다고 했다.

연못에 가득 찬 물도 봄을 맞이하는 꽃처럼 마음이 설레이는가. 바람이 불면 물의 낯에 패이는 작은 물결들은 연못이 이제껏 숨겨둔 발바닥 같았다. 겨우내 얼었던 이 무거운 물을 떼매고 그 어디로 가겠다는 듯 일제히 재재발거렸다. 그러다가 이내 조용해지는 연못. 못물은 깊은 침묵으로 겨울을 통과하고 다만 찰랑찰랑 표면을 일렁이고 있었다. 이제 봄이 도래하니 그간 참았던 말문을 열겠다는 심사인지도 몰랐다.

변산바람꽃, 너도바람꽃, 노루귀 등 일찍 봄소식을 전해주는 꽃을 관찰하고 장소를 이동해서 금곡산 골짜기를 오를 때였다. 야트막한 고개로 오르는 호젓한 길 한복판에 낯익은 물체 하나가 오연하게 있었다. 앉아 있는 듯했는데 다시 보니 서 있었다. 건방져 보이기도 하지만 어쩐지 측은한 느낌도 풍기는 물건, 그것은 참으로 오랜만에 만나는 지게였다.

누가 말하지 않아도 한눈에 척 감겨드는 정다운 지게. 가까이 가서 보니 주인은 어디 가고 없고 지게와 작대기만 덩그러니 길 한가운데를 차지하고 있었다. 무슨 공사를 하려는지 지게는 시멘트 한 포대를 무겁게 짊어지고 있었다.

모처럼 보는 그 지게는 어릴 적 시골에서 본 것과는 사뭇 달랐다. 이런 것도 최신식이라고 해야 하는 것일까. 지게는 작대기만 빼고 모두 금속 파이프를 잘라 맞춘 것이었다. 어깨와 맞닿는 부분이 반질반질한 질빵도 짚으로 만든 새끼가 아니었다. 도무지 옛날 맛이 나지를 않았다.

꽃산행을 모두 마치고 내려오는 길. 그때까지도 지게는 길 가운데 우두커니 서 있었다. 주인은 아직 돌아오지도, 다녀간 적도 없는지 그새 아무런 변화의 흔적이 없었다. 가느다란 작대기가 가난한 집안의 장남처럼 무거운 시멘트와 고단한 지게를 홀로 떠받치며 그 모습 그대로 서 있었다.

말없이 서 있는 그 지게를 보면서 떠올린 풍경과 단어가 하나 있었다. 초등학교 3학년까지 자란 시골. 그곳은 경남 거창에서 덕유산 자락으로 한참을 더 들어가야 하는 아주 깡촌이었다. 당시 팔팔한 젊은이의 평생을 가두기에 그 시골은 너무나 좁은 우리였다. 많은 청년들이 아버지의 소 판 돈이나 혹은 어머니가 누에 쳐서 모은 돈을 몰래 훔쳐서 도시로 줄행랑을 놓기도 했다.

봄

성공하기 전에는 고향땅을 결코 밟지 않겠노라는 비장한 각오의 표시로 청년들은 지게를 벗어던지기도 했다. 과격하게 한 성격하는 어떤 이는 지게를 부수고 불태우기도 하였다던가?

이처럼 좁은 시골에서 지게와 함께 썩을 수는 없다면서, 낯선 도시에서의 막연한 성공을 꿈꾸면서, 고향을 몰래 빠져나간 이들이었다. 그렇게 하는 것을 우리 동네에서는 '개주간다'고 했다. 그리하여 마을의 우물가에서 쑤군거리던 아주머니들은 드물게 이런 말을 나누기도 하였던 것이다. "아이고, 누구네 집 아들이 요새 코빼기도 안 보이더만 그제 개주갔다 카대!"

"앵두나무 우물가에 동네처녀 바람났네/물동이 호미자루 나도 몰래 내던지고……"로 시작하는 〈앵두나무 처녀〉는 이처럼 당시 시골 사는 젊은이들이 감행했던 '개주'의 심정을 절절하게 읊은 노래라 할 수 있을 것이다. 물론 개주간다고 다 성공한 것은 아니었다. 외려 얼마지 않아 비정한 도시에서 시골로 되튕겨오기가 일쑤였다. 그런 그들은 아버지한테 지게작대기로 다리몽댕이가 분질러지도록 흠씬 두들겨 맞아야 했다.

나는 이 노래와 함께 개주간다는 말을 참 많이 듣고 자랐다. 참 이상타. 주위에 물어보니 이 단어를 아무도 모르는 게 아닌가. 도시를 동경했던 현상이 우리 동네에서만 벌어진 일은 분명 아닐텐데 개주를 아는 이가 없었다. 국어사전을 뒤져도 '개주'라는 말이 없었다.

계주라는 말은 있다. 가을 운동회의 마지막 순서는 항상 청백으로 나뉘어 달린 계주였다. 혼자 달리는 것보다 이어달리기는 바톤을 놓치는 뜻밖의 변수도 생기면서 운동장을 후끈 달아오르게 했다. 아무리 경상도 사투리가 복모음을 발음하기 어렵다 해도 그 계주는 분명 아니었다. 이제 개주가는 일이 없어졌다고 개주라는 말도 어디 멀리 개주갔다는 말인가.

야생화 보러 간 경주에서 지게를 보고 개주라는 단어를 새삼 떠올리며 오래 잊었던 그 말의 유래를 유추해 보았다. '개주'라는 말은 혹 다음과 같은 사연을 간직한 말은 아닐까. 식물 이름 중에는 '개' 자가 붙는 게 의외로 많다. 개다래나무, 개망초, 개민들레, 개벚나무, 개벼룩, 개부처손, 개여뀌, 개옻나무, 개비자나무, 개살구나무 등등. 이들은 대개 본래 이름보다 조금 열등한 것들을 지칭하는 경우이다. 그러니 혹 개주라는 말도 멀리 '달려간다(走)'는 것을 비하해서 '개'를 붙여 '개주'라고 한 것이 아니었을까.

일견 그럴듯해 보이지만 그러기에는 인생을 걸고 '개주'를 감행한 분들께 대한 예의가 아닐 것 같았다. 물론 개주갔다가 싸늘한 도시 인심에 혼쭐만 나고 고향으로 쫓겨와 지게작대기에 맞아 피멍이 든 이들이 대부분이었다. 하지만 지게를 벗어던지고, 지게작대기의 세례도 피하고 자신의 운명을 새롭게 개척한 이도 많을 것이다. 이름만 대면 누구나 아는 모모한 인사들도 이런 이력을 가졌다고 들었다.

그렇다면 '개'를 바꿀 개(改)로 해도 되지 않을까. 그러니 '개주가다'를 국어사전에 새롭게 수록한다면 이런 정도의 풀이가 무난할 것 같았다. "어깨를 짓누르던 지게를 벗어던지고 달리고 달려서 마침내 운명을 바꾸다."

꽃산행에서 촉발된 이야기이니 꽃으로 마무리를 하자. 그간 사전을 많이 들추었지만 '한국 특유의'라는 풀이는 처음 보았다. 앞에서도 언급했지만 국어대사전에서는 지게를 "사람이 등에 지고 그 위에 짐을 실어 나르도록 만든 한국 특유의 운반 기구"라 했다. 한국 특유, 라는 그 말은 아마도 지게는 우리나라에만 있다는 뜻일 게다. 혹 다른 나라에 있다 해도 그 원산지는 한국이다. 식물학적으로 말한다면 지게는 우리나라 특산의 고유종(固有種)인 셈이다.

어머니, 꽃구경 가요/제 등에 업히어 꽃구경 가요//세상이 온통 꽃 핀 봄날/어머니는 좋아라고 아들 등에 업혔네//마을을 지나고 산길을 지나고/산자락에 휘감겨 숲길이 짙어지자/아이구머니나!/어머니는 그만 말을 잃더니//꽃구경 봄구경/눈감아 버리더니/한 웅큼씩 한 웅큼씩 솔잎을 따서/가는 길 뒤에다 뿌리며 가네/어머니 지금 뭐 하나요/솔잎은 뿌려서 뭐 하나요//아들아 아들아 내 아들아/너 혼자 내려갈 일 걱정이구나/길 잃고 헤맬까 걱정이구나//―〈꽃구경〉, 장사익

장사익의 노래 〈꽃구경〉에서 아들 등에 업혀가는 어머니도 실은 아들이 진 지게를 타고 가는 중이었다. 지게는 참 느린 도구였지만 못 가는 곳이 없는 수단이기도 했다. 경운기는 물론 자전거와 자동차는 엄두도 못 내는 곳을 참 잘도 다녔다. 못 싣는 것도 없었다. 쌀가마니와 항아리는 물론 심지어 돼지새끼도 지게를 이용하여 운반하기도 하였다. 헝겊을 덧대 반질반질해진 지게의 질빵은 짊어진 이의 어깨와 맞부딪힌 고단한 농촌살이의 흉터이자 흔적이었다. 참으로 많은 세상의 일들이 저 지게에 실려 오고가고 했던 것이다.

경주 어느 산길에서 우연히 만난 지게. 그 어느 호젓한 길로 떠나간 주인을 기다리며 우두커니 서 있는 개량식 지게. 그 지게와 그 지게를 홀로 떠받치고 있는 작대기를 뒤돌아보는데 내 고향 사람의 고유한 얼굴들이 몇몇 떠올랐다.

3.
양배추 할아버지의 봄맞이

날씨는 공중에 의해서 좌우되는 것만은 아닌 모양이다. 아무래도 물의 영향을 많이 받는 것 같다. 태양 에너지를 충실히 저장하는 창고인 물은 사각형이거나 오각형 또는 육각형의 분자구조이다. 그 고리 구조 속에 촘촘한 방들이 있어 세상의 모든 것들을 품을 수 있다. 지난 여름을 뜨겁게 달군 햇볕도 그 물의 방에 들어 있기에 바다는 일정한 온도를 유지할 수 있다. 그리고 이제 봄이 도래하니 서서히 방을 빠져나와 공중을 데울 준비를 하는 것이다.

　그런 이유로 우리에게 봄은 저 남쪽에서부터 상륙하기 시작한다. 겨우내 에너지를 보관하던 물의 저장고인 바다가 그 발원지인 것이다. 꽃에 빠진 지 이태. 집에서 무작정 봄을 기다릴 수는 없었다. 기회만 생기면 바깥으로 나돌기로 했다.

　세상은 정지한 곳이 아니다. 순식간에 홀쩍 와서 머무는가 하더니 어느새 지나가는 것들, 무수히 도래하는 것들로 붐비고 변화하는 곳이다. 그러니 그 모든 것의 와중인 나도 지붕 아래에서 정지하고 있을 수가 없었다. 흉중의 심정을 그대로 가둔다면 몸이 어째 흉흉한 집으로 변할 것만 같았다.

계사년이 시작되고 첫봄이 움트는 시기에 진도를 찾았다. 목포를 지나 한반도의 오른쪽 발아래로 내닫는 기분에 겨우내 얼었던 흥이 저절로 녹았다. 꽃샘추위가 아직은 기승을 부리는가. 운림산방 뒤편 고개에 서니 진도의 찬바람이 옷을 파고들었다. 그 기운을 뚫고 저 아래 보이는 남도의 바다는 천하의 비경처럼 감탄사를 나오게 했다. 구름 속에 섬과 바다가 어우러졌고 그 아래로 마을의 들판이 따사로운 햇볕을 쬐고 있었다.

진도에서 가장 높다는 첨찰산의 허리께를 헤매고 다녔지만 아직 야생화는 외출을 삼가고 있는 듯했다. 우리가 찾는 것은 산속이 아니라 산 아래에 있는 것 같았다. 코스를 변경해서 하산하기로 했다. 운림산방 고개에서 바라보았던 바로 그 인간의 마을과 들판을 찾아가기로 한 것이다. 마을 뒤편으로는 저수지가 있어 야생화가 쉽게 목을 축이며 피어 있을 것 같았다.

우리나라의 마을은 어디를 가도 다들 비슷하다. 얌전하고 착한 기운이 물씬 묻어난다. 골목마다 그 기운들이 포진해 있는 것 같다. 밭이 있고 그 흙에서 골라낸 돌들로 쌓은 두렁이 있다. 마을 중앙에는 동청이 있고 마을회관이 있고 큰 느티나무가 짙은 그늘을 만들고 있다. 우리가 겨냥했던 그 저수지에서 내려오는가. 마을 한가운데로 도랑이 지나가고 있었다. 겨우내 굳었던 몸을 풀듯 도랑의 물소리는 카랑카랑하게 흘렀다. 물소리가 시원했다.

마을과 붙어 있는 밭두렁에는 개쑥갓과 갓이 무성히 자라고 있었다. 담부랑은 물론이고 길가에 흔히 자라고 있는 대롱 같은 빨간 꽃은 광대나물이다. 그리고 보라색의 꽃마리. 작고 앙징맞은 봄날의 대표적인 꽃들이다. 어느 묵은 밭에는 큰개불알풀이 온 고랑을 차지하고선 저들의

봄

큰개불알풀로 뒤덮인 밭

세상을 누리고 있었다. 이렇게 사람들 가까이에서 사람들과 눈을 맞추며 자라나는 봄꽃들! 꽃다지, 냉이, 별꽃, 방가지똥, 주름잎.

그 꽃들을 구경하면서 마을을 통과해 나갔다. 마을 가운데 조금 넓은 도랑 곁에 매화나무가 한 그루 활짝 피어났다. 벌 몇 마리가 매화를 탐하며 공중을 붕붕거리며 날고 있었다. 꽃과 벌을 찍고 보니 개울 건너에 작은 밭이 있고 할아버지 한 분이 일을 하고 있었다. 어디선가 탈탈거리는 경운기 소리가 났다. 바야흐로 봄기운이 몰려오고 있는 듯했다.

"할아버지 지금 뭘 가꾸세요?"
"아, 양배춘디요, 두 달 후면 내다 팔 수 있지라."
"동네가 아주 따뜻합니다."
"그럼요. 근데 어디서 왔지라?"
"예, 서울서 왔습니다."
"아, 그라믄 큰 차 타고 왔겠네요잉."
"……?"

지금 나하고 몇 마디 말을 나누면서도 할아버지는 계속 일을 하고 계신다. 양배추 밭에는 두둑마다 비닐이 씌어져 있다. 이제 봄기운이 완연하니 양배추가 토해놓는 더운 입김으로 물방울이 비닐 속에 잔뜩 어려있다. 할아버지가 하고 있는 작업은 양배추에게 숨구멍을 틔워주는 일인 듯했다. 할아버지는 긴 작대기로 두둑의 그 비닐 중앙을 뚫어주고 있었다.

놀라워라. 작업방식이 독특했다. 할아버지는 지금 작대기를 오로지 한 손으로 잡고 일을 하고 계신다. 그런데도 아주 능숙하게 두둑이 할아

봄

버지의 가랑이 사이를 쑥쑥 빠져나간다. 할아버지의 밭일 솜씨는 그냥 보기에도 예사롭지가 않다. 봄기운에 들뜬 밭을 능수능란하게 오른손만으로 휘어잡고 있는 중!

할아버지의 한쪽 손은 어디에 있을까. 할아버지의 왼손은 호주머니에 들어 있다. 할아버지는 오른손만으로 작대기를 잡고 두둑을 덮고 있는 비닐의 구멍을 뚫어주는 것이다. 그런 할아버지의 모습은 고흐의 그림 〈씨 뿌리는 사람〉과 아주 흡사한 것 같았다. 석양을 등지고 밭에서 씨를 뿌리는 농부. 그 그림에서 농부는 한 손으로 씨를 뿌리며 한 손은 씨앗을 담은 통을 받치고 있다.

지금 내가 만나고 있는 할아버지는 고흐 그림 속의 농부보다도 농사일은 훨씬 윗길인 듯하다. 작대기를 장악하고 두둑을 호령하고 비닐을 제어하는 일을 한 손만으로 능수능란하게 하고 계신다. 한 마디로 밭을 총체적으로 지휘하는 솜씨가 한 경지에 이른 듯했다. 그 와중에도 할아버지는 낯선 뜨내기 방문객 걱정을 해주시었다.

"근디, 뭐하러 왔시오."

"아, 이 동네 꽃구경 하러 왔습니다."

"꽃? 아직 꽃이 이를 것인디…….."

"저 위 저수지에 가보려구요."

"……아직 추워서 꽃이 나왔을라나 모르것네."

혼잣말처럼 하시는 마지막 말씀의 뒤를 따라서 봄날의 아지랑이처럼 몇 가지 생각이 주르륵 따라나왔다. 혹 아닐까. 세상의 봄은 저 할아버지의 호주머니에서 시작하는 게 아닐까. 할아버지는 그 호주머니에서 추위를 관리하며 조금씩 봄의 씨앗을 세상에 뿌리고 있는 게 아닐까. 저수지 위의 추위도 할아버지의 손바닥 안에서 좌우되는 게 아닐까. 저 밭가에 핀 매화나무의 개화시기를 조절하는 것도 실은 이 할아버지의 입김에 달려 있는 게 아닐까. 아아아, 그렇게 나는 퍼뜩 깨달았던 것이다. 할아버지의 왼쪽 호주머니에 지금 들어 있는 것을.

민족시인 윤동주는 불멸의 시만 쓴 게 아니었다. 탄복할 만한 동시도 여러 편을 남겼다. 그중의 하나, 〈호주머니〉란 제목의 짧은 동시가 있다.

넣을 것 없어
걱정이던
호주머니는,

겨울만 되면
주먹 두 개 갑북갑북.

호주머니. 그저 단순한 물건만이 아닌 듯하다. 태어나자마자 처음으로 입는 배냇옷에는 호주머니가 없다. 살아 있는 동안에는 입는 옷마다 다 달려 있다. 죽은 뒤에라야 입을 수 있는 수의에는 호주머니가 필요치 않다. 생이 전환되는 주요 고비마다 호주머니는 모종의 역할이라도 하는 것만 같다. 그러니 결코 가볍게 볼 게 절대 아닌 것이다.

호주머니라는 것. 하루에도 여러 번씩 드나든다고 허투루이 볼 것도 아니다. 따지고 보면 그것은 아내보다도 더 살가운 곳에, 자식보다도 가까운 곳에 자리잡고 있다. 혀에게 입안인 것처럼 손에겐 호주머니 속인 것이다. 나에게 속하는 것이지만 남이 더 많이 사용하는 이름과 달리 그

봄

것은 오로지 나만이 사용하는 공간이다. 그래서 이런 문장도 가능한 것이었다. "스님이 주머니에 손을 넣는 것은 오래된 무덤 속처럼 텅텅 빈 주머니 안의 공허를 맨손으로 만지기 위해서다." (도정일의 『별들 사이에 길을 놓다』 중에서)

진도의 할아버지 농부는 지금 무엇을 만지기 위해서 한 손을 주머니 속에 넣고 있을까. 꽁꽁 얼었던 겨울 한쪽을 허무는 듯 호주머니에서 빼 낸 한 손으로는 작대기로 양배추의 숨통을 틔워주고, 또 한 손으로는 호 주머니에서 봄을 만지작거리는 것은 아닐까.

이제 겨울도 절반은 무너졌는가. 전라남도의 맨 끝 동네, 진도군 고금 면 향동마을에서 따뜻한 봄기운을 예감하면서 퍼뜩 그런 생각을 해보았 던 것이었다.

4.
매화나무의 풍장風葬 혹은 화장花葬

정현종의 〈한 숟가락 흙 속에〉

때는 계사년 3월 중순. 오늘의 꽃산행도 거의 끝나갈 무렵이었다. 여기는 진도, 그중에서도 운림산방 뒷고개 너머 양동마을이다. 보드랍던 햇살이 정오를 지날 무렵에는 제법 화끈거리는 기운을 얼굴에 마구 칠하기 시작했다. 그야말로 수직의 직사광선이었다. 아무런 매개 없이 바로 직방으로 얼굴에 내리꽂히는 햇살. 태양과 나와의 관계는 이렇게 직접적이다. 내 머리통이 수박처럼 둥근 것도 이와 전혀 무관치 않을 것이다. 조금 따갑기는 하지만 이 또한 신비라면 아주 찬란한 신비이지 않을까.

여기서부터 서울까지는 너무나 먼 길이다. 이제 점심을 먹고 장비를 점검하고 등산화를 풀었다가 먼지를 털어내고 다시 조이면 된다. 혹 아쉬운 것이 없을까. 마을 입구에 붙은 동네 어귀를 마지막으로 잠깐 둘러보기로 했다. 어디를 가나 익숙한 두둑한 밭두렁이 있고 수로가 있고 복숭아 과수원도 있었다. 밭 가까이에는 이 밭을 개간했음 직한 주인이 살고 있었다. 혼이 되어서도 도무지 밭을 떠날 도리가 없는 무덤이 자리잡고 있는 것이다.

밭에는 작년에 심었던 작물이 모두 뽑혀져 나간 흔적만이 요란했다.

올해는 어떤 작물이 이 밭에 몸을 부릴까. 나로선 도무지 요량이 가질 않았다. 눈으로 보기에 텅 비어 있는 듯한 이 밭에는 지금 과연 아무도 없는 것일까. 문득 정현종 시인의 〈한 숟가락 흙 속에〉가 밭고랑에 펼쳐졌다.

> 한 숟가락 흙 속에
> 미생물이 1억 5천만 마리래!
> 왜 아니겠는가, 흙 한 술,
> 삼천대천세계가 거기인 것을!
>
> 알겠네 내가 더러 개미도 밟으며 흙길을 갈 때
> 발바닥에 기막히게 오는 그 탄력이 실은
> 수십억 마리 미생물이 밀어올리는
> 바로 그 힘이었다는 걸!

입술이 근질근질해지는 시의 한 구절대로 한 숟가락 흙 속에는 1억5천만 마리의 미생물이 우글거린다는데 저 넓은 밭에 살고 있는 생명들이란 대체 얼마겠는가. 그것을 도대체 알아챌 줄 모르는 나에게 심어진 식물이 없는 밭은 텅 비어 있는 것이었다. 그것을 볼 수 있는 눈이 내게는 없는 것이다. 나의 눈은 텅 빈 밭을 가로질러 울타리로 갔다. 그중에서 한 그루 활짝 피어 있는 매화나무로 집중되었다.

울타리라고 하기에는 그냥 허술한 풀섶 더미였다. 그중에는 가시가 날카로운 탱자나무도 있었다. 아마도 철조망 역할을 기대하며 밭주인이 심어놓은 것 같았다. 탱자나무는 어릴 적 내 고향마을에도 여러 그루가 있었다. 노란 열매가 열리면 가시로 따서 맛을 보기도 했었다. 귤하고는 또 다른 아주 시큼한 맛!

매화나무는 그 탱자나무하고 대각으로 맞보는 곳에 활짝 피어 있었다. 제법 을씨년스러운 풍경에서 눈길을 확 끌어당기는 만개한 매화나무 아래로 이끌리듯 갔다. 아직 날씨가 활짝 피지 않은 탓에 진도의 야생화들이 제대로 꽃을 내놓지 않고 있었다. 그런 참에 보란 듯 온몸과 속살을 몽땅 드러내 놓고 있는 매화를 보니 통쾌한 맛이 저절로 일어났다.

'발바닥에 기막히게 오는 그 탄력'을 느끼기엔 등산화가 너무 고급이었다. 먼지만 폴폴 일으키며 매화나무 아래로 갔다. 더러 두더지와 개미들이 건설해 놓은 푹신한 탄력도 두꺼운 등산화 밑바닥은 알아차리지 못했다. 그저 연신 톡톡 부수고 분지르기에 바빴다. 매화나무는 키가 나보다 엄청 컸다. 매화의 꽃잎에서 번져나오는 은근한 빛이 햇빛에 그을린 나의 피부로 내려앉았다. 따가운 기운이 은근히 중화되는 것 같았다. 심심하던 매화나무도 아연 활기를 띠는 것 같았다. 나른한 욕정이 덕지덕지 묻어나는 초로의 사내를 맞이하여 한바탕 희롱이라도 하자는 것일까. 어쨌든 모처럼 푹신한 매화 기운에 폭 둘러싸인 기분이란!

나무 아래 가까이에서 안 사실이 있다. 매화나무에게는 나보다 먼저 온 손님이 있었다. 덩치는 나보다 엄청 작았지만 키는 나보다 훨씬 큰 녀석이었다. 녀석은 내가 그저 시선으로나마 닿을 수 있는 곳에서 매화를 희롱하며 즐겁게 놀고 있지 않은가. 꼬리를 씰룩거리며 날개를 붕붕거리며 공중을 꿀렁꿀렁거리며 하늘을 온통 장악하고 돌아다니는 그것은 여러 마리의 꿀벌들!

내 키만 한 높이의 매화와 꿀벌들을 겨냥해서 연신 카메라를 눌러댔다. 그중 한 녀석은 그리 높지 않은 꽃에 들러붙어 꿀을 따고 있었다. 한참을 찍다가 약간 이상한 생각이 들었다. 그 만발한 꽃잎 중에서 벌들은 조금이라도 새로운 것을 찾아 꽃을 이리저리 옮겨다니느라 바쁜 게 보통이다. 그 고운 꽃에게도 금방 싫증을 내는 것이다. 이 벌은 일편단심의 정분을 실천이라도 하는양 한 꽃잎에서 도무지 떠나지 않는 게 아닌가.

벌은 뒷다리와 가운뎃다리로 매화의 꽃잎을 꽉 붙들고 있었다. 앞다리로는 수술을 붙들고 있었다. 더듬이는 암술과 수술이 밀집된 꽃의 중앙에 꽂아두고 있었다. 말하자면 꿀벌의 얼굴이 꽃잎에 폭 파묻힌 형국이었다. 매화 꽃잎이 암술과 수술을 보호하며 벌어지듯 꿀벌의 날개는 몸통을 보호하듯 벌어져 있었다. 보쌈이라도 하듯 금방이라도 매화 한 송이를 떼메고 붕붕거리며 날아갈 것처럼!

나는 퍼뜩 알아차렸다. 지금 꿀벌이 처한 상태를. 꿀벌은 꿀을 따고 있는 게 아니었다. 벌은 꼼짝도 아니했다. 제법 위협을 느낄 만했건만 나의 카메라 소리는 들은 척도 아니했다. 조용하고 조용했다.

아아아! 벌은 꽃에서 꿀을 따다가 꽃에서 숨을 거두었다. 매화 꽃잎 안에서 저의 생명을 철수한 것이다. 그야말로 꽃자리가 곧 치사(致死)의

봄

현장이었다. 이제 녀석은 살아서 그토록 탐하던 매화 꽃잎에 죽어서야 꽃잎처럼 붙어 있는 것이었다. 아니 죽음은 그에게 훈장처럼 아예 꽃잎이 되도록 만들어준 셈이었다. 이런 상태를 뭐라고 해야 하면 좋을까?

짐작컨대 이러고 여러 날이 흐른 것 같았다. 죽은 꿀벌과 살아 있는 매화는 묘한 관계였다. 주고받는 게 보통 사이가 아니었다. 그 둘 사이에 나같이 사심 많은 것들은 끼어들 여지가 없다. 슬쩍 가만히 있는 꿀벌의 옆구리를 건드려 보았다. 꿀벌의 다리 하나가 속절없이 먼지가 되어 떨어져 나갔다. 부스스 떨어지는 꿀벌의 신체 일부를 바람이 받아 멀리멀리 데리고 갔다. 바람은 마지막 예의인양 매화나무 아래의 그늘을 피해 양지를 골라 흩뿌리려는 것 같았다.

이것이야말로 제대로 된 풍장(風葬)일 것이다. 이제 꿀벌은 왼쪽 다리는 모두 바람 속으로 보내고 오른쪽 다리들만 남았다. 남은 것들만으로 겨우 몸을 지탱하면서도 굳건히 매화를 붙들고 있었다. 그런 와중에 생시의 균형을 잃지 않는 건 매화가 붙들어주는 덕분이리라.

여전히 꿀벌은 매화를 놓지 않고 있었다. 매화 또한 꿀벌을 떨어내지 않았다. 꿀벌의 돌연한 죽음 이후에도 둘의 끈끈한 관계는 계속 유지되고 있었다. 햇살이 녹이고 바람이 털어내고 비가 씻어낼 때까지 둘은 이런 관계를 유지할 것 같았다. 아마 나 같은 자들의 무지막지한 손길만 타지 않는다면 서서히 애틋하게 닳아질 것이다.

바람이 휭 불었다. 매화와 꿀벌이 잠깐 부활하여 그네라도 타듯 한 몸으로 휘청거렸다. 살아 있는 꿀벌 한 마리가 다음 꽃을 찾아 엉덩이를 씰룩거리며 날아갔다. 이윽고 나도 발길을 돌려 둘의 곁을 떠났다. 매화나무 아래도 천천히 마저 벗어났다. 몇 발짝 못 가 다시 한 번 되돌아보는 머릿속으로 화장(花葬)이란 말이 떠올랐다.

5 · 시궁창 옆 커피가게

백석의 〈여승〉

동북아식물연구소(www.koreanplant.info)에서 소정의 파라택소노미스트(준분류학자)의 과정을 거친 이들이 모임이 있다. 이 모임에서는 해마다 한 지역을 정해 식물 조사를 한다. 식물에 막 흥미를 느끼기 시작한 나 같은 초보자에게는 좋은 공부의 기회이다. 계사년에는 진도, 갑오년에는 완도. 한평생을 돌아다닌다 해도 그저 관광객으로나마 겨우 지나치고 말았을 우리 국토의 한 자락을 직접 거닐고 만지고 쓰다듬을 수 있는 굉장히 소중한 경험이 아닐 수 없다.

봄이 오는 소식에 엉덩이를 들썩거리다가 3월에 완도를 찾았다. 남도의 마을은 가지 끝마다 세상 구경하러 나오려는 꽃들의 근질근질한 함성으로 가득 찬 듯했다. 바야흐로 터뜨리기 시작하는 꽃망울이 완도의 천하를 바꾸고 있었다. 담장을 기웃거리는 매화가 있는가 하면 벌써 지는 동백도 있었다.

첫날 완도의 최고봉인 상황봉에 오른 후 둘째날에는 산자락의 식생을 살펴보기로 했다. 이른 봄꽃은 산보다는 들에 먼저 오는 것 같았다. 완도대교에서 그리 멀지 않은 아늑한 동네 입구의 길가에서 범상치 않은 간판을 보았다. 시동을 끄고 내리니 양지 끝에 자리 잡은 교인리 마을이었다. 스님이 누워 잠든 모습을 닮았다는 숙승봉(宿僧峰). 그 작은 산 아래 양지바른 곳이었다.

자꾸자꾸 일어나는 호기심을 잠깐 뒤로 미루고 먼저 동네를 한 바퀴 돌기로 했다. 파릇한 봄꽃들이 겨우내 곧았던 고개를 풀며 일어나고 있었다. 후줄근한 넥타이처럼 풀어진 시멘트 농로를 따라 걷는 동안 따스한 봄볕이 목구멍까지 가득 차올랐다. 마당에서 농기구를 수리하는 농부에게 인사도 하면서 마침내 간판 아래로 갔다. 마을의 입구였는데 작은 수로가 지나고 있었다. 다닥다닥 물이끼가 끼었고 약간의 시궁창 냄새도 풍길 법했건만 붉은 광대나물의 꽃향기가 중화시켜 주었다.

'차 한 잔의 여유 있는 공간'. 타이탄 트럭을 개조한 가게였다. 6개의 품목이 정가와 함께 표시되어 있었다. 종업원 대신 강아지를 데리고 혼자 운영하는 주인은 별말이 없었다. 섣불리 말을 붙이기가 조심스러웠다. 주문을 하고 실없는 농담 끝에 어렵사리 얻은 몇 마디. 완도에 시집 온 지 몇 해 안 된 새댁이라 했다. 친정은 경남 진주라 했다. 희미한 웃음

끝에 '있을 게 없어서 그렇지 살기는 좋은 곳'이라 했다. 커피를 받아들고 간이의자에 앉았다. 시궁창 아주 가까이에 있었지만 번들번들 기름기 없는 이곳의 냄새는 코끝을 찡그릴 정도는 아니었다.

숙승봉에 누워 있는 스님의 어깨를 짚고 쏟아지는 햇살이 몹시도 푸짐했다. 그 가운데 백목련, 동백꽃, 광대나물, 큰개불알풀, 제비꽃들 사이에 낑겨 먹는 커피맛!

바람이 불고 햇볕이 따뜻한 전원의 시골마을에서, 그것도 지붕 하나 없는 도로가에서 마시는 운치가 각별했다. 오늘은 높은 산을 뒤지는 것도 아니라서 한결 여유가 있었다. 그래도 둘러볼 곳이 많았다. 더구나 오늘 중으로 서울까지 닿자면 서둘러야 했다. 인심 좋은 젊은 새댁이 끓여주는 커피를 마시고 일어났다. 자리를 정리하고 빈 컵을 수거해서 트럭의 번호판 앞에 비치된 쓰레기통으로 가는 순간 문득 익숙한 풍경이 찾아왔다.

궁리에서 펴낸 책 중에 『찰리와 함께한 여행』이란 책이 있다. 노벨상을 수상한 소설가 존 스타인벡이 애견과 함께 미국의 뒷골목을 여행한 내용을 담은 것이다. 그가 여행을 떠나기로 마음먹은 계기가 자못 비장하다.

나는 내가 내 나라를 모르고 있다는 것을 알았다. 미국에 관해서 글을 쓰는 미국 작가이지만 나는 실은 기억에만 의존해왔다. 그런데 기억이란 기껏해야 결점과 왜곡투성이의 밑천일 뿐이다. 참된 미국의 언어를 듣지 못하고 미국의 풀과 나무와 시궁창이 풍기는 진짜 냄새를 모르고, 그 산과 물, 또 일광의 빛깔을 보지 못했던 것이다. 간단히 말해서 알지도 못하는 것을 써왔던 셈이다. 이른바 작가라면 이것은 범죄에 해당될 일이다. 그래서 나는 다시

내 눈으로 과연 이 거대한 나라가 어떤 나라인가 다시 발견해보리라 마음먹었다.

이 책에는 존 스타인벡이 여행 중에 겪은 많은 일화들이 등장한다. 그중에서 특히 나의 마음을 끈 대목이 있다. 최근 나도 꽃산행을 자주 다니면서 주말이면 집을 떠나 모텔이나 여관의 신세를 지는 경우가 많다. 늦은 밤 낯선 지방에 도착해 외로운 신세가 되어 그런 방을 찾으면 선뜻 찬기운이 이마를 때릴 수밖에 없다. 그럴 때마다 어김없이 떠오르는 책의 한 대목.

동물은 쉬었던 자리나 지나간 자리에다 풀을 짓밟아놓는다든가, 발자국 또는 똥 같은 것을 남기고 가는 법이지만, 사람이 하룻밤 묵은 방에는 그의 성격, 경력, 최근의 생활, 또 때로는 장래의 계획이나 희망까지도 새겨놓고 간다. 뿐만 아니라 그의 인품이 벽 속에 스며들었다가는 나중에 서서히 방사되기도 하는 것이라 생각된다. 귀신이니 뭐니 하는 것도 어쩌면 이것으로 설명될 수 있을 게다.

미국은 넓은 나라다. 우리나라처럼 하루 만에 땅끝까지 갈 수 있는 나라가 아니다. 몇 주에 걸쳐 자신이 개조한 트럭에 생활하다가 어느 날은 지방의 작은 호텔을 찾아든다. 그곳으로 부인을 오라고 해서 모처럼 회포도 풀고 빨래도 챙기고 지친 몸을 달래기로 한 것이다. 너무 일찍 도착한 호텔. 피곤한 그는 그곳에서 아직 정리가 안 된 방으로 안내되어 잠시 쉬기로 한다. 스타인벡은 안락의자에 앉아 한쪽 장화를 벗는 순간, 휴식을 잠시 미루기로 한다. 대신 방 안에 있는 여러 물증에 눈을 돌리고 이

방에서 어젯밤을 보낸 손님의 자취를 하나하나 살펴나간다. 침대며 옷
장이며 휴지통을 뒤지면서 어느 '측은한 손님의 고독'을 짐작하는 것이
다. 이왕 인용한 김에 조금만 더 인용하기로 하자.

　　해리와 루실*은 어떤 이야기를 했을까. 루실 때문에 해리의 고독은 덜어
졌을까. 어쩐지 그런 것 같지가 않다. 그들은 서로 뻔한 일을 했을 게다. 해리
는 술을 마구 마셔서는 안 되었다. 그의 위가 견뎌내질 못한다. 휴지통에 있
는 위장약 봉지로 알 수 있었다. 해리의 직업은 신경을 쓰게 하고 따라서 위
에 영향을 주는 일일 게다. 쓸쓸한 해리는 틀림없이 여자가 나간 뒤에 술병
을 비운 것이다. 그러나 두통이 났다. 욕실에 떨어져 있는 술 깨는 약의 포장
튜브 두 개가 이것을 말해주었다. (……) 나는 한쪽 장화만 신은 채 뒤뚱거리
며 해리에 관한 것을 찾아보았다. 심지어는 침대 밑과 옷장 속까지 살펴보았
다. 넥타이 하나 잊어버린 게 없었다. 나는 해리에 대해서 측은한 생각이 들
었다.

　　완도의 어느 따뜻한 마을 입구에 세워진 가게, 타이탄 트럭을 개조한
커피숍. 새댁이 끓여준 맛난 커피를 마시고 빈 컵을 버리려 쓰레기통으
로 갔을 때 나는 알아버렸다. 오늘 이 커피집의 영업 상황을 그만 목격한
것이다. 오전 11시 무렵이었는데 빈 컵이 그리 많지가 않았다. 물어보지

---

* 해리와 루실. 해리는 존 스타인벡보다 하루 먼저 방에 머문 그 쓸쓸한 손님의 본명이다. 스타
인벡은 호텔의 용지에다 여러 번 적어놓은 이름을 보고 알았다. 루실은 해리가 재미를 보기 위해
부른 '직업적인 매춘부'로 어렴풋이 짐작된다. 스타인벡은 이렇게 쓴다. "이 여자의 이름을 루실
이라고 했으면 싶다. 이유는 없다. 어쩌면 정말로 루실이라는 이름일지도 모르기 때문이다." 라
고.

는 않았지만 아마도 이 컵들은 오늘의 손님들이 마시고 버린 컵들이 분명했다. 테이크아웃을 한다고 해도 그리 썩 흡족한 매출이 일어나지 못했음을 쓰레기통은 말해주고 있었다.

"살기는 퍽 좋지만 있어야 할 게 없다"라며 말꼬리를 흐리던 새댁이었다. 무언가 살림에 보탬이 되리라고 이곳에서 장사를 시작한 새댁일 것이다. 혹 완도를 지나가는 여행객들이 있다면 교동리 마을의 커피집을 들러주시길! 희망사항을 중얼거리면서 숙승봉 아래를 떠나는데 백석의 시에 등장하는 어느 '파리한 여인'과 새댁이 자꾸만 겹쳐졌다.

　　여승은 합장하고 절을 했다.
　　가지취의 내음새가 났다.
　　쓸쓸한 낯이 옛날같이 늙었다.
　　나는 불경처럼 서러워졌다.

　　평안도의 어늬 산 깊은 금점판
　　나는 파리한 여인에게서 옥수수를 샀다.
　　여인은 나어린 딸을 때리며 가을밤같이 차게 울었다.

　　섶벌같이 나아간 지아비 기다려 십 년이 갔다.
　　지아비는 돌아오지 않고
　　어린 딸은 도라지꽃이 좋아 돌무덤으로 갔다.

산꿩도 설게 울은 슬픈 날이 있었다.

산절의 마당귀에 여인의 머리오리가 눈물방울과 같이 떨어진 날이 있었다.

—〈여승〉, 백석

6 · 귀룽나무의 네모난 구멍

고은의 〈그 꽃〉, 이정록의 〈서시〉

전공과의 불화로 점철된 대학 시절. 내키지 않게 식물학과로 진입했지만 마음은 늘 교실 밖으로 도망 다녔다. 안목은 짧고 소양은 바닥이라 식물에 뜻을 주지를 못했다. 저 보잘것없는 식물 따위를 공부하겠다고 어렵게 대학까지 왔나, 하는 천박한 자존심을 한동안 제압하기 힘들었다. 한문을 공부하겠다고 그쪽을 기웃거렸지만 말 그대로 기웃거리기만 했다. 별다른 용기도 없이 술에 대한 맷집이나 키우면서 꾸역꾸역 식물학의 전공과정을 이수했다.

해마다 가을이면 식물 채집 여행을 떠났다. 설악산, 지리산, 주흘산. 많은 인원이 움직이다 보니 여러 가지 이유로 조를 나누었다. 그렇게 차례로 오르다 보면 뒤에 처진 이들의 혹 이런 불만이 터져 나오기도 했다. 앞에 가는 이들이 좋은 식물들은 다 채집하겠네!

잘 아시다시피 그런 일은 일어나지 않는다. 세상의 모든 일들이 번호표 받고 줄을 서서 기다릴 때 벌어지는 건 아니니깐. 지구는 둥글되 타원의 궤적을 그리며 순환한다. 지상의 사람들이 하늘의 별을 볼 때 순서를 정해놓고 보는 건 아니다. 누구의 허락을 받아야 하는 것도 아니다. 그냥 지붕을 벗어나서 고개 들고 자신의 육안으로 바라보면 된다. 또한 마찬가지다. 태어난 순서가 있다고 그 차례를 좇아 죽음이 찾아오는 것도 아니다. 죽음이라는 행성과 모든 생명은 똑같은 거리만큼 떨어져 있을 테니깐.

태양의 아들이라서 그런 것일까. 식물도 둥근 꽃을 피우고 더욱 동그란 열매를 맺는다. 비탈에서도 제 고향을 바라보며 꼿꼿하게 자라는 의연한 나무와 야생화. 산속에서 꽃을 찾을 때 순서가 있는 건 아니다. 꽃을 찾는 자에게 아는 만큼 보이는 법이고 아는 것은 각자의 몫이다. 얼굴이 다른 만큼 몫도 다른 것이다. 꽃이란 순서대로 눈에 띄는 게 결코 아니다. 고은의 이런 시도 있잖은가.

내려갈 때
보았네
올라갈 때
보지 못한
그 꽃

—〈그 꽃〉, 고 은

이른 봄. 천마산으로 갔더니 아직도 봄과 겨울의 기운이 대치하고 있었다. 어느덧 봄으로 확 기울기는 했지만 겨울도 풀죽은 패잔병을 데리고 몇몇 요새 같은 구석을 차지하곤 그늘을 배치해 두고 있었다. 그 틈을 뚫고 피어나는 꽃들이 장해 보였다. 산 중턱의 비탈에서는 복수초가 여기저기 군락을 이루고 있었다. 아래에서 계곡에서도 복수초를 제법 보았지만 그것들은 벌써 잊혀졌다. 일행 중 한 분이 소리쳤다. "이곳은 복수초가 높은 곳으로 갈수록 씨알이 굵네!"

더 올라가면 더 크고 좋은 야생화들이 있을까. 딱히 그런 것은 아닌 듯했다. 그런 기대를 갖고 제법 올랐지만 문득 잔설도 없어지고 길도 끊겼다. 몇 해나 쌓인 낙엽이 고요히 썩어가고 있을 뿐이었다. 물론 아직 나는 야생화에 대해 아는 바 적으니 눈으로 들어오는 꽃을 알아차리지 못하는 것일 수도 있을 것이다.

어렵게 처녀치마를 보았는데 아직 꽃은 피지 않았고 잎만 땅에 찰싹 들러붙어 있었다. 꿩의바람꽃도 만났다. 녀석은 부끄럼이 아니라 햇빛을 많이 탄다. 그래서 일조량에 따라 꽃은 카메라 조리개처럼 열렸다 닫혔다를 되풀이한다. 오늘은 조금 추웠나 보다. 다 큰 꽃들이 피기 직전의 봉오리처럼 꽃잎을 꼭 닫고 있었다. 아마 조금 후 정오를 지나고 햇살이 넘실대면 꿩의바람꽃은 활짝 열릴 것이다.

산에서 조그맣게 뚫린 내 눈을 붙드는 건 꼭 꽃만이 아니다. 몰라서 모르는 꽃은 어쩔 수 없다고 치더라도 내가 알아차려서 눈에 띄는 꽃은 어디로 도망가려고 해도 갈 수가 없다. 그래서 내 눈과 접하는 순간 그 꽃들은 더욱 내 앞에서 활짝 도발적으로 달려드는 것이다. 나 또한 그 음활하고 노골적인 꽃들의 유혹에 흔쾌히 홀딱 넘어가는 것!

여기에 꽃만큼이나 나를 잡아당기는 게 있다. 흠 하나 없는 영혼이 없듯 상처 없는 기둥이 어디 있으랴. 나무들도 키 큰 나무로 자라려면 많은 곡절을 겪어야 하는가 보다. 온전한 나무는 하나도 없다. 나무에게도 사춘기가 있고 질풍노도의 시기가 있는가 보다. 어느 새의 피난처일까. 작은 벌레들의 보금자리일까. 나무들이라면 으레껏 하나씩 가지고 있는 상처나 구멍은 저마다 하나씩의 사연을 간직하고 있는 듯하다.

어느 해 지리산 갔다가 들른 산청의 '지리산 약초축제'. 그 한켠에 지리산 국립공원에서 주관하는 사진전이 열리고 있었다. 지리산의 풍광과 지리산이 품고 있는 야생화를 찍은 사진들 중에서 그곳에서 유독 나의 눈길을 끄는 사진이 하나 있었으니, 그것은 〈고사목 안에서 고개를 내민 반달곰〉이라는 제목의 작품이었다. 캥거루의 아기주머니라도 된 듯 아름드리 고사목의 참 그윽한 구멍. 그 품에 든 반달곰이 조그맣게 뚫린 눈으로 바깥을 두리번거리는 풍경이 참 따뜻했다.

천마산에서 만난 귀룽나무는 아주 근사한 네모의 구멍이 있었다. 그것은 흡사 옛날 내 초등학교 시절 등뒤에 맨 책보에서 딸그락거리던 양은도시락 같았다. 허공을 먹고 사는 생명이 있다면 바로 그이를 위한 도시락!

한편 이런 잔인한 경우도 있었다. 자연의 세계에는 직선이 없다. 곡선뿐이다. 고로쇠나무를 보았다. 그 나무에는 구멍이 여럿 있었다. 구멍은 아무리 보아도 직선 같은 곡선이었다. 사람들이 고로쇠나무의 수액, 아니 고로쇠의 피를 뽑아내기 위하여 뚫은 구멍이었다. 이젠 채취할 만큼 다 했는지 나무 밑으로 링거줄 같은 게 널브러져 있었다. 스스로를 치유

봄

하듯 그 작은 구멍으로 고로쇠나무의 눈물이 번져나고 있었다.

어느덧 내려가는 길. 생강나무, 붉나무, 물푸레나무, 개암나무 등등 관목의 곁을 스치고 금괭이눈, 만주제비꽃, 둥근털제비꽃, 흰현호색, 애기괭이눈 등등의 야생화와 눈 맞추며 하산했다. 홑잎 하나가 먼저 나와서 세상의 눈치를 살피고 있는 얼레지 곁을 지나니 멀리서 인가가 보이기 시작했다. 그곳으로 갈수록 나무의 아랫도리가 더 훤히 드러나고 그만큼 상처도 구멍도 환히 드러나는 것 같았다. 이정록 시인의 짧은 시가 생각났다.

마을이 가까울수록
나무는 흠집이 많다.

내 몸이 너무 성하다.

―〈서시〉, 이정록

7
·
무덤 앞에 엎드린 사람들

김상헌의 〈노방총〉

여기는 백암산 중턱. 사슴의 엉덩이처럼 곱게 휘돌아 난 길을 돌아들자 아연 넓은 공터가 나왔다. 아주 양지바른 곳이었다. 인간의 운명을 예고하는 광경이 나타났다. 그것은 길옆으로 자리잡은 세 기(基)의 무덤이었다. 생전의 내 외할머니 즐겨 입으시던 털스웨터의 단추처럼 볼록 솟은 무덤. 퇴색한 잔디가 부풀부풀 바람에 나부끼고 있었다.

路傍一孤塚(노방일고총)
子孫今何處(자손금하처)
惟有雙石人(유유쌍석인)
長年守不去(장년수부거)

길 옆 외로운 무덤 하나
자손들은 지금 어디에 있나
나란히 서 있는 문인석 둘뿐
오랜 세월 지키며 떠나지 않네

조선시대 김상헌(金尙憲, 1570~1652)의 시조, 〈노방총(路傍塚)〉이다. 시대는 다르지만 산천은 의구했다. 여기에도 봄풀은 어김없이 자라났다. 막 물이 오르기 시작한 교목들이 울타리를 이루는 가운데 무덤은 조용했다.

산에서 무덤 하나 마주치는 건 흔한 일이다. 죽음 없는 일상이 없듯 무덤 없는 산도 또한 없는 법이다. 무언가 생각할 거리를 제공하는 무덤. 그곳은 야생화가 살기에 좋은 조건을 갖춘 곳이기도 하다. 애초에 풍수를 고려해서 좋은 음택을 골라 조성을 했을 뿐더러 벌초나 성묘를 통해 햇빛의 공급이 늘 풍부하기 때문이다. 이런 지리적 조건상 무덤의 생태계는 건강할 수밖에 없는 것이다.

아주 높은 곳에 위치한 백암산의 무덤. 자손들이 잘 조성한 여러 기의 무덤가에서 야생화를 보느라 일군의 살아 있는 사람들이 분주했다. 앉고, 서고, 쪼그리고, 엎드리면서 각자의 동작을 취하고 있었다. 막 사진기를 들이대는 이들은 윙크도 하면서 숨이 넘어갈 듯 숨을 꼴깍 멈추기도 하였다. 곤충과 나비의 간단없는 방문에도 늘 숙연한 분위기를 유지하던 동네가 갑자기 왁자지껄해졌다.

이곳 무덤의 봄풀은 기대만큼 그리 다양한 것은 아니었다. 무덤 앞에 가면 어릴 적 자주 보았던 할미꽃을 버릇처럼 꼭 찾는다. 최근 들어 제비가 제비집에서 사라지듯 할미꽃도 이제 무덤에서도 보기 힘든 꽃이 되고 말았다. 이 무덤에도 할미꽃은 없었다.

누런 잔디와 마른 낙엽 사이로 몇 개의 반가운 얼굴들이 눈에 띄었다. 흰색의 남산제비꽃이 고개를 숙이고 있었다. 무덤 주위에서 가끔 볼 수 있는 구슬붕이가 귀여운 모습을 드러내고 있었다. 어디서 일가친척을 잃어버렸는지 홀로 외롭게 피어 있었다. 털이 전신에 빽빽한 솜나물도 저를 보아달라며 얼굴을 들고 있었다.

항상 양지바른 곳에 위치하는 무덤. 그간 많은 산을 다니면서 숱한 무덤을 보았지만 대개 노란 꽃이 우렁우렁 피어 있었다. 이곳도 마찬가지였다. 수북한 낙엽 사이로 양지꽃이 노란빛을 내뿜고 있었다. 하도 눈이 부셔 그곳이 마치 지하와 내통한 곳이지 않을까, 싶을 정도였다. 양지꽃을 찍고 일어서는데 맨 아래쪽 무덤 앞에 일행이 왕창 몰려 있었다.

기품 있게 잘 자란 산자고였다. 일명 까치무릇이라고도 하는 꽃이 여러 송이 피었다. 그중 잘생긴 녀석 앞에 여러 사람들이 일제히 엎드린 것이다. 산자고의 꽃안은 오묘한 또 하나의 완벽한 세계이다. 꽃 가운데의 노란 부위는 멀리서도 꿀벌이 잘 찾아오도록 유도하는 장치이다. 꽃잎에 세로로 난 홈은 나비가 꽃 가운데로 잘 들어오도록 유인하는 통로이다. 산자고는 꿀을 주는 대신 벌과 나비를 꽃가루의 배달부로 쓰는 것이다. 1개의 암술과 6개의 수술, 그것들은 머리가 뭉툭하고 다리가 가늘었다. 6장의 꽃잎 조각이 어울려 있다. 햇빛을 바로 받으니 수술과 암술의 그림자가 꽃잎에 얼비쳤다.

땅속으로 가는 길을 열기라도 하겠다는 듯 오체투지한 사람들 곁에 나도 한자리를 차지하고 최대한 땅에 밀착했다. 언젠가는 가야 할 무덤에 그만큼 가까워졌기 때문일까. 흙에 가까이 엎드리면 엎드릴수록 마음이 편안해졌다. 신체 중에서도 가장 복잡하다는 가슴 근처도 바닥에 얹히니 아늑해지는 것 같았다. 산자고의 잎줄기 끝을 가늠하는 한편, 암술 밑 씨방으로 난 구멍을 찾아 두리번거렸다. 혹 그 구멍 끝을 찾는다면 지하로 가는 길의 한 자락을 찾을지도 모르는 일이다. 지금 이 무덤의 주인처럼 언젠가 그 길을 따라 쓸쓸히 가야 하기에 그랬는지도 모르겠다.

따뜻한 햇살을 등에 업은 채 사진을 찍다가 가장 높은 곳에 있는 무덤의 등성이로 올라갔다. 꽃잎이 둘러싸고 있는 꽃 안으로 수술과 암술, 씨방이 한 세계를 펼치듯 꽃 바깥에서 여러 사람이 어울려 사진을 찍고 있는 이 풍경 또한 별도의 한 세계란 생각이 문득 들었기 때문이다. 일제히 엎드린 일행의 모습을 카메라에 담았다.

어디 꽃잎에 둘러싸인 곳만이 하나의 세계이랴. 봉긋한 무덤이 아늑한 세계라면 그 곁에서 사진 찍기에 몰두하는 사람들도 각자 완벽한 한 세계의 주인들이다. 백암산 줄기를 훑으며 봄소식을 잔뜩 물고 있는 야생화를 차곡차곡 쓸어담는 카메라도 하나의 정교한 세계이겠다.

문득 눈을 들고 카메라처럼 이리저리 생각을 맞추어본다. 여기는 다양한 세계가 팽팽히 어울린 곳이다. 무덤 안이 적막하고 정밀한 고독의 세계라면 무덤 바깥은 나비가 날고 사진기가 찰칵거리는 조금은 시끄러운 세계. 죽은 자들이 누워 있는 곳이 지하라면 살아 있는 자들이 산자고를 찍으러 엎드린 곳은 지상. 그런 여러 층위의 세계가 정확하게 팽팽히 대응하고 있지 않은가.

우리 일행이 들이닥치기 전까지 이곳은 조용했다. 햇빛만이 쓸쓸하게 놀고 있었다. 고요한 것에 익숙한 이곳의 풍경이 그것을 말해주고 있었다. 전신을 땅에 밀착한 채 조금은 무감한 감상에 빠져들자 몇 가지 생각이 흘러나왔다.

이 무덤의 주인도 한때 나처럼 피가 뜨거웠던 사람. 높은 산에 오르면 숨이 가쁘고 땀이 머리칼을 적셨겠지. 언제였을까. 한때 건장하고 훤칠했던 그에게 죽음이 느닷없이 들이닥친 것은. 그리고 그것은 순식간에 벌어진 일이었다. "장지의 사람들이 땅을 열고 그를 봉해 버"렸다. 이제 "간단한 외과 수술처럼 여기 그가 잠들"었다. 심심한 바람과 함께 "가끔씩 얼굴을 가린 사람들이 그곳에 심겨진 비명을 읽고" 갈 뿐.*

가슴에 묻은 검불을 떼내며 자리에서 일어났다. 복장을 추스리고 무덤 앞에 제대로 다시 섰다. 한동안 소란을 피웠으니 그냥 가서는 예의가 아닐 것 같았다. 문인석과 묘전수(墓前樹)는 없었지만 작은 묘비판이 있고 비명이 새겨져 있었다. 말하자면 무덤의 문패였는데 주인의 본관과 함자, 벼슬을 표시하는 16개의 한자만 있을 뿐이었다. 어디에도 구질구질한 아라비아 숫자와 주소 따위는 없었다. '通德郎 行齊 陵參奉 蔚山○公○○之墓'. 배낭과 카메라를 뉘어놓고 두 번 큰절한 뒤 무덤을 떠났다.

* " "로 표시한 구절은 송찬호의 시, 〈흙은 사각형의 기억을 갖고 있다〉에서 인용한 것임.

8 · 까치무릇이 전하는 소식

명, 청, 원 시대의 시세 편

ⓒ박상무

동북아식물연구소에서는 1년에 두 차례 일반인을 대상으로 '우리나라 꽃의 이해'를 교육 목표로 하는 강좌를 연다.* 4월에는 봄꽃, 9월에는 가을꽃. 한 달 집중 교육을 하는데 이론 강의도 있지만 주말마다 직접 산으로 가서 현장 실습을 한다. 강좌의 이름은 '식물 파라택소노미스트 양성 교육'이다. 4주간 총 60시간의 교육을 이수하면 이른바 준분류학자(parataxonomist)의 자격을 얻게 된다.

　지구의 생물은 약 150만~180만 종이고 우리나라는 약 6만 종이라고 한다. 환경부의 생물자원통계에 따르면 그중에서 이끼나 균류, 조류를 제외하고 우리나라에 살고 있는 식물은 대략 4200종이 조금 넘는다. 한 달 만의 집중 교육으로 이 많은 식물을 이해하기는 어려운 일이다. 하지만 60시간을 투자하고 산에 들어가면 식물도 나를 퍽 달리 대접해줄 것이란 생각이 들었다. 그러한 기대를 가지고 6기 교육에 참가했다. 신묘년 초봄의 일이었다.

＊ 최근에는 이 강좌가 개편되어 생물다양성센터(www.ecotourkorea.co.kr)에서 담당하고 있다.

첫번째 실습지인 천마산에서 꽃냄새를 맡았을 때 조금 흥분이 되었던
가 보다. 산에서 서울로 돌아왔지만 일상생활이 꽃으로 범벅이 된 듯 그
주 내내 꽃향기가 유지되었다. 산중의 식물들이 도심의 소시민에게까지
특사를 파견했나. 꽃에 관한 한 이제야 철이 든 기분으로 월요일부터 마
음이 흥건해졌다. 두 번째 산행이 안 기다려질 수가 없었다.

근년 들어 날씨가 수상해서 도무지 종잡을 수가 없다. 4월에 들어서도
강원도에선 눈 소식이 들리고 꽃샘추위가 아직 기승을 부리고 있었다.
봄마중 하러 남쪽으로 서너 시간을 달려간 사정을 배려함인가. 날씨는
홑옷을 입고 있는 게 아닌 모양이었다. 쌀쌀한 날씨를 들추면 그 가운데
화사한 기운이 틈틈이 배어 있는 것 같았다. 두 번째 산행지는 백양사가
자리한 전라남도 장성의 백암산.

등산을 하는 경우 주차장에 차를 대고 장비를 점검한 뒤 곧바로 산으
로 냅다 들어가는 게 보통이다. 오늘은 다르다. 꽃산행이지 않은가. 주차
장을 구획하는 둔덕을 관찰하는 것에서부터 공부는 시작되었다. 파릇파
릇한 잔디 사이로 납작하게 올라오는 봄꽃이 많았다. 무거운 중금속 냄
새가 쌓이는 주차장 근처에, 고약한 암모니아 냄새가 풍기는 공중화장
실 주위에, 봄풀이 오히려 무성했다. 고작 땅거죽이나 깐죽대며 돌아다
니는 우리에 비해 꽃들은 지하에서 깊게 서로 내통하고 있는 듯.

가장 먼저 눈에 들어오는 건 큰개불알풀이었다. 꽃봉오리가 막 피려
는 것도 있고 활짝 핀 것도 있었다. 보라색 꽃이 살짝 꼬집어주고 싶을
만큼 예뻤다. 무리 지어 핀 꽃에 손을 갖다 대니 손바닥이 마구 간질간질
해졌다. 나도물통이, 왜제비꽃, 말냉이, 꽃마리, 광대나물 등등이 저를 보
아달라고 아우성을 쳤다. 산수유도 꽃망울을 활짝 터뜨렸다.

산으로 조금 접어들자 얼레지가 군락을 이루었다. 그 와중에 좀처럼

보기 힘든 흰얼레지도 딱 한 포기 피어 있었다. 손바닥만한 산자고도 있었다. 까치무릇이라고도 하는 야생화. 직립형 풀이지만 두 장의 잎줄기가 난초 잎처럼 기품이 있다. 그 옆으로 흔히 춘란이라고도 하는 보춘화가 돌 틈으로 수줍게 얼굴을 내밀고 있었다. 이른 봄에 피어 봄을 알리는 꽃이라서 그런 이름이 붙은 식물이다. 이만하면 꽃산행 하다가 제대로 된 봄산행까지 덤으로 얻은 셈이었다.

서울대학교에서 한시를 가르치다가 정년하신 이병한 선생이 엮은 『한시 365일』은 매일매일 한시 한 수를 읽도록 편집된 책이다. 그중에서 4월 22일치 한시는 이렇다.

渡水復渡水(도수부도수)
看花還看花(간화환간화)
春風江上路(춘풍강상로)
不覺到君家(불각도군가)

물 건너 다시 물을 건너
꽃을 보며 또 꽃을 보며
봄바람 부는 강 언덕길을 오다보니
나도 모르는 사이에 그대 집에 다다랐네

―〈심호은자(尋胡隱者)〉, 고계(高啓)

꽃사진을 찍다가, 모르는 식물은 손으로 한번 쓰다듬어 주다가, 작은 계곡의 도랑도 건너다가, 그 한시를 생각하다가, 나도 모르는 사이에 어느덧 백암산의 사자봉 정상 가까이에 도착했다. 양지바른 곳을 찾아 봄 소풍 나온 학생들처럼 도시락을 펴고 옹기종기 앉아서 밥을 먹었다. 장성에서 생산하는 홍길동 막걸리도 한잔 곁들였다. 멀리 백양사의 율원에서는 점심 공양을 이미 마쳤는지 조용했다.

꽃산행은 계속되었다. 사자봉을 옆으로 비켜 고개를 넘어 남창계곡으로 빠지니 개울물 소리가 자글자글했다. 가늘게 흘러가는 개울가 바위에 이끼가 돋아나고 그 푹신한 틈을 비집고 애기괭이눈이 피어났다. 겨울을 끙끙 앓고 난 빈 계곡의 자갈이 뒤척이며 몸 씻는 소리들. 겨우내 곧았던 나무의 그림자가 물속으로 뛰어들어 굳은 관절을 푸는 소리들. 한꺼번에 어우러져 내 귀로 직방으로 뻗어왔다. 투명한 물 밑바닥에서는 나무와 나의 그림자가 포개졌다.『한시 365일』의 3월 2일치 한시와 절묘하게 어우러지는 풍경이다.

空山足春雨 (공산족춘우)

緋桃間丹杏 (비도간단행)

花發不逢人 (화발불봉인)

自照溪中影 (자조계중영)

빈산에 흠뻑 봄비 내리고

복숭아꽃 살구꽃 울긋불긋 피었네

산중이라 피어도 보는 이 없어

혼자서 시냇물에 제 그림자 드리웠네

─〈공산춘우도(空山春雨圖)〉, 대희(戴熙)

까치무릇(산자고)

내려가는 길의 중간쯤에 있는 몽계폭포에 도착했다. 비탈에 선 층층나무가 가지를 계곡 쪽으로 층층이 수평으로 뻗고 있었다. 낙엽성 큰키나무로서 작년 잎은 다 떨어졌고 아직 새잎은 나지 않았다. 잎이 나면 이름에 걸맞게 층층나무 가지의 층층한 모습이 더욱 뚜렷해질 것이다.

오늘 노트에 이름이 적힌 식물을 중얼거려 보았다. 모두 62종. 한 번이라도 더 불러주면 그만큼 더 가까워지고 기억도 되고 안면도 익히는 것일 테다. 주로 여러해살이풀이 많았지만 떨기나무(관목)와 큰키나무(교목)도 두루 포함되었다. 4,200가지에 비하면 턱없는 숫자이다. 한두 해혹은 여러 해 사는 이 풀들보다 그래도 내게는 시간이 아직 조금이나마더 남았다.

이윽고 돌계단이 나타나고 인기척이 났다. 저 아래 국립공원의 산림초소가 보였다. 올라갈 때 본 꽃, 내려갈 때도 보았다. 계단이 끝나는 곳에서 날 기다리는 건 까치무릇이었다. 고개를 길게 빼놓고 있는 까치무릇 앞에서 무릎을 꿇고 사진을 찍었다. 여섯 장의 흰 화피로 이루어진 탐스런 꽃에 작은 벌이 들러붙어 있었다. 잉잉거리는 소리가 희미하게 들렸다.

작은 벌은 꿀만 땄을까? 벌은 먼저 와서 까치무릇에게 나의 도착을 넌지시 알려주지는 않았을까? 마치 3월 6일치의 까치처럼!

馬蹄踏水亂明霞 (마제답수난명하)

醉袖迎風受洛花 (취수영풍수낙화)

怪見溪童出門望 (괴견계동출문망)

鵲聲先我到山家 (작성선아도산가)

말발굽 물 밟으니 물에 비친 그림자 흐트러지고
취한 이 소맷자락에 바람따라 꽃잎 쌓이네
개울가 동자 어찌 알고 문밖에서 날 기다리나
까치가 먼저 와서 알렸던 게로군

—〈산가(山家)〉, 유인(劉因)

9 ·

물참대 가지의 텅 빈 구멍

베르톨트 브레히트의 〈연기〉

신묘년 4월 한 달 동안. 한 주가 수요일을 지나 주말로 기울어질 무렵이면 은근히 기다려지는 한 통의 편지가 있었다. 강남구 일원동 한결빌딩 302호의 동북아식물연구소에서 발송하는 편지였다. 그것은 봉투에 찍히는 우표의 낙인도 우체부의 수고도 없이 곧바로 인왕산 아래 통인동의 내 컴퓨터로 순식간에 배달되었다. 마지막으로 수신한 편지에는 다음과 같은 알뜰한 사연이 적혀 있었다.

안녕하세요? 시간이 빨리도 가는군요. 마지막 야외실습인 태백산 교육이 진행됩니다. 수료식도 있을 예정입니다. 손님 몇 분이 동참해 축하해주실 예정이고요. 마지막 실습답게 하동 분들도 합류하여 좋군요. 거리를 마다않고 배움을 찾아오시는 열정이 부럽기만 하군요. 그동안 수고 많으셨어요. 이번 파라 교육을 통해 얻은 모든 것들이 하시는 일에 많은 도움이 되길 기원합니다. 제6기 파라 교육 태백산 야외실습(제4차)을 다음과 같이 실시합니다. 날짜 : 2011년 4월 23일(토)~24일(일). 모이는 장소와 시간 : 23일 오후 3시 대청역 3번 출구 앞. 준비물 : 빈 도시락, 학습준비물, 간식, 세면도구, 장갑, 방한복. 권희정 드림.

등산하는 사람을 대강 이렇게 나눌 수도 있겠다. 얼마나 빨리 걸음으로써 산꼭대기에 오르느냐에 의미를 두는 이들. 이왕 높은 산에 왔으니 천천히 걸으며 주위 경치도 감상하고 맛난 음식 먹는 것에도 의미를 두는 이들. 두 그룹을 상대로 여론조사까지 할 것이 무어 있겠나. 그저 각자 취향대로 등산했다가 하산하면 될 일이다. 내 둔한 짐작으로는 후자가 단연 대세일 것 같았다.

위에 적은 바대로 4월간 매주 집중적으로 색다른 산행을 했다. 그것은 꽃산행이었다. 서울 가까이에 있는 천마산을 시작으로 먼 산에도 갔다. 장성 백양사를 품고 있는 백암산, 순창의 회문산, 마지막으로 태백의 태백산. 그 험한 산을 가는 데 필요한 준비물 중 특이한 것이 하나 있었다. 멀고 높은 산을 가는 데 체력을 보강할 영양식도 모자랄 판에 빈 도시락이라니! 일반 등산객이 보기에 참 이상한 품목이 아닐 수 없었다.

태백산으로 오르는 유일사 입구에 내려 산행을 시작하고 오백 걸음 정도 걸었을까. 문득 산행을 이끄는 인솔자가 걸음을 멈추고 말했다. "근방에서 꽃냄새가 나질 않습니까?" 그가 코를 내밀며 날카롭게 시선을 던졌다. 그 말에 화답하듯 홀아비바람꽃, 선괭이눈, 큰뱀무 등이 기지개를 켜고 일어나 일행의 발길을 붙들었다. 중간중간에 앉았다, 구부렸다, 엎어졌다, 일어났다를 반복하면서 가파른 등산로, 간벌을 하고 있는 임도, 너덜겅, 계단, 바윗길 등을 오르고 올랐다. 그 사이사이에서 처녀치마, 노루귀 등을 관찰했다.

오늘 산행에서 단연 돋보이는 꽃은 한계령풀이다. 백두대간의 길목인 한계령에서 처음 발견되었다고 '한계령풀'로 명명된 식물이다. 만주, 아무르 지방에서도 자생하는 세계적인 희귀종이라고 한다. 우리나라에서는 북부지방의 높은 산에서 드물게 자란다. 태백산의 어느 한 골짜기를 치고 올라가 백두대간의 능선에 당도하니 그 귀하다는 한계령풀이 군락을 이루며 활짝 피어 있었다.

천제단으로 가는 길. 태백(太白)이라 그런지 능선에는 묵은 눈이 아직도 곳곳에 있었고 낙엽 밑에는 얼음이 단단했다. 어떤 구간은 눈 녹은 물로 길이 축축했다. 더디 오는 봄소식에 귀를 기울이며 주목이 긴장하며 서 있었다. 이곳은 바람이 아주 강하게 분다. 나무의 팔들이 모두 구부러지거나 한쪽으로 쏠려 있다. 지금 내 눈에는 아무것도 보이지 않지만 천둥과 벼락이 숨어 있는 곳이라서 그런가. 질컥이는 바닥보다 텅 빈 공중이 나무에게는 더 혹독한 시련을 주는 것 같았다.

아무리 꽃 공부를 한다고 식물들과 가까이 하고 싶지만 엄연히 서로 신체구조가 아주 많이 다르다. 식물에게는 입이 없다. 대신 잎이 주렁주렁 달려 있다. 그 잎의 뒷면에는 기공이 있어 그곳으로 이산화탄소를 빨아들이고 산소를 내놓는다. 나는 야무진 입을 크게 달고 있다. 입술 안쪽에는 용도도 다양하게 이가 무려 28개나 있다.

천제단 아래 양지바른 곳에 자리를 잡고 도시락을 열었더니 빈 도시락이 아니었다. 태백산 민박촌 위 당골의 길목식당에서 간밤의 숙취를 북엇국으로 달래고 난 뒤 내 손으로 직접 담은 밥과 반찬이 그곳에 빼곡했다. 두부조림, 멸치볶음, 오이절임, 김치, 계란말이, 곰취장아찌.

산중 도시락치고는 근사했다. 빼놓을 수 없는 참이슬 한 잔도 입안에 털어넣었다. 전망 좋은 간이식당에서 땀 흘리고 먹는 맛은 각별했다. 28개의 이들을 골고루 동원해서 끊고 섞고 돌리고 찧고 빻고 씹고 우물거린 뒤 목구멍 너머로 보내주었다. 이슬 먹고 자란다는 풀들이 보자면 참 그악스러운 식욕이라 하겠다.

이윽고 도시락을 다시 빈 통으로 만든 뒤 하산 길에 접어들었다. 오전과 거의 비슷한 동작을 되풀이하면서 좌우를 관찰했다. 거의 다 내려왔는가. 개울물 소리가 어느새 부드러워졌다. 백단사 근처의 약수암이 나타났다. 가까이 가니 여러 교목의 가지 사이로 요사채가 보이고 연기가 뭉클뭉클 피어났다. 좁은 함석 굴뚝을 빠져나온 흰 연기는 하늘의 깊이를 재면서 아주 미세한 구멍으로 빠져나가고 있었다. 베르톨트 브레히트의 시, 〈연기〉를 떠올리는 기막힌 풍경이었다.

> 호숫가 나무들 사이에 조그만
> 집 한 채
> 그 지붕에서 연기가 피어오른다
>
> 이 연기가 없다면
> 집과 나무들과 호수가
> 얼마나 적막할 것인가

물참대 가지의 빈 구멍

약수암 근처에는 호수 대신 작은 개울이 흐르고 있었다. 개울가를 따라 줄지어 서 있는 여러 나무들. 물푸레나무, 귀룽나무, 회나무, 물참대, 고광나무가 그들이었다. 식물 공부에 관한 한 나보다 훨씬 윗길인 분들한테 이름을 묻고 적으면서 사진 찍기에 바빴다. 비록 저 연기가 없다 해도 나는 적막할 겨를이 없었다. 오늘은 연기가 가리키는 공중보다도 질컥이는 바닥이 우선이었으니깐.

그리 볼품은 없었지만 가는 가지가 여러 개 어울린 펑퍼짐한 나무가 있었다. 물참대였다. 일행 중 한 분이 전지가위를 꺼내 마른 줄기 끝을 조심스레 자르더니 재미있는 사실을 확인시켜 주었다. "보세요. 이 물참대는 속이 텅 비어 있어요!"

등산할 때에는 없었는데 산을 내려오기 시작하면서 새로 생겨난 소리가 있었다. 배낭에서 쇠젓가락이 빈 도시락의 벽을 긁으면서 내는 소리였다. 시골에서 책보 매고 등하교하던 때가 있었다. 등에서 나는 소리는 그 시절 필통에서 연필들이 내는 소리와 어쩜 그리 꼭 같은가. 달그락, 달그락, 달그락.

물참대 가지의 텅 빈 구멍을 보면서 내 몸도 텅 비었다는 사실을 알았다. 문득 배가 고파졌다. 물참대 가지의 빈 구멍, 배낭 속의 빈 도시락 그리고 나의 빈 몸. 갑자기 허기도 왕창 몰려오고 다리도 무지 뻐근했지만 그 텅 빈 것들이 어울려내는 소리가 등을 떠밀어주었다. 내려올수록 배는 더욱 홀쭉해졌다. 그 통에 몸도 덩달아 공명통이라도 되었을까. 아래로 걸음을 옮길수록 더욱 높아지는 빈 통들의 합창 소리. 딸그락, 딸그락, 딸그락.

10

· 조릿대가 안내하는 길

한용운의 〈님의 침묵〉

산에서 가장 흔히 만나는 식물은 무엇일까. 이제 식물의 나라에 갓 입문한 자의 무식한 용기에 기대어 말한다면 아마도 조릿대가 아닐까. 조릿대는 어느 산, 어느 골짜기에나 무성하다. 산에 들었다가 조릿대 한번 안 보고 빠져나올 수는 없는 법이다. 그러나 흔하다고 운치마저 가볍게 볼 일은 아니다. 호젓하게 꼬부라져 돌아가는 길. 그 길에 조릿대가 없다면 나는 그 길에 발을 들여놓고 싶지가 않다. 그 너머의 궁금함도 반으로 확 줄어들 수밖에 없다.

사시사철 늘 푸른 조릿대. 어릴 적 시골 마을에서 뛰놀 때 참 흔하게 보았던 조릿대. 그저 작은 대나무라고만 알았던 식물이었다. 어쩌다 숨바꼭질이라도 할랴치면 그 덤불 속으로 뛰어들어 작은 몸을 콩닥콩닥 숨기기도 했던 조릿대. 어느 절이나 서원의 모퉁이를 돌 때 소슬하게 좁은 길을 안내하던 조릿대. 세상에는 눈에 보이지 않는 길과 이 세상에 속하지 않는 곳도 있다는 듯 손바닥을 펴서 은근히 그 방향을 가리키던 조릿대.

조릿대를 조릿대로 확실하게 알게 된 것은 임진년 가을 태백산 꽃산행에서였다. 천제단에서 내려와 단종비각을 지나 반재로 내려올 때였다. 우측 경사면으로 온통 조릿대 숲이 펼쳐졌다. 이상했다. 항상 시퍼렇게 죽죽하던 조릿대가 모두 누렇게 말라죽지 않았겠는가. 그 자리에서 누군가로부터 이런 말을 들었다. 나라에 큰 변고가 생기면 조릿대가 죽는다고! 그때 태백산에서 그리 멀지 않은 검룡소에서 발원하여 흘러가는 낙동강의 딱한 처지를 떠올렸던가?

지상으로 드러난 개체수는 많지만 지하에서는 모두 한 뿌리로 연결되어 있는 조릿대. 조릿대는 일생일화(一生一花)이다. 일생에 걸쳐 딱 한번 꽃을 피운다. 그리고 죽는다. 그 평생에 걸쳐 딱 한 번 피운다는 조릿대의 꽃을 처음으로 보았다. 해마다 꽃을 피우는 여느 꽃에 비해 그 느낌이 조금 다른 건 인지상정이었다. 조릿대라는 이름을 알고 1년 반 만의 일이었다.

계사년 가을. 함양군 마천의 음정마을에서 작전도로를 따라 벽소령으로 오르는 길에서였다. 자벌레, 애벌레 등이 오미자 잎사귀에서 뒤집기를 하는 것을 보면서 오르다가 어느 모퉁이에서 활짝 핀 조릿대의 꽃을 보았던 것이다. 큰 군락은 아니었고 호젓한 길가의 당단풍나무 옆에 조심스레 끼여 피어난 몇 그루였다.

꽃은 나의 예상을 뛰어넘었다. 조릿대라면 무더기로 있어 끈질기고 강인하고 까칠한 느낌을 주는 게 사실이다. 잎사귀만 하더라도 날렵한 단도처럼 달려 있어 찌르거나 베는 데 안성맞춤인 인상을 주지 않던가. 또한 그 잎들은 아득히 경사면 아래위로 넌출넌출 뻗어 휙 돌아가지 않던가.

조릿대의 꽃은 이제껏 본 것들과는 전혀 딴판이었다. 꽃이라면 으레 갖추기 마련인 수술과 암술, 그를 둘러싸는 꽃잎과 꽃받침의 공간 배열과는 거리가 영 멀었다. 조릿대가 벼과식물이라서 그런지 꽃은 나락 알갱이처럼 여린 가지에 하나하나 달려 있었다. 보라색의 겉겨가 보호하는 가운데 노란 암술과 수술이 까끌까끌하게 수줍게 맺혀 있었다. 그것은 꽃이라기보다는 농부들의 굵은 땀방울 같은 이삭에 가까운 듯했다.

조릿대 꽃을 지리산에서 처음 보았다는 인연이 작용한 것이었나 보다. 조릿대 꽃이 수명을 다해서, 그리하여 마르고 뒤틀린, 다시 말해 조릿대 꽃의 죽음을 본 것도 지리산에서였다. 그러고 보면 무수한 조릿대도 그 뿌리는 땅밑에서 하나로 이어지듯 그날 본 조릿대의 생과 사는 땅 위에서 나 하나에서 서로 연결된 것이었을까?

산청군 대원사 계곡의 유평마을에서 치밭목 오르는 길의 중간쯤에서였다. 비목나무와 생강나무가 나란히 서서 봄을 맞고 있었다. 비목나무는 솜털이 빽빽한 잎이 나오는 동시에 꽃망울을 터뜨릴 준비를 하고 있는 중이었다. 생강나무는 잎이 살아나오는 가운데 꽃은 벌써 지고 있었다. 생강나무는 한 가지에서 잎사귀의 생과 꽃의 죽음이 동시에 교차하고 있는 것이다.

몇 발짝을 가는데 한 꽃동무가 손가락을 생강나무 가지처럼 뻗으며

조릿대 꽃   조릿대의 죽은 꽃

나의 눈을 데리고 갔다. "저기 좀 보세요. 조릿대 꽃이 죽어 있네요!"

산을 오르고 내릴 때 울긋불긋한 꽃과 잎과 그 사이를 게으르게 돌아 다니는 곤충을 보는 것도 황홀한 일이긴 하다. 나무의 겨울눈과 키를 재 보는 것과 연두에서 녹색까지 현란하게 펼쳐진 색의 프리즘을 만끽하는 것 또한 말해 무엇하랴. 하지만 우리 땅의 풍경은 그들이 엮고 조립하는 그것만으로 이루어지는 건 아니다.

꽃을 찾아 두리번거리기만 하던 마음을 슬쩍 내려놓는다. 씩씩거리며 쫓아가던 행진에서 한 발짝 뒤떨어져 눈을 내리깔아 본다. 눈앞의 자연 이 새로운 한 국면을 펼쳐놓는 순간이다. 그때 조릿대가 어울려 휘돌아 가는 길 하나가 공중에 떠오르지 않겠는가. 그 풍경은 우리 마음에 난 길 과 깜쪽같이 접속하지 않던가.

그 길의 끝에 소슬한 마음의 한구석이 자리잡고 있는 것! 한용운 선사 는 막 조릿대가 안내하는 길을 통과하고 도착한 어느 절에서 절창 〈님의 침묵〉을 완성한 것이 아니었을까.

님은 갔습니다. 아아 사랑하는 나의 님은 갔습니다.

푸른 산빛을 깨치고 단풍나무 숲을 향하여 난 작은 길을 걸어서 차마 떨 치고 갔습니다.

황금의 꽃같이 굳고 빛나던 옛 맹서는 차디찬 티끌이 되어서 한숨의 미풍 에 날어갔습니다.

날카로운 첫 키스의 추억은 나의 운명의 지침(指針)을 돌려 놓고 뒷걸음 쳐서 사라졌습니다.

나는 향기로운 님의 말소리에 귀먹고 꽃다운 님의 얼굴에 눈멀었습니다.

사랑도 사람의 일이라 만날 때에 미리 떠날 것을 염려하고 경계하지 아니한 것은 아니지만, 이별은 뜻밖의 일이 되고 놀란 가슴은 새로운 슬픔에 터집니다.

그러나 이별을 쓸데없는 눈물의 원천을 만들고 마는 것은 스스로 사랑을 깨치는 것인 줄 아는 까닭에, 걷잡을 수 없는 슬픔의 힘을 옮겨서 새 희망의 정수박이에 들어부었습니다.

우리는 만날 때에 떠날 것을 염려하는 것과 같이 떠날 때에 다시 만날 것을 믿습니다.

아아 님은 갔지마는 나는 님을 보내지 아니하였습니다.

제 곡조를 못 이기는 사랑의 노래는 님의 침묵을 휩싸고 돕니다.

길은 길을 부르는 법이다. 차마 떨치고 가는 발길을 붙들기도 하면서 좌우에 빽빽한 조릿대. 〈님의 침묵〉에 등장하는 '작은 길'은 실상 조릿대가 만들어준 길이었다. 지리산 화엄사에서 마지막 깔딱고개를 오를랴치면 조릿대는 목적지인 코재를 얼마나 아늑한 둥지로 만들어주던가.

오늘은 만해의 후예라 할 나의 꽃동무들이 푸른 산빛을 깨치고 지리산 숲을 향하여 난 작은 길을 성큼성큼 걸어가고 있다. 조릿대와 어깨를 견주면서, 조릿대 잎에 옆구리를 찔리면서. 서걱서걱 산의 침묵을 깨뜨리면서!

11 · 느릅나무의 꽉 다문 입

정현종의 〈나무껍질을 기리는 노래〉

쌍떡잎식물 쐐기풀목 느릅나무과의 낙엽활엽 교목으로 춘유(春楡) 또는 가유(家楡)라고도 하는데, 높이는 20m, 지름은 60cm이며, 나무껍질은 회갈색이고, 작은 가지에 적갈색의 짧은 털이 있다. 봄에 어린 잎은 식용하며 한방에서 껍질을 유피(楡皮)라는 약재로 쓰는데, 치습(治濕)·이뇨제·소종독(消腫毒)에 사용한다. 목재는 건축재·기구재·선박재·세공재·땔감 등으로 쓰인다. —두산백과사전에서 인용

느릅나무에 대한 설명이다. 위에 따르면 느릅나무는 참 쓸모가 많은 나무이다. 그래서 그런가. 굽은 나무가 선산을 지키는 것처럼 느릅나무의 운명이 참 얄궂다. 사람들이 가만 놓아두는 법이 없다.

경주의 날씨는 아주 맑았다. 어제는 지리산, 오늘은 토함산. 경주 도심을 빠져나온 차가 보문관광단지 끝의 엑스포공원에 멈췄다. 오늘 꽃산행의 마지막 점검을 위해서 잠시 정차한 것이다. 지리산에서 내려와 밤늦게 경주로 이동해 마신 간밤의 숙취가 아직 덜 깨었다. 혼몽한 가운데 공중화장실에서 시원하게 볼일을 처리하고 오는데 화단 귀퉁이에 시과(翅果)가 잔뜩 떨어져 있다. 무슨 귀중한 물건이라도 싼 듯 흰 창호지 같

은 것으로 싼 열매들. 이리저리 바람 부는 대로 휩쓸려 다니면서 헤어지기 싫다는 듯 한구석에 잔뜩 모여 있었다.

고개를 들어보니 열매의 주인은 느릅나무였다. 나무는 엑스포공원의 동쪽 출입문 가까이에 가지를 활짝 드리우고 환하게 서 있었다. 주로 토양에 수분이 많은 계곡 주위에서 잘 자라는 나무이지만 경주 아스팔트 도심의 한복판에 서 있는 느릅나무. 나무의 이런저런 용도를 고려하여 식재한 것이리라. 그렇더라도 설마 이뇨작용을 의식해서 굳이 화장실 근처에 심은 것은 아니겠지?

이제 곧 감포 가는 길로 넘어가다가 오른편으로 꺾어져 토함산의 한 골짜기인 시부거리로 꽃산행을 떠난다. 그곳은 참으로 귀한 야생화가 지천이다. 개화시기도 어느 지역보다 빠른 편이다. 앵초를 비롯해서 노랑무늬붓꽃, 날개현호색, 앵초, 양지꽃, 벌깨덩굴 등의 식물을 볼 수가 있을 것이다.

어디 그뿐이랴. 나의 가슴이 진작부터 그 어느 산을 갈 때보다도 더욱

설레이는 건 그런 야생화 탓만은 아니었다. 토함산이다. 토함산이 어떤 산인가. "한발 두발 걸어서 올라라 맨발로 땀흘려 올라라 / 그 몸뚱이 하나 발바닥 둘을 천년의 두께로 떠바"치고 싶은 토함산이다. 여러 번 이 길을 지나다녔지만 어쩐지 차를 버리고 꼭 걸어서 오르고 싶은 토함산. 바로 그 산이었다. 기회가 왔다. 그 토함산을 비로소 오늘 그렇게 내 두 발로 걸어서 올라간다.

토함산. 나는 1971년 가을에 그 산에 올랐었다. 초등학교 6학년 수학여행 길이었다. 지금도 아슴하게 기억난다. 맨발은 아니고 운동화를 신었다. 등에 배낭은 아니었고 옆구리에 작은 가방을 맸다. 모자도 하나 걸쳤던 것 같다. 아마 입에 사탕 하나를 넣고 우물거렸겠지. 그렇게 작은 몸뚱아리로 작은 길을 걸어 불국사에서 토함산의 석굴암까지 올라갔었다. 그때의 그 찬란한 기억 속의 토함산이지 않겠는가.

경주의 끝머리에서 토함산으로 가는 채비를 하면서 42년 전의 기억으로 떠나기 전에 당장 어제의 씁쓰레한 풍경이 떠올랐다. 그것은 느릅나무가 있는 풍경 아래에서의 일이었다. 바람 따라 가지를 흐느적거리고 바람에 쫓겨 이리저리 몰려다니는 느릅나무 열매를 보는데 바로 16시간 전의 생생한 기억이 찾아왔던 것이다.

어제의 지리산 꽃산행. 새재에서 올라 치밭목까지 가는 중간 길목인 삼거리에서 하산하여 유평마을까지 돌아오는 코스였다. 갑자기 이상해진 날씨 탓이라 예전의 생태계와는 전혀 다른 꽃의 지도를 보여주는 지리산이었다. 마지막 무렵에는 기대하지 않았던 뜻밖의 장소에서 예쁜 꽃무더기를 만났다. 부처님 오신 날을 축하하며 연등이라도 달아놓은 듯한 풍경. 그것은 금낭화였다.

한껏 흔쾌해진 기분으로 내려오는 길이었다. 오전에만 해도 짱짱하던 하늘이 오후 3시 무렵이 되자 예보한 대로 비가 알맞게 내리기 시작하는 가운데 멀리서 마을의 냄새가 나기 시작했다. 개울물 소리도 커졌다. 울긋불긋 야생화와는 확 구별이 되는 주황색의 지붕도 보이기 시작했다. 작은 밭이 보이고 비닐로 감나무를 접붙이는 광경도 눈에 띄었다. 구불구불한 지리산의 골짜기가 내어주는 길이 끝나고 시멘트로 포장된 인공의 신작로로 접어들었다. 등산로가 시작되는 입구의 길켠에 나무 한 그루가 우뚝 서 있었다.

이 정도의 굵기로 자랐다면 족히 수십 년을 자랐을 나무였다. 노인의 얼굴에 반점이 얼룩지듯 이끼가 슬쩍 묻어 있는 나무였다. 조릿대의 젊은 잔가지가 바싹 달라붙어도 내치지 않고 품어주는 나무였다. 있을 만한 자리에서 알맞게 자라서 공중을 휘감아 도는 나무, 그것은 다름 아닌 느릅나무였다.

곧게 자라기를 여러 해. 가까이 가서 보니 느릅나무는 얄궂은 운명에 처한 상태였다. 이 나무에 속한 무슨 용도를 채취해 가려고 그런 것일까. 누가 그랬는지 톱으로 나무의 밑둥을 돌아가면서 반쯤 잘라놓았다. 나무가 받은 상처의 깊이를 따진다면 체관은 물론이고 물관도 손상을 받

은 듯 했다. 오래지 않아 느릅나무는 물과 양분의 이동경로가 막혀 고사할 것 같았다.

톱이 할퀴고 간 곳은 사람으로 치면 어디쯤에 해당할까. 단순하게 높이로만 친다

느릅나무 줄기

봄

면 아랫도리일 수도 있겠다. 내 눈에는 꼭 그렇게만 보이는 건 아니었다. 머리를 우수수 풀어헤치고 하늘에 담근 느릅나무. 나무는 지금 할 말을 가득 품고 있으되 입술 깨물고 있는 것 같았다. 톱으로 베인 자국은 꾹 다물고 있는 입이 아닐까.

꺼칠꺼칠한 느릅나무의 피부에는 고요한 침묵이 살고 있었다. 어느 순간 돌연한 소리가 들리고 톱이 막무가내로 들어왔다 빠져나간 뒤 나무는 입 하나를 달게 되었다. 느릅나무의 입은 그렇게 갑자기 생겨난 것이었다. 스스로 상처를 꿰매며 나무는 할 말이 많은 듯했다.

우리와 반대편에 살았던 파블로 네루다는 〈산보〉라는 시를 통해 이런 말을 했다. 맥락이야 조금 다르겠지만 지금의 나에게는 절실하게 통하는 구절이었다. "내 발이 싫어지고 내 손톱과 / 내 머리카락 그리고 내 그림자가 싫어질 때가 있다 / 내가 사람이라는 게 도무지 싫을 때가 있다."

상처 난 느릅나무 아래에서 오래 머물렀다. 뿌연 구름 속에서 해가 어슴푸레 빛났다. 가랑가랑 가랑비 속으로 내 그림자가 눕고 내 그림자 위로 느릅나무 그림자가 포개지는 것 같았다. 그림자 속의 느릅나무에게는 아무런 상처가 없었다. 나무껍질을 기리는 노래. 우툴두툴한 껍질의 나무 기둥처럼 길게 뻗은 이 한 편의 시나마 입을 꾹 다물고 있는 느릅나무에게 위로가 되었으면.

서 있는 나무의
나무껍질들아
너희를 보면 나는
만져보고 싶어

손바닥으로 너희를

만지곤 한다.

그것만으로도 나는

너희와 체온이 통하고

숨이 통해

내 몸에도 문득

수액이 오른다.

견디고 견딘

너희 껍질들이 감싸고 있는 건

무엇인가.

나이와 세월,

(무엇이 돌을 던져 나이는

波狀으로 번지는지)

살과 피,

바람과 햇빛,

숨결,

새들의 꿈,

짐승의 隱身과 욕망,

곤충들……

더듬이와 눈, 그리고

외로움,

시냇물 소리,

꽃들의 비밀,

그 따뜻함,

깊은 밤 또한

너희 껍질에 싸여 있다.

천둥도 별빛도

돌도 불꽃도.

—〈나무껍질을 기리는 노래〉, 정현종

12

· 홀아비꽃대 도시락

백거이의 〈고분〉

계사년 4월의 마지막 주말. 태백산에 갔다. 태백시에서 운영하는 태백산 민박촌에서 하룻밤을 자고 아침에 세수를 하기도 전의 부스스한 얼굴로 숙소 주위를 산책했다. 부지런한 꽃들은 이미 몸단장을 끝낸 뒤였다. 작은 개울을 따라 벚나무가 나란히 서 있는데 아직 꽃은 피지를 않았다. 얼마 전에 가 보았던 장성의 백양산이나 주흘산 등의 남쪽 지역은 피었다가 이미 지고 있는 중이다. 이곳은 이제 겨우 꽃봉오리가 조금 돋아나는 정도였다. 태백에는 여름에도 서늘해서 모기가 살지 않는다고 한다. 태백이 그만큼 기온이 낮아 개화 시기가 늦은 것이다.

봄이 더디게 오는 태백. 아무리 날씨가 쌀쌀하다고 해도 개울에서 물 흐르는 소리마저 겨울에 주눅 들어 둔해진 것은 아니었다. 오히려 찬 기운을 파고들며 더욱 청량한 소리를 내고 있었다. 물은 아래로 흘러가고 물소리는 위로 굴러가고.

태백에는 낙동강의 발원지는 황지연못과 한강의 그것인 검룡소가 있다. 내 눈앞을 지나가는 저 물은 그 물줄기들과 동무하면서 부산으로, 서울로 재잘재잘 밤낮없이 흘러갈 것이다.

그 우렁찬 물소리를 들으며 산책로 주변에 몇몇 꽃들이 피어 있었다.

꽃망울을 막 터트리고 있는 것은 생강나무. 노란 생강나무의 새로 돋아나는 잎사귀는 순한 짐승의 귀처럼 벌어지고 있었다. 송아지의 귀에 난 잔털처럼 하얀 솜털이 빽빽했다. 제비꽃이 두 종류가 있었다. 알록제비꽃과 호제비꽃.

아침 식전에 더 눈을 맞출 꽃이 없나 두리번거리는데 다 허물어져가는 산소가 눈으로 들어왔다. 후손들의 돌봄이 없었는지 쇠락한 티가 역력했다. 궁리에서 펴낸『한시 365일』중 3월 29일치에 소개된 백거이(白居易)의〈고분〉에 딱 어울리는 풍경이겠다.

古墳何代人 (고분하대인)
不知姓與名 (부지성여명)
化爲路旁土 (화위로방토)
年年春草生 (년년춘초생)

이 무덤의 주인은 언젯적 사람일까
성도 이름도 알 수가 없네
길가의 흔한 흙더미로 변해
해마다 봄풀이 돋아나네

꽃을 찾아 이리저리 눈을 두리번거리면서도 나는 무덤의 생태에 대해서는 특히 유심히 보는 편이다. 이곳은 그 흔한 양지꽃도 하나 없었다. 할미꽃도 없었다. 그저 잔디와 낙엽만이 무성했다. 빈약한 생태계 사이로 언뜻언뜻 보라색 제비꽃만 몇 송이가 보일 뿐이었다. 찾아오는 이 없다고 꽃도 외면하는 건 아니겠지만 무덤 곁이 더욱 쓸쓸하게 보였다. 하마터면

'길가의 흔한 흙더미로 변한' 무덤의 주인처럼 허전한 마음으로 아침 먹으러 식당으로 갈 뻔했다. 그리 흔하지 않은 봄풀이 돋아나고 있었다. 무덤에서 약간 벗어난 둔덕의 꽃 하나가 눈을 확 끌어당기지 않겠는가.

예전과 마찬가지로 당골광장의 길목식당에 가니 황태북엇국이 준비되어 있었다. 해장을 겸해 뜨거운 국물로 속을 달랬다. 밥을 먹는 동안 식당의 아주머니가 한켠에서 부산했다. 우리가 먹을 산중도시락을 준비하는 중이었다. 밥을 빨리 먹는 편인 나는 후다닥 밥그릇을 비우고 빈 도시락을 들고 그곳으로 갔다.

취나물무침, 멸치볶음, 계란말이, 콩자반 그리고 김치. 반찬을 담고 대형 밥솥의 뚜껑을 열었다. 김이 물씬 퍼지고 흰 밥알들이 가지런히 누워 있었다. 물 묻힌 주걱으로 한 바퀴 돌리고 나서 밥을 도시락에 담았다. 내가 좋아하는 고슬고슬한 고두밥이었다. 점심도시락을 싸서 나오는데 옆집 식당은 텅 비었다. 의자를 식탁 위에 올려놓고 아주머니가 대걸레로 청소를 하고 있었다. 바닥이 물로 번들거리는 가운데 허리를 구부린 뒷모습이 쓸쓸했다.

홀아비꽃대

유일사 입구로 이동해서 산행을 시작했다. 산행로 입구에서부터 한 무더기의 꽃을 만났다. 피나물은 꽃잎을 활짝 피웠다. 노란색이 너무 강렬해서 사진을 찍으면 오히려 흐릿했다. 사방에서 털개별꽃, 금괭이눈, 호랑버들, 현호색, 갈퀴현호색이 저도 보아달라며 아우성을 쳤다.

홀아비바람꽃이 지천에 깔렸다. 이 꽃은 보통 잎에서 하나의 꽃대가 올라오는 게 대부분이다. 어느 한 녀석은 두 개의 꽃을 달고 있었다. 새로운 종은 아니고 그저 작은 변이종이라고 했다. 어느 모퉁이를 돌았더니 노루귀가 밭을 이루었다. 노루의 귀를 닮았다고 그 이름을 얻은 노루귀. 잎과 대궁에 빽빽한 솜털이 촘촘했다. 생강나무 잎에도 털이 있지만 그것에 비할 바가 아니었다. 보기만 해도 마음이 간지러울 지경이었다.

키 작은 그것들을 찍으려고 납작 엎드렸다. 미끈했다. 낙엽에서 미끄러지니 발밑에 드러나는 것은 낙엽, 그 낙엽 밑에는 얼음. 거대했던 얼음은 이제 뼈만 남아 낙엽이불을 덮고 있었다. 밤에는 얼었다가 낮에는 녹기를 되풀이하는 것 같았다. 아직도 남아 있는 겨울 기운 속에 가까운 철쭉 무더기 그늘에선 시꺼멓게 변한 흙탕눈이 겨울의 패잔병처럼 눈치를 보며 뭉쳐 있었다. 태백산이기에 볼 수 있는 겨울의 뒷모습. 그 모습이

몹시 홀쭉했다. 올해의 겨울이 태백산에서 이렇게 마지막으로 빠져나가고 있었다.

그렇게 한참을 오르니 드디어 장군봉이 나타나고 천제단이 나타났다. 배가 무척 고

팠다. 먼저 도착한 일행이 둘러앉아 점심을 먹고 있었다. 태백산 정상은 칼바람으로 유명하다. 바람이 보통이 아니다. 오늘은 바람이 잠잠하고 날씨도 아주 따뜻했다. 그 흔치않은 날씨를 밑천으로 산중식당이 차려졌다. 간판도 없고 유리창도 없고 더더구나 지붕도 없는 식당이었다.

자리에 털썩 앉고 보니 천상의 식당이라고 해야 마땅할 것 같았다. 물을 마시고 반찬부터 먼저 푸는데 옆자리에서 소주잔이 건너왔다. 지붕이 없었기에 맑은 술잔엔 구름도 얼비쳤다. 하늘주점에서 두레박에 담겨 내려오는 술이라고 생각하고 얼른 마셨다. 술맛에서 단맛이 났다. 밥을 담은 도시락 뚜껑을 열었다. 조금 눌리기는 했지만 고슬고슬한 밥알이 꿈꾸듯 가지런히 누워 있었다. 도시락에 내려앉는 햇빛도 참 고슬고슬하다는 생각을 하면서 한술 떴다.

그때였다. 문득 오늘 아침 무덤 옆 둔덕에서 눈을 확 끌어당겼던 꽃이 생각나지 않겠는가. 그 꽃은 순식간에 마음마저 확 끌어당겼다. 도시락 속에 가지런히 누워 있는 밥 알갱이와 그 식물의 흰 꽃밥이 너무도 닮았기 때문이었다. 네 장의 녹색 잎을 오므려 밥그릇처럼 만들고 수술대에 꽃밥을 쌀밥처럼 달고 있는 그것의 이름은 홀아비꽃대!

지금 하늘 위를 지나가는 구름이 이 광경을 본다면 뭐라고 하실까. 혹 도시락에 머리를 박고 있는 나를 한 마리 꿀벌로 착각할지도 모를 일이겠다. 꽃에서 꿀을 따듯 도시락에서 밥을 움푹 파서 맛있게 먹었다.

13
.
영월에서 영그는
마늘 이야기

김춘수의 〈길바닥〉

강원도 영월의 유명한 관광지 선돌 근처의 식물 탐사를 했다. 같은 카메라를 둘러맸지만 예전이라면 그냥 전망 좋은 곳에서 선돌만 찍고 다음 행선지로 발길을 돌렸을 것이다. 꽃산행을 통해서 새로이 알았다. 사람들이 관광지라고 정해놓은 것만 볼거리는 아니란 것을.

선돌이 가장 잘 보인다는 전망대의 돌계단을 훌쩍 넘어 가파른 아래로 내달았다. 곧바로 선돌을 감싸며 아늑한 유배길이 죽 이어졌다. 서강(西江)을 끼고 청령포까지 연결되는 유배길은 원주에서 청령포까지 한많은 단종의 유배 경로를 재현하여 꾸민 옛길을 이르는 말이다.

그런 사연을 간직해서일까. 지천에 활짝 핀 야생화와 나무는 포기마다 옛자취가 녹아 있는 듯했다. 숨죽여 피어나는 졸방제비꽃, 이름도 참 시원한 시베리아살구나무 그리고 몽고뽕나무, 줄기가 야들야들한 꼭지연잎꿩의다리, 깎아지른 절벽의 능선에 핀 바위솜나물. 이름과 달리 고약한 냄새가 나는 백선.

강 연안의 어느 밭두둑에는 층층둥굴레가 군락을 이루고 있었다. 둥굴레야 흔하지만 참 보기 어려운 층층둥굴레가 장관이었다. 가시가 인상적인 시무나무도 빽빽하게 덩굴식물들 사이에 자리잡고 있었다. 이

길을 지나간 단종이 보았더라면 그의 마음을 더욱 아프게 꽂아 꿰었을 것 같은 시무나무의 뾰쪽한 가시!

기암괴석만 볼거리가 아니었다. 살아 있는 나무와 꽃들이 오늘 나의 눈에는 최고의 관광자원이었다. 왼편으로는 유유히 흐르는 강물, 오른 편으로는 숱한 식물들과 동무하면서 서너 시간에 걸쳐 선돌 주위의 유배길을 한 바퀴 빙 돌았다.

일행의 대부분이 빠져나가고 몇 사람이 어울려 밭 옆을 느릿느릿 지나가는 중이었다. 감자가 촘촘히 자라나고 고랑 사이로 명아주가 거무튀튀하게 자리잡고 있었다. 그 길가에 민들레 씨앗이 공중으로 막 흩날릴 준비를 마치고 있었다.

내 눈에는 참으로 미미한 민들레 씨앗의 동작이겠지만 지나치는 바람에 올라타서 먼 길을 떠나는 씨앗에게는 일생을 건 운명의 여행이다. 어찌 아무런 바람에게 함부로 몸을 맡기랴. 씨앗은 바람의 종류도 세심하게 살피는 것 같았다. 장차 어떤 풍토, 어느 자리에 착지할지는 모르겠지만

노린재와 민들레 씨앗

이 또한 제가 마음대로 정할 수는 없는 노릇이다. 그 어디에선들 척박함을 이기고, 서양민들레와의 경쟁에서도 이겨 튼튼히 자라나기를 바랄 뿐.

지나가는 바람을 부여잡고 흔들리는 민들레를 보니 꽃 가운데 뭔가 꼼지락거리는 게 있었다. 한 마리 노린재였다. 일종의 보호색처럼 녀석의 딱딱한 등은 민들레의 씨앗과 꼭 같은 색깔이다. 대궁이 전해주는 낭창낭창한 탄력을 즐기는 저 녀석에겐 민들레가 호사스러운 침대일 것만 같았다. 카메라 소리에 놀란 노린재는 서둘러 흰 관모를 비집고 대궁을 붙들며 서둘러 침대를 빠져나갔다.

여기는 강원도, 그중에서도 영월. 이젠 우리도 꽃 관찰을 끝내고 유배길을 빠져나가야 한다. 밭 사이로 난 신작로에는 먼지가 폴폴 날리고 잔 자갈이 널려 있었다. 구름이 높이 떠 있고 저기 조금 앞에서 동무 셋이 길바닥에 발바닥을 맞추며 걸어가는 참 좋은 풍경이었다. 자연의 한 입구를 두드리는 경쾌한 소리가 들리는 것 같았다. 맞춤한 한 편의 시가 떠올랐다.

패랭이꽃은
숨어서
포오란 꿈이나 꾸고

돌멩이 같은 것 돌멩이 같은 것
돌멩이 같은 것은
폴폴
먼지나 날리고

언덕에는 전봇대가 있고

전봇대 위에는
내 혼령의 까마귀가 한 마리
종일을 울고 있다

―〈길바닥〉, 김춘수

　산촌(散村)이라 멀리 드문드문 인가가 보이고 가로수와 어깨를 겨루며 전봇대가 서 있다. 강원도의 소식을 바깥으로 전하러 달려가는 기척이 전깃줄에서 윙, 하고 났다. 그때다. 신작로를 가로질러 횡, 지나가는 것이 있었다. 매캐한 먼지를 일으키며 요란하게 달려가는 트럭이었다. 지붕을 열어젖힌 짐칸에는 마늘이 가득 실려 있었다.

　전문가에 따르면 강원도 영월지역은 우리나라의 대표적인 석회암 지대라고 한다. 석회암 지대는 물이 굉장히 빨리 빠진다. 식물들은 물을 제대로 비축할 수가 없는 불리한 환경에 놓일 수밖에 없다. 따라서 이 지역에 사는 호석회 식물들은 다른 지역과는 달리 특이한 분포를 보인다. 그런 설명을 들으면서 이런 상상을 해보았더랬다. 혹 호석회 지대의 식물들은 이런 불리한 환경을 극복하기 위해 무슨 특별한 장치를 뿌리에 하는 것은 아닐까?

　트럭에 실려 가는 마늘. 밭에서 막 나온 마늘은 차곡차곡 쌓인 채 제 뿌리를 아낌없이 훤히 드러내고 있었다. 산도를 막 빠져나온 태아가 온몸에 피를 묻히듯 불그스레한 흙이 덕지덕지 묻어 있었다. 차바퀴가 일으키는 맹렬한 먼지 속에서 그 뿌리를 보는 순간 퍼뜩 깨달았다. 지금 저 마늘이야말로 그 어느 지역에서 생산된 것보다 훨씬 맛있다는 것을!

　생각해보라. 사나운 파도가 유능한 뱃사공을 만든다고 했다. 물이라

고 움켜잡자마자 바로 사라지는 척박한 환경에서 저 마을은 얼마나 야
무지게 마음먹고 영글었겠는가. 쏜살같이 빠져나가는 물기를 붙잡으려
그 얼마나 뿌리는 부르텄겠는가. 감질나게 흡수한 생명수는 그 얼마나
꿀맛이었으랴. 그 맛이 알뜰하게 쏙쏙 박히며 그대로 영근 영월 마을!

　한 가득 마을을 싣고 가는 트럭의 앞좌석에는 얼핏 보아 자리가 꽉 찼
다. 수건으로 머리를 동여맨 아주머니도 있었다. 오늘 우리들은 서로 비
슷한 일을 한 것 같았지만 실상 많이 다르다. 마늘도 식물 아니겠냐며 이
런저런 식물 몇 개 보았다고 그분들 앞에서 뻐길 일은 아니었다. 뿌리까
지 살피는 분들과는 아예 비교할 상대조차 아니 될 것이다. 이 지역의 웬
만한 야생화나 나무는 두루두루 꿸 것이다. 영월농부의 푸근한 마음을
싣고 차의 꽁무니에서 출발한 먼지가 콧구멍으로 들어왔다. 매캐하고도
달콤했다.

14
·
지리산 반달곰의 외침

이하석의 〈측백나무 울타리〉

지리산으로 드는 길은 많고 많지만 그중에서도 사람들이 가장 붐비는 곳은 성삼재에서 노고단으로 가는 길이다. 그 길의 출입구에서 들어가면 곧바로 오른편에 이런 내용을 적은 간판이 있다.

국립공원의 주인은 누구일까요? 지구는 사람이 나타나기 이전부터 많은 생물들의 보금자리였는데, 사람들이 생활하면서 생물들의 서식처가 많이 줄어들었습니다. 국립공원은 많은 동식물들이 안심하고 살수록 생태계를 보전하는 지역으로, 우리 사람들은 동식물이 주인인 이곳에 찾아온 손님입니다. 국립공원을 찾아온 손님인 우리는 어떻게 해야 할까요? 자연은 자연 그대로 둬야 합니다. 자연훼손과 환경오염이 발생하지 않도록 항상 조심하며 정해진 탐방로만 이용하고 공중질서를 잘 지켜야 합니다. 국립공원의 주인은 동물과 식물들이며 이곳을 이용하는 우리들은 손님이지요.

지리산에 케이블카를 설치하겠다는 움직임은 오래전부터 있었다. 이런 계획은 위에 적은 다짐을 사실상 무색케 하는 내용이라서 마치 손님이 주인을 능욕하는 꼴이라 아니할 수 없을 것이다.

지리산의 주인은 누구일까. 임진년 여름 지리산에 케이블카를 설치하겠다는 계획이 무산되는 통쾌한 소식을 접하면서 이런 질문을 가져보았다. 케이블카를 설치하겠다는 무리한 발상이 이번에 뜻을 이루지는 못했지만 그걸로 다 끝난 문제가 아닌 듯했다. 앞으로도 해당 지자체는 끊임없이 그 계획을 이루려 시도할 것이며 또한 환경청에서는 향후 자격요건을 갖추면 허가를 내줄 수도 있다는 뉘앙스를 강하게 풍겼기 때문이다.

과연 누가 어떤 자격으로 험악한 쇠말뚝을 박고 굉음이 진동하는 케이블카를 지리산 산중에 설치하려는 것일까. 누가 주인이라서 그런 발상에 요건을 따지고 또 그에 맞는다면 그리하도록 허가를 내준다는 것일까.

과연 지리산의 주인은 누구일까. 얼핏 많은 이들을 떠올릴 수 있을 것이다. 지리산에 깃들어 사는 사람들. 국립공원을 관리한다는 직원들. 공원의 시설 허가를 좌지우지하는 공무원들. 국립공원의 생태를 걱정한다는 자문위원들. 지리산이 좋아서 오르내리는 등산객들. 과연 그들 중 지리산의 주인이 있기는 있는 것일까.

사람들이야 뚫린 입을 갖고 있어서 제 나름대로의 이런저런 말들을 깜냥껏 하고 산다. 그러니 제 속셈이 있어 지리산에 케이블카를 설치하자는 의견을 냈을 것이다. 왜 그리해야 하는지 나름의 논리를 개발하기 위하여 자신의 대가리도 괴롭혔을 것이다. 추측컨대 앞으로도 지리산을 개발하자는 시도는 계속될 것이다. 모가지 위에 그 못난 대가리가 붙어있는 한 그럴 것이다.

지리산에 간다. 어쩌다 마흔이 되어 지리산에 발을 처음으로 들여놓은 이후 해마다 한 번씩은 갔다. 최근에는 달마다 한 번씩 간다. 지리산의 식물을 두루 탐사하고자 몇 분들과 의기가 투합했기 때문이다.

　이번에는 음정-연하천-벽소령을 탐방했다. 일행 중 한 분이 이런 말씀을 했다. 대꾸는 아니했지만 나 역시 그분의 의견과 한 치 다를 바 없었다. "그렇게 가고 싶었던 지리산을 앞산, 뒷산 드나들듯 자주 가게 되어서 너무 좋아요!"

　아무리 지리산을 자주 들락거려도 내가 새로운 길을 가는 것은 아니다. 지리산에 이미 나 있는 등산로를 짚어나간다. 그러니 지리산의 일부에 난 길, 그 길 중에서도 지극한 일부를 겨우 걷고 올 뿐이다. 지리산에 처음부터 길이 나 있었던 것은 아닐 것이다. 희미한 길이 있었다가 사람들이 뻔질나게 드나들면서 길은 길로 자리를 잡았을 것이다.

　그 길은 지리산의 이곳저곳에 나 있다. 우리 같은 등산객들은 모두 뜨내기 손님들에 불과하다. 모두들 그 길로 지나다니면서 잠시 지리산에 머물다 가는 것이다. 우리들과는 달리 아예 지리산에 붙박이로 사는 것들이 있다. 그것이 누군지는 굳이 말할 필요조차 없을 것이다.

　지리산에 붙박이로 사는 이들 중에는 이런 것도 있다. 지리산 속에서 숲을 헤치며 하루 종일을 머물 때 많은 것을 만난다. 물론 흙이나 돌들도 있다. 하지만 나도 역시 생물이니 일단은 살아 있는 것을 대상으로 삼자. 그들은 대부분 녹색의 식물들이다. 그들은 정말 늠름히 제자리에서 일생을 견디며 지리산을 지키고 있다. 그 나무들의 겨드랑이나 팔뚝에는 각종 벌레나 곤충이 깃들어 사는 것을 보게 된다. 넉넉한 품으로 품어주면서 함께 살아가는 것이다. 지리산의 주인을 굳이 찾는다면 바로 이들이 유력한 후보가 아닐까.

　성삼재에서 출발해 노고단을 거쳐 본격적인 지리산 종주를 시작했다. 돼지령을 지나 임걸령을 지나 삼도봉을 지나 뱀사골 계곡으로 굽어드는 동안 등산로의 좌우를 호위하는 교목과 관목과 초본들 사이에 간간이 낯선 짐승 하나가 지나가는 사람들을 지켜보고 있었다. 그것은 반달곰이었다. 이 짐승 또한 혼자 외로이 지리산에서 지리산을 지키며 지리산과 함께할 것이다.

실제 반달곰은 등산로 저 너머 너머의 빽빽한 숲속에 살고 있다. 내가 만난 반달곰은 흰 광목 속에 들어 있었다. 물론 저 반달곰은 아마 어느 인쇄소에서 대량으로 찍혀 이 지리산 등산로에 뿌려져 있다는 것을 나

　　　　　　　　　　봄

도 안다. 지리산에 방사된 반달곰이 시시각각 다른 운명을 만나듯, 등산로에 포진한 반달곰도 그냥 같은 곰이 아니었다. 그것은 시시각각 부는 바람의 지휘에 따라 각종 표정을 짓고 있었다.

사람들은 산에서 곰을 만날까 무서워한다. '곰 출현주의'라는 경고 현수막을 그래서 저리 크게 내걸었으리라. 과연 그렇기만 할까. 최근에 안 사실이 하나 있다. 반달곰은 덩치가 보통 사람들보다 오히려 작다고 한다.

지리산에 낯선 기계문명을 설치하려는 사람들도 곰에겐 무서운 존재가 아닐까. 사람들이란 언제나 흉기로 돌변할 수 있는 지팡이도 지니고 있고 무전기 같은 핸드폰이 있고 또 떼로 몰려다니지 않는가. 지치기도 하겠지만 각종 먹을 것으로 배낭이 불룩하지 않은가.

이런저런 생각을 하면서 걷는데 대구 시인 이하석의 시 한 편이 생각났다. 우리더러 곰을 주의하라고 저런 경고막을 크게 달아놓았겠다. 과연 그렇기만 한 것일까. 저 너머 숲에 사는 반달곰이야말로 오히려 그런 인간들을 무서워하는지도 모를 일이다. 그래서 저렇게 바람의 힘을 빌려 시시각각으로 무언의 함성을 지르면서 현수막 시위를 하고 있는 게 아닐까. "이곳으로 들지 마. 네 편이 더 무서워!"

버스에 부딪혀
소형차는 길 밖으로 튕겨
가로수를 들이받아 쓰러뜨리고 뒤집혀져,
쏟아져내리는 사람들.

그러나, 다아,

살았다.
죽음의 냄새 같은
향기가 주위에 가득할 뿐.
그것은 살아 있는,
측백나무 향기.

살펴보니 측백나무 울타리를
들이받고 멈춘 것이었다.
측백나무 울타리가 우릴 막아주었다,
죽음으로 가는 길을.
측백나무 너머 캄캄한
죽음의 세계가 보인다.

신선한 향기로운 나무라고
모든 길들마다 측백나무를 심자고
그것이 죽음을 막아준다고,
측백나무를 찬양한다.

그러나 나는 결국 한쪽만을 찬양한 것이다.
측백나무가 어찌 죽음에 개의하랴.
측백나무 울타리 저 너머에서는
한 어머니가 어린 아들더러 측백나무 울타리 너머로 달려나가지 못하게
타이른다
이쪽 컨에

봄

도리어 위험한 세계가 있다고.

—〈측백나무 울타리〉, 이하석

15
·
질경이 옆에서 먹는 점심

천상병의 〈편지〉

갑자년 여름의 근방이다. 5월의 마지막 날은 토요일, 6월의 첫날은 일요일이었다. 두 달에 걸쳐 연속으로 지리산에 발을 담궜다. 대구, 부산, 서울에서 오는 꽃동무들. 모두들 산과 꽃에 흠뻑 빠진 분들이다. 그들의 덕분으로 힘껏 산길을 다니면서 마음을 다스리고 꽃길을 가면서 머리를 헹군다.

우리가 아무런 뜻도 없이 이 세상에 오지 않았듯 지표면을 뚫고 솟아오르는 나무들도 그저 아무 의미 없이 이 세계에서 흔들리기만 하는 것은 아닐 것이다. 요즘 한창 인기가 있다는 인문학을 '인간이 그리는 무늬'라고 했던가. 산에 가면 늘 궁리하고 가늠해 보려고 한다. 비록 작은 키와 좁은 눈으로 전부를 파악할 수는 없지만 나무들이 그리는 지구 표면의 저 기막힌 무늬들을!

토요일 첫날은 중산리에서 천왕봉으로 올랐다. 이튿날은 비교적 쉬운 코스를 골랐다. 성삼재에서 시작해 노고단과 그 주위를 들러보기로 한 것이다. 이제는 등산로가 아니라 관광길이 되어버린 성삼재-노고단 대피소 길이다. 그래도 길 주위에는 우리의 눈길에는 아랑곳하지 않고 어김없이 꽃은 피고 진다. 여러 번 지나다닌 길이지만 갈 때마다 생태계는 전혀 다른 얼굴을 내민다. 우리가 시간의 흐름 속에서 같은 강물에 두 번 들어갈 수 없듯 꽃들도 잎들도 제자리에 가만 머무를 수가 없다. 이동하지 않는 나무들이라고 제자리에서 한결같은 모습으로 가만히 있을 리는 없는 법이다.

잎의 절반이 분홍색으로 물든 쥐다래가 이곳저곳에 있다. 잎에 거치가 불규칙하고 가지를 잘라보아 갈색 계단 모양의 수(髓)가 보이면 쥐다래. 여기에 비해 개다래는 거치가 일정하고 수가 하얗고 꽉 차 있다. 절정기를 지난 산딸나무의 꽃은 반 이상이 진 채 벌써 열매를 맺고 있다. 층층나무, 개암나무, 미역줄나무, 쇠물푸레나무도 같은 운명이다. 이날 그나마 꽃다운 꽃을 보여주는 건 노린재나무였다.

계절이 교차하는 지금은 꽃을 보려는 이에게는 조금은 아쉬운 시기이다. 봄꽃은 거의 철수를 했고 여름꽃은 이제 나오려고 준비를 하는 단계이다. 꽃과 열매가 교차하는 시기라고 표현하면 되겠다. 이런 때는 같은 과의 비슷한 나무들의 잎을 비교하면서 관찰하는 재미가 있다.

수피가 붕대처럼 풀어지는 사스래나무는 잎이 둥글고 거제수나무는 달걀형으로 길쭉하고 잎맥도 많다. 길가에 가장 흔한 건 당단풍나무의 잎이다. 손가락처럼 펼친 잎의 크기가 다들 비슷하다. 이에 비해 시닥나무는 잎의 가운데가 표시나게 크다. 물론 그렇다 해도 어느 잎을 찢더라도 저 나무는 고통의 즙을 철철 흘리면서 아파할 것이다.

화엄사에서 서너 시간을 숨차게 올라와야 당도하는 코재에 서니 저 아래 구례가 한눈에 펼쳐진다. 나도 저 코스로 서너 차례 걸어서 올라온 적이 있다. 그땐 새벽의 어둠을 뚫고 걷느라 주위를 제대로 둘러볼 수가 없었다. 그 아득한 높이의 날망에 샘이 솟고 그 물을 기반으로 눈개승마 암그루와 수그루가 사이좋게 피어 있다. 털이 북실북실한 게 꽃이 무척

봄

아름답다.

　나도제비란, 병꽃나무, 산수국, 두루미꽃, 나래완두, 덩굴꽃마리, 마가목, 돌양지꽃 등이 산길 주위 곳곳에 피어 있다. 그들을 보면서 천천히 걸어가니 어느덧 노고단 대피소였다. 많은 사람들로 복작대는 곳을 피해 뒷마당으로 가니 붓꽃이 한창이다. 자생하는 것이 아니고 누가 심어 놓은 것이지만 그 자태가 황홀하다.

　노고단 고개까지 돌계단으로 갈까 하다가 우회로를 택했다. 이 길 끝에 오늘 우리가 찾아야 할 귀한 꽃이 있다. 멀리 숲과 산의 풍광이 눈을 가득 채웠다. 지리산이 저의 줄기를 아래로 아래로 뻗어내면 기다렸다는 듯 나무들이 그 위에 무늬를 아로새겼다. 멀고 가까운 산들은 저절로 농담(濃淡)을 조절하고 높고 낮은 나무들은 종류를 조절하면서 자연의 무늬를 완성하고 있었다.

　우리가 찾아야 할 꽃을 만났다. 이렇게 가까이에 귀한 꽃이 있다니 믿기지 않을 정도였다. 점심 때가 제법 지났지만 그런 흔감한 기분이고 보니 허기도 그리 느껴지지 않을 정도였다. 그래도 먹이를 외부에서 공급해야 하는 우리로서는 어쩔 수가 없는 일이다. 노고단 고개의 돌탑 아래 자리를 잡았다.

　나야 그저 얄밉게 입만 달랑달랑 들고 다니지만 대구에서 오신 솜씨 좋은 분이 깔쌈하게 점심을 차렸다. 가짓수 많은 저잣거리의 한정식에 비할 바는 아니겠지만 산중점심으로는 더할 나위가 없었다. 시장기가 가장 좋은 반찬이라고 했는데 지금 우리에게는 그 말고도 노고단 고개의 경치는 그야말로 보기만 해도 배가 부르다.

　여덟 가지 잡곡을 섞어 만든 찰진 밥에 연뿌리와 부지깽이나물 간장절임. 고추와 상추와 취나물과 된장. 오이와 당근도 있다. 그리고 방울토마토. 이 방울토마토는 주로 후식과일로 먹지만 실은 고추처럼 된장에 찍어먹으면 맛이 더욱 좋고 어울린다. 토마토는 고추와 한 집안인 가지과의 식물인 것이다.

이런 좋은 자리에 빠질 수 없는 게 있으니 그것은 바로 한잔의 술. 우선 목을 축인 뒤 맑은 술을 컵에 따라놓고 밥을 먹다가 남은 술을 마시려는 데 흠칫 뭔가 이물질이 있었다. 술잔의 벽에도 붙어 있고 술에도 동동 떠 있었다. 이 녀석들, 하루살이거나 날파리인가?

그제 밤 생각이 났다. 지리산에 오는 길에 나는 어머니를 모시고 고향인 거창의 외가를 찾았더랬다. 금요일 밤에 도착해서 하루를 자고 어머니는 당신의 친정에 머무르시기로 하고 아침에 혼자 지리산으로 달려온 것이다.

그날 외가 마당에서 삼겹살로 술자리가 벌어졌다. 쌀쌀한 기운도 감도는 터라 모기가 그리 많지는 않았지만 상추에 고기 얹고 마늘에 된장 찍어 한입 먹고 돌아보면 술잔에 뭔가 들어 있었다. 모기인가 했더니 작

은 하루살이였다. 술이 조금 취했더라면 안주 삼아 그냥 톡 털어넣었을지도 모를 일이다. 가늘고 작은 몸집으로 살겠다고 바둥거리는 것을 보고 목구멍 너머로 그냥 생매장할 수는 없었다.

된장에 빠졌더라면 끈적거리는 것을 달고 헤어나기 힘들었을 것이다. 술에 빠져 허우적거리는 것을 젓가락으로 건져내니 녀석도 취했는지 한동안 비틀거렸다. 그래도 또 한잔 먹고 돌아보면 어디론가 날아가고 없었다.

외가에서의 술자리를 생각하면서 이 녀석들도 하루살이거나 날파리인가? 했더니 그게 아니었다. 녀석들은 꿈틀거린다는 느낌도 허우적거린다는 움직임도 없었다. 주선(酒仙)의 경지에라도 오른 양 그저 술의 흐름에 몸을 맡기고 술잔 속의 고요를 만끽하고 있는 듯했다. 젓가락으로 건져올리니 비틀거리는 취객처럼 젓가락보다 더 가는 다리로 후들거리며 주저앉았다.

조금 이상했다. 한잔 들이키고 돌아보면 취객이 골목 끝으로 사라지는 것처럼 하루살이가 어디로 날아가야 할텐데 그냥 제자리에 그대로인게 아닌가. 이 녀석 너무 취했나 싶어 안경을 벗고 자세히 보니 그건 곤충이 아니었다. 식물의 작은 씨앗이었다. 비로소 자리를 펼친 주위의 식생이 눈에 들어왔다. 움푹움푹한 돌 사이로 제법 많은 풀들이 얼굴을 내밀고 있었다. 질경이, 짚신나물, 쑥, 그리고 토끼풀. 술잔에 빠져 잠시 하루살이의 흉내를 낸 것은 새포아풀의 씨앗이었다!

거창에서 본 하루살이와 지리산 노고단에서 본 새포아풀의 씨앗. 술 탓이 아니래도 그것은 너무 닮아 보였다. 맑은 정신으로 본다한들 얼핏 보면 구별하기 힘들 것 같았다. 이 세상 모든 것들은 다 이렇게 연결되어 있는 것일까. 한땀 한땀 꿰매는 바느질 자국처럼 저것들은 저의 자리에서 제 몫의 작은 무늬를 이 세계에 아로새기는 중.

허기를 채웠을 뿐 아니라 취기로 띄운 조금은 몽롱해진 눈을 드니 지리산의 아득한 봉우리들이 도열하고 있었다. 반야봉, 연하봉, 토끼봉, 삼도봉, 촛대봉, 제석봉 그리고 천왕봉까지. 바라보는 것만으로도 호사스런 감정에 빠져들지 않을 수 없었다.

오늘 점심이 각별했다. 울퉁불퉁한 돌들 사이, 흔하디 흔한 풀들 사이에서 한 끼의 거룩한 식사를 한 셈이다. 밥을 꼭꼭 씹을 때마다 씨앗이 연결해준 풀이름도 넣어주었다.

글보다는 밥에 집착해서 그랬나. 제목이 〈편지〉임에도 불구하고 내가 늘 〈점심〉으로 착각하는, 착각하고 싶어지는 시 한 편이 있다. 오늘도 점심을 먹으며 그 잘못된 제목으로 시를 호출하여 한 구절을 읊었다.

내일을 믿다가 이십 년!

그리고 불콰해진 얼굴로 휘청거리며 일어났다. 지리산을 짚고 일어섰다.

점심을 얻어먹고 배부른 내가
배고팠던 나에게 편지를 쓴다.

옛날에도 더러 있었던 일,
그다지 섭섭하진 않겠지?

때론 호사로운 적도 없지 않았다.
그걸 잊지 말아주기 바란다.
내일을 믿다가

이십 년!

배부른 내가
그걸 잊을까 걱정이 되어서

나는
자네한테 편지를 쓴다네.

—〈편지〉, 천상병

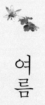

여
름

1 · 너도밤나무 앞에서의 짧은 명상

김수영의 〈공자의 생활난〉

그는 울릉도에 갔다. 나리분지에서 하룻밤을 자고 등대가 있는 태하 마을로 걸어서 갔다. 길은 갈림길은 아니었고 외길이었다. 좌우로 숲이 빽빽했다. 섬이라 그런지 관목의 줄기마다 덩굴식물들이 타고 올라가 식물들의 밀집도가 아주 높았다. 이른 아침의 따뜻한 햇살 속에서 새가 오늘 하루를 여는 소리를 내고 그 소리가 숲으로 들어가 졸린 나무들을 깨우고 있었다.

국수나무가 길가에 흔했다. 줄기를 벗겨놓으면 마치 삶아놓은 국수 가락 같거나 또는 줄기 안에 수(髓)를 밀면 국수가락처럼 나온다고 해서 국수나무라 한다. 울릉군청의 홈페이지에 있는 울릉자생식물도감에는 국수나무를 이렇게 설명하고 있다.

"전 지역의 산골짜기에 자라는 낙엽관목으로 높이 1~2m에 달한다. 뿌리 부근에서 줄기가 많이 나와 덤불을 이룬다. 잎은 호생하며 삼각 형을 한 넓은 난형으로 점첨두 또는 첨두이며 절저 또는 아심장저로서 길이 2~5cm이며 결각상 거치가 있다. 꽃은 5~6월에 원추화서가 새가 지 끝에 달린다. 꽃잎이 5개, 수술 10개, 암술 1개이다. 열매는 골돌로서 8~9월에 익으며 털이 있다." 여기서 골돌이란 벌어진 열매를 뜻하는 말이다.

그는 울릉도에 이 야생화가 이렇게 많을 줄을 몰랐다. 큰키나무 아래로 길가 덤불에 우뚝우뚝 서 있는 꽃, 그 이름은 쥐오줌풀이었다. 잎이나 뿌리에서 쥐의 오줌 냄새가 난다고 해서 그런 이름을 가지게 된 식물이다. 맡아본 적 없는 그 지린내를 확인할 수는 없는 노릇이었다. 날씬한 줄기가 쭉 뻗어오르고 흰색과 부드러운 보라 계통의 색상이 어울린 화려한 꽃이었다. 실제 코를 대보니 이름과 달리 냄새만 상큼했다.

국수나무와 쥐오줌풀. 공교롭게도 먹는 것과 싸는 것이 모두 식물에게로 연결이 되었군, 속으로 웃으며 그가 식물들의 꽃을 카메라에 연신 담으면서 천천히 걸어갈 때였다. 그 나무가 유독 그의 눈길을 끄는 것이었다. 멀리서 볼 때 그 나무는 그가 어릴 적 가지고 놀았던 새총 생각을 단박에 떠오르게 했다. 저렇게 Y자로 생긴 나무를 꺾고 껍질을 벗기고 다듬어 고무줄을 달아 돌멩이로 장전을 하면 참새 한 마리는 너끈히 잡을 수 있는 무기가 되었다. 갓난아기 기저귀 채울 때 쓰던 노란 고무줄은 탄력도 좋아서 새총의 위력도 대단했었다.

그가 아무리 기억을 뒤적여도 새총으로 새를 명중한 적은 없었다. 다만 새총을 만들고 돌멩이를 장전해서 전방을 겨눈 적은 선명히 떠올랐다. 그 전방에 새가 과녁으로 들어온 적도 있었다. 윙크하듯 한쪽 눈을 감고 숨을 일시 정지하고 발사해 보았지만 서툰 그의 솜씨에 걸려드는 새는 어디에도 없었다. 작은 새도 모두들 호락호락하지 않았던 것이다.

산산히 흩어진 지난날처럼 나무에서 떨어져 나온 꽃잎들이 산길에 흩뿌려졌다. 그 옛날 그 새총을 만들기에 딱 좋겠구나, 짐작하면서 호젓한 길을 걸어 가까이 다가서서 보니 그 나무는 너도밤나무였다. 울릉도에만 자생하는 나무. 너도밤나무는 굵고 잎사귀가 하늘로 무성히 뻗어 있었다. 나무는 1년에 얼마나 자랄까. 또 얼마나 굵어질까. 그에겐 전문적인 지식이 없다. 나무의 허리를 가늠해보니 분명 그보다 훨씬 더 나이가 많아 보였다. 나이테를 감추고 허벅지가 튼실한 너도밤나무는 그의 육체하고는 비교할 수 없는 높이요 굵기였다.

이젠 그도 그러한 나이가 되었나. 어깨는 물론이요 키도 초라해져 버렸다. 옛날이라면 나무 앞에 서서 새총을 먼저 만들려고 했을 그였다. 실제로 낫 들고 나무한테 덤벼들었을지도 모를 일이다. 오늘은 달랐다. 압도적인 너도밤나무 앞에 서니 새총 대신 시들어가는 그의 몸 일부분이 생각나는 것이었다. 한눈에 보아도 그것은 어쩌면 그리도 그의 하부를 빼닮았을까.

누군가는 몸뚱아리 중에서 가슴께가 가장 복잡하다고 했다. 하지만 저 부분도 엄청 복잡한 부분이 아닐 수 없다. 인간사의 희한한 이야기가 대부분 바로 저기에서 비롯되는 것이기도 하다. 사춘기를 지나면서 가슴에서 괜한 부끄러움도 나타나고, 머리에서는 까닭 없는 죄의식도 생

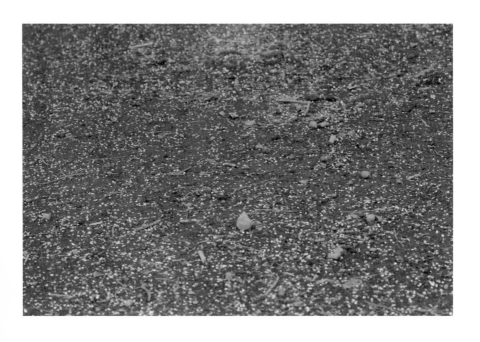

겨났었다. 그에 맞춰 그이의 그곳에도 거뭇한 거웃이 저렇게 은밀하게
자라나는 것!

꽃이 열매의 상부(上部)에 피었을 때
너는 줄넘기 작란(作亂)을 한다.

나는 발산(發散)한 형상(形象)을 구하였으나
그것은 작전(作戰) 같은 것이기에 어려웁다.

국수, 이태리어(語)로는 마카로니라고
먹기 쉬운 것은 나의 반란성(叛亂性)일까.

동무여, 이제 나는 바로 보마.
사물(事物)과 사물의 생리(生理)와
사물의 수량(數量)과 한도(限度)와
사물의 우매(愚昧)와 사물의 명석성(明晳性)을,

그리고 나는 죽을 것이다.

김수영의 〈공자의 생활난〉이라는 아주 난해한 시다. 오늘 그는 너도
밤나무 앞에 서서, 너도밤나무를 똑바로 보면서 자신의 생애도 짧게 관
찰해 보기로 했다. 따지고 보면 그의 지난 시절도 난해한 시간들이 아닐
수 없었다. 장난처럼 흘러간 시절도 있었다. 작전하듯 어렵게 다가간 시
간도 있었다. 그렇게 줄타기하듯 순식간에 날들은 흘러들고 흘러가고.

그는 이 모든 것들을 옛날로 던져버리고도 싶었다. 자신의 골짜기를 들끓게 하던 힘을 이젠 그만 시들게 하고도 싶었다. 이런저런 욕망의 등불을 조용히 끄고도 싶었다. 좌우의 숲처럼 그저 조용히 늙어가고도 싶었다. 국수나무처럼 조용히, 쥐오줌풀처럼 외로이 그저 있기만 하고도 싶었다. 우두커니 서서 미라처럼 삐쩍 말라가고도 싶었다. 그리하여 그렇게 죽고 싶다는 생각까지도 한번 해보았다. 하지만 어쩌나. 바로 그것이야말로 실로 엄청 크고 대단한 욕심!

그걸 잘 아는 그는 갈림길 같은 사타구니에서 걸음을 한 움큼 꺼내서는 너도밤나무 앞을 또 부리나케 떠나가는 것이었다.

2 · 개불알꽃에서 본 물방울

『오에 겐자부로, 작가 자신을 말하다』

개불알꽃은 아주 귀한 꽃으로 멸종위기 2급이다. 우리나라에서는 좀체 보기 힘들지만 연변에 가면 쉽게 만날 수 있다. 백두산 가는 도중의 연길에서 그 꽃을 보기로 했다. 서울을 떠나 연길에서 하룻밤을 자고 아침 일찍 출발했다. 백두산으로 가는 마지막 관문인 이도백하로 가는 도중에 몇 군데 산을 관찰하기로 했다. 연길을 떠나 한 시간쯤 달렸다. 좌우의 과수원에 나무들이 빽빽했다. 사과나무와 배나무를 교잡한 나무라고 했다. 이른바 사과배이다. 사과배? 어쩐지 잘 조합이 맞지 않을 것 같은데 맛이 아주 좋다고 했다.

용정에 들어서자 비가 부슬부슬 내리기 시작했다. 가곡 선구자가 생각났다. 한줄기 해란강, 시인 윤동주, 시인이 다닌 용정중학교 등 몇 가지 단어가 순서 없이 머리를 스쳤다. 부끄럽게도 그것을 한 줄에 꿸 지식과 안목이 내게는 없었다. 멀리서 보이는 산이 비암산이라고 했다. 그 안에 일송정이 있다고 했다. 산 정상에는 소나무 한 그루가 뚜렷하게 보였다. 선구자를 혼자 흥얼거려 보았다.

시간이 촉박해 그냥 용정 시내를 통과해서 한참을 더 달렸다. 이제껏 길가에서 실컷 보았던 가로수는 황철나무라고 했다. 근처 야산으로 올랐다. 소를 방목하는 농장이었다. 산으로 오르는데 소가 마음껏 내깔린 똥이 군데군데 흩어져 있었다.

소똥. 아무도 거들떠도 안 보는 줄로 알겠지만 그게 아니었다. 하늘에서 떨어지는 비가 소똥을 토닥이면서 어루만지듯 분해하고 있었다. 사료가 아니라 들판의 풀을 먹은 터라 역한 냄새는 나지 않았다. 일부는 옆으로 튀기도 하고 또 일부는 비에 씻겨 개울물에 합류하고 있었다. 웬만하면 한철 일용하고도 남을 양식을 이 주위의 풀들이 골고루 나눠먹고 있는 것 같았다.

조그만 야산의 중턱에서 만난 개불알꽃 군락. 개불알꽃을 볼 때마다 내심 궁금히 여겼던 상황이 연출되었다. 진작부터 개불알꽃을 관찰하면서 알아보고 싶었던 것이 있었다. 개불알꽃은 개의 불알처럼 큰 꽃을 달고 있다. 그 안은 요강처럼 제법 큰 공간이다. 비가 올 때 빗물이 가득 고이면 어떻게 될까, 하는 점이었다.

이날 비가 억수로 많이 온 것은 아니었고 간간이 뿌리는 정도였다. 비에 주목하면서 개불알꽃의 변화를 지켜보기로 했다. 비가 제법 몰아쳐도 지붕에 해당하는 꽃잎과 좌우에 울타리처럼 붙어 있는 꽃잎이 비를 막아 실제로 불알 안으로는 비가 많이 들어가지 않는 것을 확인할 수 있었다. 작은 물기야 들어가겠지만 물이 고일 정도는 아니었던 것이다.

며칠 동안 내 눈을 홀랑 빼앗아 간 개불알꽃. 그 안이 몹시 궁금했다. 손가락 하나를 조심스레 집어넣어 보았다. 안은 고요하고 평화로운 어떤 경지를 이룩하고 있는 것 같았다. 힘을 조금만 주면 찢어질듯 매끌매끌한 촉감이 만져졌다. 혹 꽃가루라도 들어 있어 무슨 냄새라도 나지 않을까, 코를 들이대고 킁킁거렸지만 아무런 냄새도 나지 않았다. 그 폭신함을 아는 벌 한 마리가 편안히 쉬고 있는 것도 있었다.

털개불알꽃

개불알꽃

개불알꽃 앞에서 한참을 서성거렸다. 가이드에 따르면 이번 백두산 기행에서 개불알꽃은 여기가 마지막이라고 했다. 사진은 그만 찍고 우두커니 앉아서 개불알꽃을 오래 바라보았다. 개불알꽃의 잎과 턱밑에 대롱대롱 달린 물방울에 주목하면서.

그렇게 무심하려고 하면서 물방울을 볼 때 문득 드는 생각이 하나 있었다. 식물 이야기를 쓰면서 언젠가는 꼭 물방울에 대해 이야기하고 싶었다. 그것은 일본의 양심적 지식인이자, 노벨문학상을 수상한 오에 겐자부로의 대담집, 『오에 겐자부로, 작가 자신을 말하다』를 읽은 뒤부터였다.

나도 시골에서 자랐다. 그 시골 마당 한켠에 자라던 감나무, 그 감나무에 친 거미줄, 그 거미줄에 걸린 물방울을 본 기억이 되살아났기 때문에 더욱 그랬는지도 모르겠다. 오늘이 바로 그날이란 직감이 들었다. 이런 대목이 나온다.

한편, 오에 소년은 언젠가 감나무 가지에 맺혀 빛나는 물방울을 보고 "내 자신의 삶의 방식이 완전히 변해버릴 정도로 영향을 받았다". 다시 말해서 "분명히 나는 가늘게 흔들리는 감나무 잎을 실마리로 해서 골짜기를 둘러싼 숲 전체를 발견했다. 그것은 언제나 잘 보지 않으면 아무것도 아닌 것, 죽은 것이었다. 그런 이상, 이제 나는 수목을, 풀을 주시하지 않고서는 견딜 수가 없었다. 덕분에 초등학교 교장으로부터 멍하니 주위에 정신을 판다고 낙인찍혀 언제나 두들겨 맞는 소년이 되었다. 그래도 나는 내 생활의 즐거운 습관을 바꿀 생각이 전혀 없었고, 빗방울을 응시하며 보낸 어느 무렵 이후에 나는 생애 처음으로 '시'를 쓰게 되었다." 그 시가 지금은 유명해진 이 4행입니다.

빗방울에
풍경이 비치고 있다
방울 속에
다른 세계가 있다

오에는 초등학교 시절에 이런 경지를 발견했다고 한다. 무심코 나무 끝에 달린 물방울을 보았다. 더 자세히 보니 물방울 안에 나도 들어 있더라, 이 세계는 엄청난 세계로구나! 그렇게 느낀 것이었다. 열 살 무렵에 저런 시를 쓰고 예순 살에 노벨문학상을 받은 오에의 문학적 이력도 바로 저 물방울 하나에서 비롯된 것이었다.

꽃에 대롱대롱 달린 물방울을 보는데 그 대목이 생각났던 것이다. 하늘에서 유래한 빗방울은 그때나 지금이나 같은 빗방울일 것이다. 소년 오에를 홀린 물방울이 지금 내 눈앞의 물방울과 같은 성분과 같은 크기일 것이다. 이제 제법 늙은 몸이 되었지만 비록 늦었더라도 그 빗방울을 한번 제대로 보자, 더욱 가까이 개불알꽃으로 몸을 끌어당겼다.

개불알꽃의 턱밑의 빗방울. 나처럼 몸집이 늘지도 않고 언제나 그 모양 그대로인 물방울. 나처럼 늙지도 않고 언제나 싱싱한 물방울. 흙에 떨어져도 얼굴에 흙을 묻힌다기보다는 그대로 흙을 품어버리는 물방울.

혹 물방울 속에 사진 찍는 내 모습이 포착될까, 여러 번 근접 촬영을 시도했지만 잘 나오지는 않았다. 육안으로 보면 분명 개불알꽃의 물방울 안에 어떤 압축된 모습이 선명하게 들어 있었다. 자세히 보면 작아지고 작아진 내 모습도 분명히 있었다. 어린시절의 나도 지금의 나도 물방울 안에서는 꼭 저만한 크기였을 것이다.

꽃을 떠나 곧 흙으로 굴러떨어질 동그란 물방울. 개불알꽃 바깥의 세상과 나를 포함한 또 다른 세계가 그 물방울 안에 요약되어 있었다!

3.

백두산 천지로
미끄러지는 사람들
〈얼음나라〉

长白山天池　　　The Sky Pond of Changbai Mountain

长白山天池是我国最大的火山口湖，是中朝两国的界
湖，也是松花、图们、鸭绿江三江之源。长白山天池湖面海
拔高度为2189.1米，略呈椭圆形，南北长4.4千米，东西宽
3.73千米，积水面积21.4平方千米，水面周长13.17千米，
总蓄水量20.4亿立方米。长白山天池年平均蒸发量450毫
米，年平均降水量1333毫米，天池年平均水温-7.3度，是
吉林省气温最低、特大暴最大、蒸发量最小的地区，是一
个巨大的天然水库。2000年荣获海拔最高的火山湖吉尼斯
世界之最。

The Sky Pond of Changbai Mountain, the largest crater
lake, is the boundary lake between China and North Korea,
as well as the source of Songhua River, Tumen River and
Yalu River. It is elliptical. Its altitude height is 2189.1m, with
the surface area of 9.82 square kilometers, surface perimeter
13.17km. The depth is 373 meters, with an average water
depth of 204 meters. The total storage capacity is 2.04 billion
cubic meters. The average evaporation is 450mm, average
annual precipitation 1333mm. The average annual temperature
here is -7.3 degrees. It is a huge natural reservoir. In 2000
it won the Guinness world record--the volcanic lake with the
highest elevation.

백두산 꽃산행 가는 길이다. 서울을 떠나 연변의 야산을 이틀간 훑었다. 주로 우리나라에서는 귀하디 귀한 개불알꽃과 털개불알꽃을 눈알이 울툴불퉁하도록 실컷 보고 드디어 이도백하를 떠나 백두산 아래에 도착했다. 버스에 내려 입구에 도착하니 백두산은 없었고 장백산만 있었다. 백두산을 중국에서 부르는 이름이다. 큰 돌에 '長白山'이라고 새겨놓았는데 白자를 부리부리한 독수리의 눈알처럼 디자인했다. 화룡점정이라도 한 듯 가운데 한 획을 도드라지게 찍어놓았다.

엄연히 우리 땅이었던 곳을 직접 들어가지 못하고 중국을 통해서 오른다는 게 영 마음이 개운하지 못했다. 입장료도 만만찮았다. 트래킹 비용이 거금이라는 말을 들었을 땐 더욱 그랬다. 중국 땅이라 그런지 중국 사람들이 대세였다. 붉은 유니폼을 입고 단체로 오는 청년들도 많았다. 따발총처럼 쏟아지는 중국말들이 광장을 가득 메우고 있었다.

날씨는 화창하고 맑았다. 고개를 들어 멀리 하늘을 보니 그곳도 또다른 천지인 듯 눈부시게 파랬다. 그 연못 안으로 각종 활엽수가 쭉쭉 뻗으면서 잠겨 들어갔다. 백두산 꼭대기를 유유히 건너가는 낮달. 희미한 초승달이었다. 뱀처럼 구불구불하게 줄을 서 있는데 한참 후 우리 차례가

왔다. 지프차를 타고 백두산을 오르기 시작했다. 굽이굽이 구절양장의 길이었다. 멀리 장백폭포가 선명하게 눈으로 들어왔다.

좌우로 야생화는 거의 자취를 감추었다. 노랑만병초가 지천에 깔려 있지만 철이 지난 뒤라 꽃은 지고 없었다. 어느 한 굽이를 돌아들 때였다. 그 말짱하던 하늘이 갑자기 어두워지기 시작했다. 비가 오는가 싶더니 눈이 펄, 펄, 펄 내리기 시작하는 게 아닌가. 백두산은 그냥 백두산이 아닌 모양이었다. 마음을 단단히 먹으면서 백두산 정상 부근의 광장에 도착했다. 지프차에서 내리니 눈발은 어느새 사나운 우박으로 바뀌어 있었다.

시계를 보니 오전 9시 20분 이쪽저쪽이었다. 서둘러 비옷을 챙겨 입고 천문봉으로 오르기 시작했다. 갑자기 변한 날씨에 여름인데도 손이 시렸다. 이 오뉴월 땡볕에 눈이라니! 우박이라니! 도무지 헤아릴 길 없는 백두의 마음을 생각해 보면서 몇 발짝 옮길 때였다. 우르르 쾅, 우르르 쾅, 우르르 쾅. 벼락이 때렸다. 시퍼런 전기불이 백두산 천문봉에서 빨랫줄처럼 뻗어와 귀 옆으로 흘러갔다. 찌릿찌릿했다. 우뚝하게 솟은 피뢰침이 없었다면 정말 아찔한 순간이었다. 1초 사이를 비켜가는 벼락, 1센티미터를 어긋나는 죽음!

먼저 천문봉 정상에 올랐던 사람들은 얼굴이 하얗게 질려 내려오고 있었다. 중국의 관리들도 사이렌을 울리며 허둥지둥 뭐라고 소리 지르고 있었다. 다행히 벼락은 더 이상 때리지 않았고 조금 잠잠해지는 것 같았다. 아무리 벼락이 무섭더라도 이곳까지 온 마당에 천지를 포기할 수는 없었다. 내려오는 사람들을 거슬러 조심스레 정상으로 올라갔다. 시끄러운 중국말이 사라지고 조금 정화된 백두산 정상이 손에 잡힐 듯 다가왔다. 거칠 것 없는 꼭대기가 그곳에 있었다.

마침내 섰다. 내 두 발로. 마침내 보았다. 내 두 눈으로. 마침내 담았다. 백두산의 천지를. 백두의 키에 내 키를 더한 높이로 서서 오래오래 천지를 바라보았다. 얼음이 가득한 천지. 순식간에 마음은 드넓은 천지를 짚고 건넜다. 아득히 멀고 먼 곳, 시력이 다하는 곳으로 나는 힘껏 쫓아갔다. 저 너머로 개마고원이 있고, 그 너머로 대동강이 흐르고, 또 그 너머로 장산곶이 있고, 아주 너머 너머로는 서울의 북한산이 우뚝하겠네. 인왕산도 있겠네.

귀가 시리고 눈이 침침하고 손이 곱은 가운데 얼음으로 덮인 천지와 눈이 희끗희끗한 백두산의 경사면을 사진으로 찍었다. 문득 발아래를 보았다. 백두산의 흙은 시뻘건 황토였다. 이끼나 고사리 하나 자라지 못하는 환경이었다. 드문드문 큰 화강암의 돌들이 굴러가다 말고 멈춰 서 있었다. 더 이상 떠내려가지 못하도록 시멘트로 고정해 두었다. 백두산의 현실은 식물들에게는 척박함, 그 자체인 것 같았다.

서울에서 꽃산행을 준비하면서 백두산에 오르기 전에 무엇을 준비할까, 생각해 보았다. 체력이야 주말마다 떠나는 산행에서 별 이상이 없는 점을 믿기로 했다. 중국의 허다한 산을 간다면 이런 생각까지는 아니했을 것이다. 화산, 태산 등 관광지로 잘 조성된 산이야 오르고 또 오르면 못 오르리야 없을 것이다. 나에게 백두산은 오르는 것만이 문제가 아니었다.

백두를 보고 천지에 오르되 그냥 무턱대고 올라서는 안 될 것 같았다. 어린 시절부터 지금까지 나를 받아준 국토의 한 정수리에 대한 예의를 나름대로 갖추고 싶었다. 궁리 끝에 최남선의 『백두산근참기』라도 한번 읽어보기로 했다. 한자투성이의 그 글은 내 심금을 울리지 못했다. 솔직히 잘 읽히지도 않았다. "캄캄한 속에서 빛이 나온다." 구절만 기억에 남아 머릿속에서 깜빡깜빡거렸다. 실제로 천지 곁에서 오리무중의 불가해한 날씨 속에 끼어 있자니 그 말은 퍽 실감이 나는 듯했다.

마음 같아서는 이 풍광을 눈알이 울퉁불퉁해지도록 새기고 싶었다. 아쉬울수록 시간은 바삐 흐르는 법이다. 소천지에 들러 본격적으로 식물탐사를 해야 하는 다음 일정에 쫓겨 천문봉을 내려와야 했다. 오를 때는 미처 보지를 못했는데 입구에 천지 이정표와 백두산의 조감도가 서 있었다. 그곳에서 천문봉을 아득히 올려다 보았다. 뻘건 황토흙에 묻혔지만 곧 자꾸 굴러떨어질 것 같은 돌들, 우뚝 솟은 가느다란 피뢰침 그리고 급경사의 백두산 꼭대기에 길게 늘어선 사람들.

구르는 것은 돌이 아니라 관광객들이었다. 각자의 속도와 방향으로 차례차례 굴러떨어지는 사람들. 서로 비슷비슷한 키의 사람들은 하여간 그 어디로 굴러가고 있었다. 밑에서 보면 잘 보이는데 위에서 보면 보이지 않는 곳으로 자꾸 굴러 떨어지는 관광객들이었다.

이 모오든 풍경을 담은 연못 하나가 하늘을 배경으로 하늘 가운데에 있었다. 구름 사이로 언뜻언뜻 보이는 그곳이야말로 문자가 아니라 실제로 하늘에 패인 연못, 천지(天池)!

사람들도 실은 그곳으로 모두 미끄러지고 있는 듯했다. 그 미끄러운 광경을 보는데 기억의 저편에서 글 하나가 미끄러져 나왔다. 아주 오래 전에 내가 쓴 〈얼음나라〉라는 제목의 글이었다.

지상의 모든 이는 태양의 나라로부터 유배당한 자들
추위에 웅크리다 날개를 잃어버렸다
이 차디찬 대지는 하늘이 딱딱하게 언 얼음
나무가 고드름처럼 돋아난다
양털구름도 이곳에선
인정 없는 비바람의 아버지
빛의 사신이 아침 점호 취하고 나면
눈 비비며 노역하러 집을 나선다

미끄럽다

문득 시계를 보니 10시 10분이 지나고 있었다. 대략 어림해 보니 백두산 천지에 머문 시간은 50분 남짓이었다. 그 짧은 시간에 눈, 비, 우박, 벼락, 얼음을 한꺼번에 경험한 셈이었다. 그 엄청난 기후가 지나가는 동안 나에게는 무슨 궁리가 지나갔는가. 과연 백두산은 백두산, 천지는 천지로구나! 새삼 감탄하면서 천문봉의 구름들과 작별하였다.

4
·
한라산의 개구리,
백두산의 거미

유홍준의 〈오므린 것들〉

어릴 적 시골에서 뛰놀 때 시냇물에 가서 물고기를 잡기도 했다. 요즘이야 나물 먹듯 고기를 먹지만 그때만 해도 퍽 궁핍했던 시절이라 물고기는 시골사람들에게 주요한 단백질 공급원이었다. 형들과 함께 족대(반도)를 가지고 물고기를 잡았다. 물이 얕은 곳에 가서 물을 일으키면 돌 밑에 숨어 있던 피리, 중태, 꺽지, 사지, 망태, 띵미리, 쏘가리, 모래무지, 망태 들이 놀라 뛰어나왔다.

고기를 한두 마리 잡을 때도 있었지만 어느 돌을 일으키면 물고기들이 한꺼번에 여러 마리가 잡히기도 했다. 이른바 물고기의 소굴이었다. 우글우글 모여 있던 물고기 대가족을 일망타진한 우리들은 환호성을 질렀다. 그런 소굴을 몇 군데만 덮치면 종다래끼는 금방 묵직해졌다.

이런 경우도 있었다. 제법 물살이 센 곳에서 반반한 돌을 일으켰다. 물고기는 한 마리도 없는데 뒤집힌 돌의 오목한 부분에 작고 노랗게 방울진 것들이 매달려 있었다. 그것은 투명한 점액질에 둘러싸이고 작은 포도송이처럼 엉켜 있었다.

아, 그것은 망태 혹은 쏘가리가 곱게 슬어놓은 알이었다. 그중에서도 긴 수염을 달고 화가 나면 쏘기를 잘하는 쏘가리의 알이 더 노랗고 굵었다. 아무것도 몰랐던 우리는 그것을 그저 귀한 것으로 여겼다. 물속에서 돌을 꺼내든 채 아무런 망설임도 죄의식도 없이 우리는, 나는, 입은, 혀는 그것을 핥아먹기에 바빴다. 목구멍 너머도 아무런 저항없이 받아주었다.

───────

신혼여행을 제주도로 갔다. 아무것도 몰랐던 시절이었다. 그저 아내에게로 떠난 여행이라고 생각하고 며칠을 보내기로 했다. 그땐 산도 잘 몰랐다. 어디 등산이라고 제대로 한 적도 없었다. 이튿날 무슨 바람이 불었는지 한라산을 한번 구경이나 하자고 아내를 꼬드겼다. 실제로 등반을 할 생각은 아니했다.

그저 눈으로만 산의 전망이나 구경할 요량이었다. 택시를 타고 가면 거의 꼭대기까지 가는 줄로 알았다. 차림도 운동화에 간편한 외출복이었다. 도시락은 물론 물도 준비하지 않았다. 정말이지 잠깐 한라산을 슬쩍 구경만 하고 바닷가로 내려올 작정이었다. 싱싱한 회를 안주로 낮술을 할 기대로 마음은 이미 한참 기울어진 뒤였다.

택시에서 내리고 보니 그게 아니었다. 한라산은 그냥 가는 뒷산이 아니었다. 모든 게 어색했던 신혼부부는 서툰 신혼살림처럼 서툴게 등산객의 무리에 합류했다. 조금만 오르고 내려가려던 계획은 수포로 돌아갔다. 등산객 무리에서 빠져나와 중간에 돌아서지를 못했다. 그 흐름에서 몸을 돌려 슬쩍 방향을 바꾼다는 게 말처럼 쉬운 일이 아니었다. 뒤통수가 몹시 따가울 것 같았고 무엇보다도 마음이 그걸 허락하지 않았다. 여기서 포기하면 앞으로의 결혼 생활도 순탄치 않으리란 생각이라도 했

여름

던 것일까.

엉거주춤하던 산행이 어느 순간부터 하루를 다 투자하자고 마음을 던지니 새로운 투지도 솟아났다. 아내도 초보 가장의 말을 고맙게도 믿고 따라주었다. 어찌어찌해서 결국은 꼭대기까지 다 올랐다. 어느 대피소에서 김밥 한 줄에 음료수로 목을 축이고 끝까지 올랐다. 당시엔 남벽으로 정상까지 오를 수 있던 시절이었다. 다만 백록담에 내려가서 물을 만질 수는 없었다. 그곳은 출입금지였다.

어렵게 올라온 한라산 정상이었다. 한라산을 몰랐기 때문에 한라산에 오를 수 있었던 셈이었다. 제법 뿌듯하고 대견한 기분을 만끽하면서 백록담, 한라산, 제주의 풍경을 굽어보았다. 세찬 바람 사이에서 호흡을 고르며 머무른 뒤 하산하는 길이었다.

시원찮게 먹은 터에 허기가 몰려오고 목도 몹시 말랐다. 고사목이 듬성듬성하고 너덜겅이 시작되는 곳에 작은 웅덩이가 하나 있었다. 앞서 가던 사람들이 물을 떠먹기도 했다. 나도 한 모금 먹고 일어나 아내에게 차례를 주었다. 그 순간 급히 말렸다. 그제야 뭔가 찝찝한 것이 눈에 들어왔기 때문이었다.

고요한 웅덩이의 가장자리에 희미하게 흐느적거리는 게 있었다. 다시 보니 투명한 개구리 알이었다. 부부가 같이 먹었다간 혹 개구리처럼 아들과 딸을 주렁주렁 낳지나 않을까. 그때 그런 퍽 희한한 생각을 했던 것이 지금도 기억에 또렷하다. 멋모르던 신혼 시절, 무턱대고 올랐던 길을 최근에 확인해보니 영실-윗세오름-남벽분기점-백록담으로 오르는 코스였다.

백두산 꽃산행이 마무리로 접어들었다. 천지를 구경하고 내려와 원지(園池)라고 하는 고산습지를 관찰할 때였다. 비가 부슬부슬 내리고 있었다. 북한의 유명한 차(茶)를 만드는 황산차와 백산차를 보았다. 그 열매로 술을 빚는 들쭉나무도 보았다. 분홍노루발, 월귤, 찔꽝나무, 함경딸기, 비로용담, 물싸리 등이 가까이에 있었다.

습지를 빠져나와 작은 오솔길을 걸을 때였다. 함께 간 일행 중에 야생화를 세밀화로 그리는 분이 있었다. 그분이 길가에 앉아 열심히 스케치를 하고 있었다. 가까이 가서 무슨 꽃인가 했더니 꽃이 아니었다. 축 처진 호랑버들의 잎사귀와 가지 사이에 꼬물꼬물한 것들이 빽빽이 달려 있었다. 아주 작은 거미들이었다. 그것은 그 옛날 고향 시절로 나를 데리고 가기에 충분한 것이었다. 단박에 시냇물에서 훑아먹었던 쏘가리 알을 떠올리게 하였다.

거미들은 호랑버들 잎사귀를 구부리고 당기고 이어서 집을 만들고 빽빽하게 줄을 쳤다. 그네처럼 만든 잎사귀 위에 소복하게 모여 뒤엉키고 재재발거리며 놀고 있는 작은 거미들. 거미들은 이렇게 모여 있다가 바람이 휙, 불면 입에서 거미줄을 내뻗는다고 한다. 바람의 꽁무니를 붙들고 순풍에 돛단 듯 먼 공중으로 여행을 떠나는 것이다. 바람을 타고 바람 속을 날아가는 거미들. 바람을 거미줄처럼 이용하여 멀리멀리 정처 없는 곳으로 떠나는 거미들.

혹시나? 내 날숨으로 이 거미들을 시집이나 장가 보내줄까? 장난삼아 후 불어보았지만 끄떡도 않았다. 거미들은 누군가가 큰 입김을 불어 등을 떼밀어 주기를 기다리며 놀기에 바빴다. 다시 한번 입을 오므리며 불어보았지만 나오는 건 한숨뿐.

배추밭에는 배추가 배춧잎을 오므리고 있다

산비알에는 나뭇잎이 나뭇잎을 오므리고 있다

웅덩이에는 오리가 오리를 오므리고 있다

오므린 것들은 안타깝고 애처로워

나는 나를 오므린다

나는 나를 오므린다

오므릴 수 있다는 것이 좋다

내가 내 가슴을 오므릴 수 있다는 것이 좋다

내가 내 입을 오므릴 수 있다는 것이 좋다

담벼락 밑에는 노인들이 오므라져 있다

담벼락 밑에는 신발들이 오므라져 있다

오므린 것들은 죄를 짓지 않는다

숟가락은 제 몸을 오므려 밥을 뜨고

밥그릇은 제 몸을 오므려 밥을 받는다

오래 전 손가락이 오므라져 나는 죄 짓지 않은 적이 있다

—〈오므린 것들〉, 유홍준,

　최근 나에게는 목표가 생겼다. 적어도 식물 이름 100개는 입에 넣고 중얼거릴 수 있도록 하자는 것이다. 백두산까지 와서 공부를 하는 것도 이를 위한 것이다. 어릴 적 멋모르고 핥아먹었던 물고기알 같은 작은 거미들을 보는데 많이 생각이 일어났다. 무심코 저지른 철없던 장난 속에 숨어 있던 죄의식이 스멀스멀 기어 나와 위에 적은 시를 떠올리게도 했다.

지나간 일을 돌이킬 수는 없는 법이다. 생각만 해도 얼굴이 확 달아오르는 부끄러운 기억이라고 몽땅 도려낼 수도 없는 법이다. 다만 지금 나는 바라노니, 입속에서 거미줄을 뻗어 거미가 바람을 타고 그 어디로 가듯, 입으로 중얼거리는 꽃이름이 혓바닥에 묻은 죄의식을 씻어내고, 그 어딘가로 나를 데려가 주었으면!

5 · 한라산 병풍바위를 오르며

김수영의 〈병풍〉

헥, 헥, 헥, 거리는 소리가 좁고 가파른 길에 가득 찼다. 울긋불긋한 복장으로 오르내리는 등산객들이 내는 소리이다. 물론 내 목구멍에서 나오는 헐떡이는 소리도 보태졌다. 여기는 제주도 한라산. 영실에서 윗새오름 산장으로 가는 등산로이다. 완만하던 길은 이내 가파른 경사로로 나를 데리고 갔다. 처음 가는 길은 아니었지만 갈 때마다 터져나오는 신음은 어쩔 수가 없었다.

나무데크 길 주위로 윤노리나무가 흰 꽃을 활짝 피웠고 좀딱취, 개족도리가 눈에 띈다. 노란색의 민눈양지꽃이 반짝거리고 한라산에만 핀다는 세바람꽃이 숲속에 외로이 숨어 있다. 제주도, 그중에서도 한라산, 그안에서도 영실(靈室)이라고 하니 무언가 신령스러운 기운이 저 길 너머 산중에 가득할 것 같은 분위기이다.

계곡을 하나 건너 조금 오르니 해발 1400미터 표지석이 나온다. 강원도나 경기도 등의 웬만한 산보다도 더 높다는 표시이다. 시작점이 높았으니 몇 번의 가쁜 숨을 토해놓고 보니 이리 큰 숫자를 얻을 수 있는가 보다. 기념이라도 하듯 민백미꽃이 활짝 피어 있었다.

어느덧 작은 능선이 나타나고 사방의 경치가 한눈에 휘이 드러났다.

때맞추어 바람도 장난질을 시작했다. 섬노린재가 시무룩하게 길가에서 흔들리고 천남성이 사주경계를 하는 듯 두리번거리고 있다.

제주와 와서 낯선 것은 식물들뿐만이 아니다. 곳곳에서 출몰하는 낯선 언어가 있다. 수시로 따발총처럼 튀어나오는 외국어, 특히 시끄러운 중국어이다. 한라산을 오르면서도 이 광경을 피할 수가 없었다. 한번 신경이 쓰이기 시작하자 내가 과녁인듯 그것들은 정확히 귀를 파고들었다.

한반도가 빙하기인 시기가 있었다. 이후 온난화가 진행되자 북방계 식물들 중에서 미처 북으로 가지 못하고 한라산 꼭대기로 올라간 식물들이 있다. 6·25전쟁 때, 북으로 가지 못하고 지리산으로 들어간 빨치산처럼 한반도에 남게 된 것들이다. 우리나라에서는 유일한 서식지가 한라산인 식물들의 연유가 바로 이에 해당한다. 암매가 그렇고 시로미가 그렇다. 그 귀한 식물들을 만나러 가는 길에서 교차하는 북방에서 온 관광객들. 입을 달고 있는 자들과 입이 없는 것들의 차이인가. 마음의 대접이 달라도 이리 다르다.

이런 적도 있었다. 식물조사차 완도에 들렀다. 서둔다고 서둘렀지만 완도에 도착하니 늦은 밤이었다. 주최 측에서 준비한 식당으로 가니 구운 지 오래된 삼겹살이 미지근한 불판에서 뒹굴고 있었다. 그래도 새로운 손님의 자격으로 이것저것 주문할 일이 제법 되었다. 영업이 거의 끝나려는 시간에 뒤늦게 출몰한 내가 얼마나 미웠을까. 두 번의 호출 끝에 나타난 종업원은 짜증이야 애써 감추었지만 피곤은 어쩔 수가 없는 듯했다. 우리야 늦게라도 일어서면 그만이지만 이분들이야 또 뒤처리가 남았다.

몇 가지 반찬을 챙겨주던 아가씨. 마늘과 상추도 두 번 가져다 주던 아가씨. 말을 섞는데 그 어투가 조금 이상했다. 전라도 사투리가 아니었다. 알고 보니 연길에서 온 젊은 아가씨였다.

여름

가만 보아라, 이 아가씨는 저 멀리 북방에서 오신 분이 아닌가. 어떤 곡절 끝에 이리도 멀리 한반도의 끝, 완도까지 왔을까. 굳이 묻지 않아도 그 사정이야 짐작되었다. 내일 조사할 완도의 식물목록 사이로 그 아가씨의 고단함이 슬쩍 끼어드는 것 같았다. 빙하기가 끝나고 가족들과 떨어져 우리나라의 고산지대로 찾아든 북방계 식물들과 고향을 떠나 남하한 그 아가씨의 사연이 겹쳐져 그날 밤 한 알딸딸한 술꾼의 마음을 조금 짠하게 만들었던 것이었다.

비와 바람, 구름과 안개가 무시로 출몰하면서 천만변화를 일으키는 한라산이었다. 제주 시내에서는 햇빛이 쨍쨍했으나 어느새 슬슬 안개가 한라산 저 봉우리를 휘감기 시작했다. 물기가 배인 습습한 공중은 또 무슨 재주로 나의 눈을 휘둥그레 놀래킬 것인가. 안개 속에서 별안간 전망대가 나타나고 능선에 올라서니 한라산을 둘러싼 제주의 풍광이 한눈에 드러났다. 저 멀리 바다에 포위된 제주섬의 선들이 가지런히 배열되어 있다. 바다와 맞댄 곳은 납짝하더니 한라산으로 가까이 오르면서 지형은 상승한다. 그 사이사이에 숱한 제주를 대표하는 지형인 오름들이 불룩불룩 솟아 있다.

고개를 드니, 아연 놀라운 지상의 한 꼭대기 풍경이다. 한라산의 절반이 운무에 휩싸였다. 오른쪽으로는 영실기암이 우뚝하고 그 한가운데 비폭포가 있다. 비폭포란 한여름에 폭우가 쏟아질 때 한라산의 원시림 속으로 순간적으로 고인 빗물이 영실기암의 벽을 타고 내려오면서 만드는 폭포를 말한다. 지금 바람이 몰아치고 있으나 애석하게도 비로 연결되지는 못해 폭포는 개점휴업중이었다.

멀리 우뚝 솟은 뒤 수직으로 내리꽂히는 바위들이 도열하고 있다. 병풍바위라 했다. 산철쭉이 벌겋게 핀 등성이를 놀란 시선으로 더듬으며 훑고 올라갔다. 그때 눈앞을 꽉 채우며 압도적으로 전개되는 광경은 우리 인생의 결말을 요약하여 보여주는 한 폭의 그림이 아니겠는가.

그림을 본다. 신갈나무처럼 능선에 줄지어 꽂혀 있는 이들은 나보다 조금 먼저 산에 오른 사람들. 그들이 줄줄이 이 굴곡진 산길에 발을 비비며 헉헉대고 올라가고 있었다. 어느 한 정상에 올랐는가 보다. 그이들은 그 무엇을 향해 일렬로 대기하고 있는가. 그들이야 전혀 눈치채지 못하겠지만 이곳에서 조금만 눈길을 옆으로 옮기면 그 병풍바위 아래로 흰 안개가 축축하게 드리워져 있다. 이제 정상에 도착한 이들을 잡아묶어서 그곳으로 산산히 흩어지게 하고야 말겠다는 듯!

우리는 누구나 이 땅에서 살다가 어느 날 자신만의 때가 오면 이 땅을 홀쩍 떠나야 한다. 그동안 크건 작건 만고풍상의 변화가 인생 속을 휘뒤집고 휘몰아친다. 아무리 날뛰고 발버둥쳐 보지만 요약하고 요약하자면 우리의 삶이란 기일(忌日) 하나를 작은 흔적으로 남기고 병풍 뒤로 사라지는 것이라 할 수 있지 않을까.

한라산 중턱에서 바라보는 저 바위는 병풍바위라 했다. 신들의 거처라고도 불리며 한여름에도 구름이 몰려와 몸을 씻고 간다는 영실의 병

풍바위. 그 바위와 바위 주위를 둘러싼 사람들의 행렬과 이 모두를 흰보자기에 싸기라도 하겠다는 듯 묽게 번져나가는 안개를 보자니 문득 앙앙대고 혁혁대는 우리네 인생의 한바탕이 생각나서 잠시 등산을 멈추고 이런저런 감상에 젖어보았다. 그리고 지금 이 자리, 이 지명과도 잘 어울리는 김수영의 시를 여기에 적어둔다.

병풍은 무엇에서부터라도 나를 끊어준다
등지고 있는 얼굴이여
주검에 취한 사람처럼 멋없이 서서
병풍은 무엇을 향하여서도 무관심하다
주검의 전면 같은 너의 얼굴 위에
용이 있고 낙일(落日)이 있다
무엇보다도 먼저 끊어야 할 것이 설움이라고 하면서
병풍은 허위(虛僞)의 높이보다도 더 높은 곳에
비폭(飛瀑)을 놓고 유도(幽島)를 점지한다
가장 어려운 곳에 놓여 있는 병풍은
내 앞에 서서 주검을 가지고 주검을 막고 있다
나는 병풍을 바라보고
달은 나의 등 뒤에서 병풍의 주인 육칠옹해사(六七翁海士)의 인장(印章)
을 비추어주는 것이다

—〈병풍〉, 김수영

6
·
모란동백을 부르는 꽃자리

이제하의 〈모란동백〉

모란 ⓒ최영민

부산국제여객터미널이다. 임진년의 현충일 징검다리 연휴를 맞이하여 대마도로 꽃산행을 떠났다. 출렁이는 배를 타기 전 들를 곳이 있었다. 풍랑이 심하지는 아니한다 해도 얼핏 멀미에 대한 가벼운 걱정도 일어났다. 먼길 떠나기 전 배낭끈을 조절하고 신발끈을 조이듯 몸을 추려야했다. 되도록이면 가볍게 하기 위해 화장실을 찾았다.

이번 여행이 대마도로 꽃을 찾아가는 여행이라서 그럴까. 흔히 보는 포스터 하나가 새삼스레 눈길을 끌었다. 민들레 씨앗이 하나씩 바람에 나부끼며 공중으로 떠나려는 순간을 포착한 사진이었다. 씨앗들도 하나하나 고귀한 생명들이니 정처 없는 여행을 떠나려는 것이다. 그중 몇 개가 모여서 아라비아 숫자를 나타내고 있었다. 111.

그 아래 이런 문안이 적혀 있었다. '널리 퍼져라 대한민국 안보의식 신고전화 111'. 우리나라의 어느 기관에서 안보 경각심을 고취하기 위해 만든 포스터였다. 처음 보는 포스터가 아니었지만 오늘 따라 유독 눈에 띄는 건 꽃산행을 떠나는 심사가 크게 작용한 탓일 게다. 이리저리 꽃들을 쫓아다니면서 민들레 씨앗들과 얼굴을 많이 익혔기 때문이기도 했을 것이다.

출국심사를 끝내고 배를 타기 위해 마지막 관문을 나섰다. 이제 홀가분한 기분이다. 모든 것 잊고 꽃만 생각하기로 하자. 미안한 구석이 여기저기 많지만 당분간은 민들레 씨앗처럼 가벼워지기로 하자. 그렇게 마음을 먹기로 했다. 발아래에서 바다가 찰랑대며 몸을 풀고 있는 가운데 우리를 태울 쾌속선이 있었다. 그 이름이 나의 심사에 그대로 꽂혀들었다. 오션 플라워, OCEAN FLOWER!

오션 플라워는 파도를 헤치며 나는 듯 달렸다. 물보라가 쾌속선을 때렸다. 유리창에 번지는 물방울 무늬. 아득한 수평선에 넘실거리는 물결 무늬. 이 또한 모두 꽃무늬의 일종이라고 여기면서 멀리서 찾아오려는 멀미 기운을 말렸다.

드디어 대마도 히다카츠항에 상륙했다. 배 안에서 체류하는 동안 몸이 제법 무거워졌다. 대구에서 오신 분들이 주신 황남빵—그것은 국화를 닮았다!—으로 출출한 배를 달래기도 했던 것이다. 기우뚱한 선내의 화장실을 가려다가 참았다. 혹 일본의 화장실에도 '111'에 필적하는 포스터가 있지 않을까. 그 포스터에는 무슨 꽃과 연관이 있지 않을까 생각했던 것이었다.

뜻밖의 장소에서 꽃 포스터를 만났다. 히다카츠항은 그리 큰 항구가 아니었다. 외국 손님을 맞이하는 일본 공무원들에게서는 심심한 티가 역력했다. 한꺼번에 몰아닥친 관광객들로 입국장이 소란해졌다. 익숙하지 않은 문자라서 그런 것일까. 일본어 글씨로 각종 주의사항이 적혀 있는 벽면도 요란했다. 길게 줄을 서서 화장실 걱정을 하고 있는데 눈에 번쩍 띄는 포스터가 있었다. 입국심사를 끝내고 통관을 위해 배낭과 가방을 검색대에 올려놓고 이리저리 두리번거릴 때였다.

포스터에는 큼지막한 꽃이 피어 있었다. 이럴수가. 대마도를 방문하는 현장에서 대마를 금지하는 글귀를 내가 찾아다니는 식물들과 함께 나란히 실린 사진으로 보다니! 카메라로 찍고 싶었으나 입국장에서는 사진촬영을 엄격히 금지한다는 문구가 있어 포기했다. 그 포스터에는 지독하게 예쁜 한 꽃송이와 함께 한문으로 이런 글씨가 크게 씌어 있었던 것이다. '大麻種子 輸入禁止!'

대마도에 상륙한 그날 오후부터 산을 훑었다. 시라타케 산, 다테라 산, 아리아케 산, 센뵤마키 산을 두루두루 두르면서 아열대 식물들을 관찰했다. 섬 지방이라 특히 풍부한 양치식물도 실컷 보았다. 꽃들을 생각하면 머릿속에서 알 수 있는 꽃과 이름을 모르는 꽃들이 계속 뱅글뱅글 돌아다녔다. 잎이나 줄기에 흔한 가시들도 나타나 아프게 콕콕 머리를 찔러댔다. 산중의 꽃들 말고 나에게 꽃을 상기시켜 주는 일은 이제 더 이상 없는 것일까.

이틀을 머물던 이즈하라의 대마도호텔을 떠났다. 마지막 밤은 히다카츠로 와서 카미소 여관에서 자는 일정이었다. 아무리 꽃이 좋다지만 연이어 강행군을 하니 몸도 제법 지쳐 있었다. 어쨌든 마지막이라니 아쉬움도 진하게 몰려왔다. 그런 복잡한 심사를 가지고 있던 차에 버스가 풍광 좋은 해변가의 여관 앞마당에 우리를 내려놓았다. 그때 나는 보았다. 꽃을 주제로 한 이번 대마도 여행의 마지막 인연인가. 카미소는 고급 일본식 여관으로 한자로 표기한 화해장(花海莊)이란 간판이 걸려 있었다.

마지막 밤. 화해장 테라스에서 저녁 먹는 자리였다. 취기가 오르고 이런저런 이야기가 오고 갔다. 몇 사람이 건배사를 했고 너나없이 꽃에 대한 진한 애정을 숨김없이 토로하기도 했다. 꽃으로 맺은 인연, 꽃보다 아름다운 사람들, 꽃처럼 아쉬운 시간. 꽃만큼이나 예쁘고 꽃보다 아름다운 꽃자리였다.

동백나무

내 순서가 왔다. 자리에서 일어나니 '화장실의 111-쾌속선 오션 플라워-국화무늬의 황남빵-대마도 입국장의 대마-일본여관 화해장'으로 이어지는 꽃들을 주제로 한 3박 4일의 고리가 주마등처럼 엮어졌다. 취기를 빌어 용기를 냈다. 이왕이면 꽃으로 인연을 하나 더 엮어 마무리를 하자, 결심하고 나의 목구멍에서 함부로 튀어나온 노래, 〈모란동백〉의 가사를 여기에 적는다.

　모란은 벌써 지고 없는데 먼 산에 뻐꾸기 울면 상냥한 얼굴 모란 아가씨 꿈속에 찾아오네. 세상은 바람 불고 고달파라 나 어느 변방에 떠돌다 떠돌다 어느 나무 그늘에 고요히 고요히 잠든다 해도 또 한번 모란이 필 때까지 나를 잊지 말아요.

　동백은 벌써 지고 없는데 들녘에 눈이 내리면 상냥한 얼굴 동백 아가씨 꿈속에 웃고 오네 세상은 바람 불고 덧없어라 나 어느 바다에 떠돌다 떠돌다 어느 모래뻘에 외로이 외로이 잠든다 해도 또 한번 동백이 필 때까지 나를 잊지 말아요

7 · 꽃개회나무 손잡이

박남수의 〈아침 이미지〉
이준관의 〈별 하나〉

그곳까지 다 오른다고 해서 하늘로 오를 수 있는 건 아닐지라 해도 이른 새벽 한계령에 도착해서 부슬부슬 안개를 몸에 두르고 설악산 위의 저 아득히 끝간 데를 올려다보니 우화등선의 한 자락을 흉내낼 수도 있겠구나 하는 욕심을 부려보고도 싶어지는 것이었다.

아무리 꽃이 좋아 새벽밥 먹고 나선 산행이지만 아직도 나는 띵띵한 몸을 가진지라 등산로 입구에 서면 언제 저 정상에 오르나 부담을 아니 가질 수가 없다. 간밤의 술이 좀 과했던지 오늘따라 더욱 그랬다. 그래서 그런 엉뚱한 욕심을 부려보면서 몸의 긴장을 달랜 것이다. 희붐한 새벽 안개를 가르면서 가파른 계단을 올랐다. 고단한 몸을 부지런히 재게 놀리면 힘이야 들겠지만 그래도 하늘의 한 귀퉁이를 만져볼 수도 있겠구나, 기대를 하고서.

오늘은 설악산 한계령 휴게소에서 서북능선을 올라 귀때기청봉까지 갔다와야 하는 산행이다. 여름날이라 다행인 것은 출발할 때 빛이 완연해서 새벽잠에서 깨어나는 사물을 그 시간에도 온전히 분별할 수 있다는 점이다. 고등학교 때 배운 시 한 편처럼 오늘 또 하루의 천하가 설악산에서 새롭게 태어나는 바로 그 현장을 생생히 목격할 수가 있었다.

어둠은 새를 낳고, 돌을

낳고, 꽃을 낳는다.

아침이면,

어둠은 온갖 물상(物象)을 돌려 주지만

스스로는 땅 위에 굴복(屈服)한다.

무거운 어깨를 털고

물상(物像)들은 몸을 움직이어

노동(勞動)의 시간(時間)을 즐기고 있다.

즐거운 지상(地上)의 잔치에

금(金)으로 타는 태양(太陽)의 즐거운 울림.

아침이면, 세상은 개벽(開闢)을 한다.

—〈아침 이미지〉, 박남수

　어둑어둑한 가운데에서도 실새풀은 아침의 전령사처럼 꼿꼿하게 하루를 맞이하고 있었다. 쉽게 지나치는 풀이지만 예사로이 보이지가 아니했다. 바위의 겨드랑이에서 옹골차게 피어난 금마타리나 길가에 우두커니 서 있는 참조팝나무, 회목나무가 새벽 인사를 한다. 환한 대낮이라면 그냥 지나치고 말았을지도 모른다. 오늘은 그 얼굴을 희미하게 혹은 깨끗하게 볼 수가 있었다. 이 순간의 그들은 내가 가진 언어로는 도저히 가닿을 수 없는 어떤 경지에 머무는 식물들이라고 이해했다.

　강수 확률이 30%에 불과하다 했건만 산중에 들고 보니 인간 세상이 컴퓨터를 동원해서 정교하게 예측한 아라비아 숫자는 가볍게 무용지물이 되어버렸다. 비가 올 기미가 곳곳에 드리워져 있었다. 자욱한 안개가 벌써 곳곳에 포진해서 언제든지 가랑비로라도 응결할 태세였다. 희미하고 자욱한 안개 너머로 설악산이 간직하는 신비와 기운이 잔뜩 대기하고 있었다. 누군가 톡 건드려주면 언제라도 왈칵 달려나올 자세였다.

한계령 삼거리. 오른쪽은 중청과 대청봉으로 가는 길, 왼편으로는 귀때기청봉으로 가는 길이다. 산중의 갈림길에서 오른편을 버리고 왼편을 택했다. 작은 숲길이 이어지고 바위가 잔뜩 얼크러진 너덜겅이 나타났다. 안개는 나타났다 사라지기를 수시로 되풀이했다. 가끔 올려다보는 하늘은 가소롭다는 듯 안개와 구름을 잔뜩 풀어놓고 있었다.

하늘로 뚫린 길을 기대하고 올랐건만 길은 쉽게 보이지 않았다. 설악의 한 정상에 서면 그만큼 하늘은 멀찍이 물러났다. 내려다보는 세상은 또 그만큼 깊어지는 것이라서 정확히 서로 비기는 것이리라.

귀때기청봉으로 가는 길의 어느 중간쯤이었나. 확연히 다른 풍경이 펼쳐졌다. 코끝을 간질이는 냄새들! 털개회나무와 꽃개회나무가 활짝 피어났다. 그 꽃들의 향기가 사방에서 진동했다. 난분분 휘날리는 꽃향기가 주위에 가득 찼다. 그 세기가 얼마나 강한지 향기는 좀처럼 주위를 떠나지 않았다. 가늘고 부드러운 향기는 바람의 그물을 쉽게 빠져나가는 모양이다. 아무리 바람이 강하게 불어도 향기는 남았다. 심술궂은 바람도 꽃향기를 모두 데리고 가지는 못했다. 천상의 정원이 따로 없었다. 설악의 한 사면이 온통 털개회나무와 꽃개회나무가 어우러져 잔치를 벌이고 있는 중이었다.

향기에 취해 어느 모퉁이의 호젓한 길을 돌아들 때였다. 실팍한 돌이 주춧돌처럼 자리한 가운데 꽃개회나무 한 꽃송이가 탐스럽게 뻗어나와 공중에 달려 있었다. 꽃개회나무는 묵은 가지가 아니라 올해 새로 돋아난 가지에서 꽃이 핀다. 우연히 만난 눈앞의 나무는 그 특징을 고스란히

간직하고 있었다. 이런 동시가 있다.

별을 보았다.

깊은 밤
혼자
바라보는 별 하나.

저 별은
하늘 아이들이
사는 집의
쬐그만

여름

초인종.

문득
가만히
누르고 싶었다.

　—〈별 하나〉, 이준관,

　꽃개회나무의 아주 작은 꽃송이는 잡기 좋은 동그란 손잡이. 문득 저 손잡이를 가만히 누르고 돌리고 싶었다. 혹 모른다. 저 앙증맞은 손잡이를 돌리면 실제로 하늘의 한 구석으로 들어가는 문이 열릴지도. 오늘 아침 산에 오를 때 내심 기대했던 것이 실현될 수 있을지도.

　띵띵한 몸으로 부담을 가지고 오른 오늘 꽃산행이었다. 그래도 이만한 게 어디인가. 뜻밖의 호사를 생각지도 못한 신체기관으로 왕창 누렸다. 오늘은 안복(眼福)만 누린 게 아니다. 이렇게 콧구멍 가득 꽃들의 향기를 빨아들이지 않았는가.

　하늘로 가는 길은 아무에게나 열리는 게 아니라지만 땀으로 범벅이 된 얼굴을 훔치면서 꽃개회나무 손잡이를 실제로 가만히 돌려 보는 순간, 우화등선의 한 자락을 실천이라도 한 것처럼 마음 한구석이 설악의 구름을 밟으며 올라타는 기분이었다.

8

자생하는 식물, 기생하는 동물

이태백의 〈산중문답〉
두보의 〈절구육수〉

서울대학교에서 한시를 가르치다가 정년퇴직한 이병한 선생이 엮은 『하루 한 수 한시 365일』은 매일 하루 한 수씩 읽도록 편집된 책이다. 읽은 것으론 조금 부족해서 가끔 짬을 내어 임서(臨書)해 보기도 한다. 4월 5일치의 한시는 너무나도 유명한 이백의 〈山中問答(산중문답)〉이다.

問余何事棲碧山 (문여하사서벽산)
笑而不答心自閑 (소이부답심자한)
桃花流水杳然去 (도화유수묘연거)
別有天地非人間 (별유천지비인간)

무엇 때문에 푸른 산에 깃들어 사느냐구요
빙그레 웃고 답 안 하지만 마음은 절로 한가합니다
복사꽃 두둥실 물에 떠 저만치 흘러가는데
여기가 바로 속세를 벗어난 딴 세상이 아닐까요

한문을 더듬더듬 써나가다가 그만 마음이 출렁해져버렸다. 겨우 손목이나 적실 만큼 얕게 찰랑대는 나의 시심을 건드린 건 벽산도 도화도 유수도 아니었다. 인간은 더더구나 아니었다. 그것은 첫 연의 棲, 자를 쓰다가 그랬다. 그 글자는 단박에 서식(棲息)이란 단어로 연결되었다. 그럴 만한 사연이 있다.

계사년 4월. 동북아식물연구소에서 파라택소노미스트 과정에 등록하고 첫 오리엔테이션 시간이었다. 현진오 박사가 식물에 대한 대강을 강의한 후 슬라이드 사진을 보여주었다. 처음 본 것은 봄에 가장 빨리 피는 꽃 중의 하나였다. 다음날 우리가 야외 실습할 천마산에서 찍은 앉은부채였다. 앉은부채는 주위의 눈을 녹이며 피어나 있었다. 그동안 무심코 눈길을 좋아라 밟기만 했는데, 저 꽃은 눈을 뚫고 봄의 전령사처럼 애써 피어나는 것이었다.

천마산에서 볼 수 있는 봄꽃들을 슬라이드도 먼저 보는 내내 내일이 기다려졌다. 강의가 막바지에 이르러 자유질문 시간이었다. 현 박사는 용어의 개념을 정확히 쓰는 게 중요하다면서 수강생들에게 먼저 이런 질문을 던졌다. 서식이라는 말이 있습니다. 흔히들 동물의 서식지, 나무의 서식지라는 말을 쓰는데 맞는 말일까요?

실제로 그렇게 쉽게 써온 게 사실이다. 국어사전에서 서식을 찾아보면 '동물이 깃들어 삶'이라고 정의되어 있다. 이 풀이에서 중요한 건 주어가 있다는 점이다. 그것은 식물이 아니라 동물이다. 깃들어 사는 건 동물이지 식물이 아닌 것이다. 그럼 식물에 해당하는 용어는 무엇일까. 현 박사는 답을 금방 주지 않았다. 빙그레 웃기만 했다.

이날 오리엔테이션에서 많은 것을 새로 알았다. 아니 새로 알았다는 말은 정확한 표현이 아니다. 그간 안다고 여겼던 것은 흐릿한 상태였고 이번에 아주 적확하게 알게 되었다고 하는 것이 옳겠다. 그동안 자연에

여름

대한 지식이란 게 뻔한 눈치와 대충의 짐작으로 구성되어 있었다는 사실을 새삼 확인했다.

꽃은 꽃받침+꽃잎+수술+암술이란 것을 알았다. 잎의 구조가 잎자루+잎몸으로 이루어지며 잎몸은 주맥+측맥으로 이루어진다는 것을 알았다. 우리나라의 생물종이 약 6만 종이라는 것을 알았다. 생물다양성이란 개념에 대해서, 지구온난화가 식물생태계에 미치는 영향에 대해서도 배웠다. 야생에서 멸종이란 게 어떤 상태를 뜻하는 것인지를 배웠다. 그러면서 생태계교란 식물과 멸종위기 식물의 명단을 훑어보았다. 나무 한 그루의 가치에 대해서도 궁리해 보았다.

한편 한시라면 이태백과 쌍벽을 이루는 두보의 시에도 棲, 자가 들어가는 게 있을까. 있다면 어떻게 쓰이고 있을까. 조사해 보았다. 이태백이 도저한 흥으로 휘갈기듯 시를 완성했다면 두보는 한 자 한 자 세공하듯 언어의 조탁에 큰 신경을 쓴 시인이 아니던가.

있었다. 『두시언해』에도 소개된 바 있는 〈절구육수(絶句六首)〉의 마지

막 시에서 그 글자를 찾아내었다. 인간이나 새는 모두 같은 동물이니 깃들어 사는 것이다. 과연 이백이나 두보는 식물학자는 아니었겠지만 그 당시에 벌써 쓰임새를 정확히 터득한 게 아니었을까.

江動月移石 (강동월이석)
溪虛雲傍花 (계허운방화)
鳥棲知故道 (조서지고도)
帆過宿誰家 (범과숙수가)

강물 움직이니 달빛은 바윌 옮겨가고
빈 시내에 구름이 꽃같이 피어나네
새 깃드니 옛날에 다니던 길을 알겠고
돛배 가버렸으니 누구 집에 묵으리오

그날 빙그레 웃음으로 대답을 대신하던 현 박사는 식물 공부를 할 때 인간 중심주의에서 벗어날 것을 당부하면서 강의를 마무리하였다. 이 대목에서는 나도 짚이는 바가 있기에 마음의 손뼉을 치면서 공감을 표시했다. 마지막에 가서야 궁금하던 답을 얻을 수 있었다. 서식이란 동물에게만 써야 합니다. 식물의 경우에는 뭘까요? 그건 자생입니다, 자생(自生)!

———

자연은 생명을 낳고 산에는 자라나는 것으로 가득 차 있다. 낳고 자라는 것, 그것은 生(생)이다. 이 글자는 땅에서 새싹이 돋아나는 모양을 본떠 만든 것이라 한다. 세상을 가능케 하는 생이란 마구 돌아다니는 동물이 아니라 제자리에서 일생을 완성하는 식물을 상형한 것이다. 『설문해자』에서도 '生'은 "進也. 象艸木生出土上. 凡生之屬皆從生."으로 나온다. 풀이하면 "생은 나아간다는 뜻이다. 초목이 흙 위로 나오는 모양을 본떴다. '生'과 관련된 한자들은 부수가 '生'이다."라는 의미이다.

생(生)을 자세히 관찰하면 새싹의 모습만 있는 게 아니다. 땅을 박차고 자라나는 나무들 모습도 보인다. 줄기가 있고 좌우의 옆으로 가지가 나는 게 꼭 그 한자 같다. 파주의 어느 오솔길에서 층층둥글레를 보았을 때 이 한자의 그림이 자동적으로 떠올랐다.

설악산의 공룡능선을 지나 마등령도 지나 한참을 내려왔을 때였다. 어느 바위에서 자라는 정향나무를 보았다. 작고 야무진 가지는 공중을 뚫고 뻗어나고, 뿌리는 단단한 암석을 파고 들어가는 나무. 그때 그 줄기와 가지의 모습에서 나무에 박힌 촉촉한 생의 의지를 확인했었다.

명실상부하게 스스로 자라는 것은 식물이다. 엽록소를 가지고 햇빛을 끌어들여 광합성을 하면서 자가영양을 할 수 있는 것은 식물뿐이다. 동물은 아무리 성체가 된다 해도 먹이로부터 독립할 수가 없다. 식물은 스스로 자라는 존재이니 깃들 필요가 없다. 그러니 서식이란 말은 어울리지 않는다. 식물만이 자생하는 것이다.

이런 경우가 있었다. 설악산을 오를 때였다. 어느 정도 높이를 오르다 보면 다람쥐를 흔히 만나게 된다. 쉼터에서 배낭을 벗어놓고 숨을 고를 때에는 전혀 꺼리낌 없이 주위로 몰려들었다. 아마 등산객이 던져주는 과자부스러기나 초코릿의 맛을 아는 녀석들 같았다. 야성을 많이 잃어버린 다람쥐들은 계속해서 배낭 주위를 어슬렁거리면서 쉽게 물러날 기

미가 아니었다.

　지금 나의 배낭 속에는 산에서 먹어야 할 이틀치의 빵과 햇반, 음료수가 들어 있다. 다람쥐 또한 저의 굴 바깥에서 먹이를 구하는 중이었다. 어차피 다람쥐나 나나 먹이는 외부에서 공급받아야 하는 신세이자 운명이었다. 어느 용감한 녀석은 반쯤 벌어진 배낭 속으로 들락날락거리기도 했다. 얼른 배낭의 지퍼를 사납게 채웠다.

　계(界)-문(門)-강(綱)-목(目)-과(科)-속(屬)-종(種)으로 이루어진 분류학의 체계에 따르자면 다람쥐와 나는 동물계, 척추동물문, 포유류강까지는 같다. 그리고 네 번째 단계에 이르러 비로소 갈라진다. 녀석은 쥐목으로, 나는 영장목으로. 네발로 기고 두 발로 걷는 둘 사이의 이 기묘한 먹이다툼을 울창한 나무들이 잎사귀를 흔들며 구경하고 있었다.

동물이란 누구에겐가 기대어 살고 무엇에겐가 깃들어 살아야 하는 존재들이다. 동물이 서식한다면 식물은 자생하는 자이다. 자생이란 말을 생각할 때 그에 대응되는 것을 궁리해 보았다. 서식이란 말도 있지만 그보다 먼저 한 단어가 튀어나왔다. 떠올리고 보니 서식보다도 더 적확하다는 생각이 들었다. 어찌 보면 서식이란 단어는 이 말을 좀 곱게 포장해 놓은 것 같기도 했다. 식물에게 자생인 것처럼 동물에게 맞춤한 단어는 무엇일까. 분류하자면 나도 그곳에 속할 터라서 조금은 뜨악하기도 하겠지만 그것은 바로 기생이겠다, 기생(寄生)!

9 · 공룡능선에서 한 고래사냥

김춘수의 〈구름〉

기쁜 구름의 집, 희운각에서 새벽과 작별했다. 습슴한 안개가 길 떠나는 이들을 배웅해 주었다. 오늘의 일정은 공룡능선-마등령-비선대-설악동까지이다. 도시락과 그 뚜껑이 서로 꼭 아귀가 맞는 것처럼 살다보면 이름이 실질과 서로 꽉 부합되는 느낌을 가지는 것을 만날 때가 종종 있다.

　설악산 희운각 대피소에서 마등령까지의 바윗길을 이르는 공룡능선. 그 말을 들을 때면 살아 있는 공룡을 한 번도 본 적은 없지만 꼭 그런 느낌이 든다. 어디 코끼리능선, 널뛰기능선, 물고기비늘능선이라고 해볼까. 아니다. 공룡능선은 공룡능선 말고 달리 부를 말이 없을 것 같다.

　지형과 몸집을 고려한다면 공룡은 희운각으로 꼬리를, 마등령으로 고개를 두고 있다. 따라서 희운각에서 출발해서 능선에 오르기 위해서는 길게 늘어진 공룡의 꼬리를 따라가야 했다. 꼬리는 힘이 세고 꼬리를 밟는 나는 힘들었다. 드디어 공룡의 우툴두툴한 등뼈에 도착했다. 돌아보니 희붐했던 희운각 대피소 주위가 어느새 짙은 안개로 빽빽해졌다. 매미가 허물 벗어놓았듯 공룡은 딱딱한 갑옷 같은 능선을 남기고 어디로 갔을까.

산 아래에 사는 자들이 어쩌다 찾아와서 참 전망이 좋네! 감탄들을 하겠지만 이곳의 붙박이들에게 생존의 조건은 대단히 불리하다. 비는 자주 내리지만 저축할 틈도 없이 바위 겉을 흘러가고 양분을 담은 흙도 애만 태우며 저만치 떨어져 있다. 그래서 그런가. 이곳 식물들은 키가 모두 작다. 욕심 부리지 않고 손에 쥔 것만으로 꾸려가는 단출한 살림살이인 것이다.

오늘은 가혹한 조건이 하나 추가되었다. 이곳 주민들한테는 물론 나그네인 나한테도 어김없이 적용되는 것이었다. 그것은 바람이다. 바람은 잠시의 단절도 없이 불고 불었다. 어느 고갯마루에서 마지막 한 모금을 마저 털어넣자 생수병은 빈 병이 되었다. 그때 몰려오는 바람에 병의 주둥이를 슬쩍 갖다대었다. 곡조를 이루지는 못했지만 초보자가 내는 통소 소리가 한 모금 났다.

바위틈에 붙어서 안간힘으로 버티다가 지금 잎사귀 하나의 뒷면을 고스란히 보여주는 저것은 은분취이다. 앞면과 뒷면의 표면과 색깔이 저리도 다르다. 그 옆에는 바위양지꽃이 피어난다. 산솜다리, 산오이풀도 있다. 막 지고 있는 난장이붓꽃도 보았다. 내 좋아하는 각시붓꽃이 생각났다. 척박한 바위가 정성을 다해서 피운 꽃이라서 그럴까. 활짝 핀 꽃은 각시붓꽃보다도 훨씬 더 예쁘다.

아침 기운이 완연히 끝나고 걸음의 고삐를 조금 늦추었다. 동해 쪽을 보니 구름이 게으르게 떠 있다. 손에 잡힐 듯 이마를 건드릴 듯 앉아 있는 구름이다. 작정하고 저 구름의 하루 일과를 관찰해 보고 싶은 충동이 구름처럼 일어났지만 오늘은 안 된다. 지금은 하늘에 떠 있는 구름보다 지상에서 솟아오르는 꽃들에게 더 열중해야 할 때.

〈꽃〉으로 널리 알려진 김춘수 시인의 작품 중에는 뿌리 없는 것을 소

여름

재로 한 시도 많다. 그의 시밭에 가서 열매 하나를 딴다. 시큼한 맛을 좋아하는 내가 한 입 베어 무는 그것의 이름은 구름.

구름은 딸기밭에 가서 딸기를 몇 개 따먹고 "아직 맛이 덜 들었군!" 하는 얼굴을 한다.

구름은 흰 보자기를 펴더니, 양털 같기도 하고 무슨 헝겊쪽 같기도 한 그런 것들을 늘어놓고, 혼자서 히죽이 웃어보기도 하고 혼자서 깔깔깔 웃어보기도 하고……

어디로 갈까? 냇물로 내려가서 목욕이나 하고 화장이나 할까 보다. 저 뭐라는 높다란 나무 위에 올라가서 휘파람이나 불까 보다. 그러나 구름은 딸기를 몇 개 더 따먹고 이런 청명한 날에 미안하지만 할 수 없다는 듯이, "아직 맛이 덜 들었군!" 하는 얼굴을 한다.

— 〈구름〉, 김춘수

아직 맛이 덜 들었군, 하는 걸 보니 구름도 딸기맛의 깊이를 아는 모양이다. 딸기는 비닐하우스나 과일가게에도 많지만 산에 더 많이 산다. 구름의 종류만큼이나 많은 딸기들. 그동안의 꽃산행에서 여러 딸기를 보았다. 백암산에서 복분자딸기, 회문산에서 뱀딸기와 수리딸기, 인제에서 줄딸기, 울릉도에서 뱀딸기, 거창 삼봉산에서 산딸기와 멍석딸기. 그리고 오늘 청명한 구름 아래의 설악산에서 만나는 것은 멍덕딸기.
희운각에서 마등령 쪽으로 가면서 공룡능선의 구조를 보면 등산로는 모두 바위의 왼쪽으로 나 있다. 오른쪽은 그야말로 아찔한 절벽이다. 그렇게 나아가면서 어느 모퉁이를 돌았던가. 쿵, 쿵, 쿵. 종소리가 저 아래에서 울려왔다. 산중에서의 느닷없는 종소리에 마음도 그만 아찔해진다. 그 첫소리는 키읔처럼 날카로워서 가슴을 긁어준다. 그 끝소리는 이응처럼 둥글고 둥글어서 내 둥근 갈비뼈와 궁합을 잘 맞춘다.

그 소리는 봉정암에서 점심 공양을 알리는 소리인 듯했다. 소리는 바람과 함께 기슭을 타고 올라와 나를 건드리고 공룡능선의 바위 끝으로 몰려갔다. 문득 소리의 꼬리를 따라가 보니 기이한 바위 하나가 눈길을 끌었다. 돌출한 바위에 동그란 구멍이 뚫려 있었다.

좀 거친 상상일까. 그것은 목탁의 손잡이처럼 내겐 보였다. 기력이 떨어지던 소리도 저 잘록한 구멍을 빠져나가면서 다시 힘을 보충할 수도 있겠다. 탁 하면 목탁이요, 척 하면 삼척이라 했다. 지금 저 목탁 구멍을 통과한 소리는 내 마음속에 절 한 채씩 지어주고 삼척으로, 강릉으로 포교하러 떠나는 것이리라. 신갈나무 잎들이 바람의 등을 향하여 일제히 뒤집어졌다. 그건 나뭇잎들이 저의 방식으로 하는 공손한 예의의 표시일까?

왼쪽으로만 구부러지던 등산로가 오른쪽으로 방향을 바꿀 때, 그 순간 지친 등산객들은 한 고비를 넘긴다. 공룡이 능선을 다 탔다며 그들을 등에서 내려주는 것이다. 그 바뀌는 방향에서 힘을 다시 길어 올린다. 마침내 마등령에 도착했다는 이정표가 나타났다. 왼쪽으로 가면 봉정암, 오른쪽으로 가면 비선대. 오늘 예정했던 길로 나아가니 희귀한 꽃들이 먼저 와서 반겼다. 꿩의다리였다.

마등령에서 저 아래를 내려다보았다. 지금 나의 높이는 설악산의 높이에 나의 키를 더한 높이이다. 이제 이틀 동안 애써 쌓았던 그 높이를 까먹으면서 나는 내려가야 한다. 내 높이를 제외하고 산의 그것을 내려 놓지 않으면 산도 나를 골짜기에서 내놓지 않을 것이다. 내 집으로 갈 때엔 내것만 가지고 가야 한다.

설악산의 허리를 돌아가는 고개 속으로 축 처진 하늘에서 흘러나온 안개가 자욱했다. 비선대로 가는 길은 그 속으로 늘어진 밧줄처럼 던져 져 있었다. 까마득히 보이는 저 아래로 설악동이 숨어 있었다.

비선대에 도착하니 특별한 기억이 솟아났다. 고등학교 2학년. 여드름을 주렁주렁 단 채 수학여행을 이곳으로 왔었다. 그땐 보이지 않았던 나무들 이번에는 보였다. 신갈나무, 박달나무, 사스래나무, 복자기나무, 물푸레나무. 아마도 그때 그 나무일 것이다. 아무도 못 들어가는 울타리 너머는 이젠 나무들의 차지였다. 물가의 나무들은 그림자로 물속에 들어가서 저마다 혼자 놀고 있었다.

지금으로선 어림없는 일이지만 그땐 울타리가 없어 마음대로 드나들었다. 우리는 검은 교복을 입고 비선대의 반반한 돌에 앉았다. 응원가도 불렀다. 양말을 벗고 발을 씻었고 물장구도 쳤다. 응원가와 그때의 유행곡 〈고래사냥〉을 교대로 흥얼거리면서 돌계단을 내려왔다. 실팍한 돌을 밟을 때마다 추억의 저 편에 있던 고등학교 시절이 불쑥불쑥 튀어나왔다.

설악산을 일주했으니 내친김에 동해까지 가볼까. 공룡이 산을 주름 잡는다면 바다에는 고래가 있다. 공룡의 등허리를 밟았으니 아직도 가슴 속에 뚜렷이 남아 있는 예쁜 고래 잡아볼까. 아니 생각해 본 것은 아니었다. 그럴 필요가 없다는 걸 금방 깨달았다. 문득 나는 수십 가지의 서로 다른 소리를 들었기 때문이다. 그것은 설악산에서 포획한 나의 작고 예쁜 고래들이 카메라 속에서 떼지어 놀고 있는 소리, 소리, 소리들.

10

· 엉겅퀴 모텔에서의 밀회

오락번의 〈굴비〉

요즈음 한창 피어나는 엉겅퀴 꽃은 왕성한 보랏빛. 대궁이 돌올한 게 훤칠한 사내대장부 같다. 실제로 개체수도 많기도 하지만 그래서 그런지 어디에서나 눈에 잘 띈다. 엉겅퀴의 잎은 가시가 날카롭다. 생활력 강한 억센 사내의 두툼한 손등이요 손가락처럼. 바람 잘 날 없는 세상의 일들을 만나고 치닥거리하느라 꺼칠꺼칠하다. 어쩐지 그 주위에서는 많은 사건이 벌어질 것만 같다.

그 억센 엉겅퀴에서 쭉 뻗은 대궁 끝에 아슬아슬하게 달려 있는 보랏빛 꽃잎은 아주 부드럽다. 어릴 때 덮었던 붉고 부드러운 캐시밀론 담요 같다. 지리산 꽃산행 갈 때 혼자 금요일 밤버스 타고 함양으로 가야 한다. 함양읍 시외버스정류장에 내려 이용하는 단골 모텔, 〈엘도라도〉의 침대 이불 같기도 하다.

계사년 여름, 진도 식생 조사 갔을 때의 일이다. 운림산방 뒤 첨찰산과 죽제산을 뒤지다가 예의 엉겅퀴를 만났다. 한창 핀 꽃, 이제 지기 시작하는 꽃, 이미 진 꽃. 같은 산에서도 엉겅퀴는 조금씩 다른 모습이었다.

한 개체의 엉겅퀴에서도 꽃의 운명은 다 달랐다. 뿌리는 같았지만 줄기의 키가 서로 다른 것처럼 같은 가지에서도 그 상태가 다들 달랐다. 한창 핀 꽃, 이제 지기 시작하는 꽃, 이미 진 꽃. 그중에서도 어느 것은 벌써 열매를 맺고 있었다. 바람을 타고 날아가려는 열매. 이제 엉겅퀴는 한 시기를 접고 또 다음 생을 준비하는 중이었다. 하나의 같은 엉겅퀴에서도 운명은 이처럼 서로 각각 다르다. 아직 피지도 못한 꽃 옆에서 벌써 희로애락을 다 겪은 열매는 바람을 불러 멀리 떠나려는 찰나!

그중 어느 한 엉겅퀴를 지나치는데 조금 이상한 느낌이 들었다. 폭신한 엉겅퀴 꽃잎에 벌이 숨은 듯 앉아 있었다. 유심히 보니 벌은 꿀을 따고 있는 게 아니었다. 몸을 부르르 떨고 있었다. 카메라를 들이대면서 더욱 유심히 보니 한 마리가 아니었다. 두 마리가 포개져 있었다. 한 마리 밑에 또 한 마리가 깔려 있었다. 벌은 앉아 있는 게 아니었다. 두 마리는 등을 보이고 엉덩이를 내밀며 나란히 엎드려 있었다.

밑에 깔려 있는 벌은 진저리를 치면서 엉겅퀴 꽃 속으로 파고들었고 올라탄 벌은 꼬리를 씰룩이며 엎드린 벌을 내리누르고 있었다. 두 벌은 다리로 엉겅퀴 꽃을 꽉 붙들고 있었다. 엉겅퀴 뒤에서 보고 있자니 벌의 엉덩이가 적나라하게 씰룩거렸네. 아하! 비로소 알아차렸네. 김성동 소설『만다라』의 표현을 빌리자면 벌은 지금 "이층을 짓고" 있는 중!

엉겅퀴의 왕성한 보랏빛은 지금 벌들이 누리는 열락에 썩 잘 어울리는 색이겠다. 호리호리한 엉겅퀴의 꽃대궁이 제공하는 탄력은 그 기쁨을 배가시키고도 남으리라. 간판 없는 모텔, 엉겅퀴에서 두 마리 벌은 그야말로 밀회를 만끽하고 있는 것일까. 말하자면 둘은 "밤처럼 고요한 끓는 대낮에 온 몸이 달아" 있는 중일까.

그때 제법 덩치가 큰 벌 한 마리가 나타나 다른 엉겅퀴를 두고 하필이면 바로 그 엉겅퀴 모텔로 내려앉는 게 아닌가. 인간 세상에서 벌어지는 일이라면 질투이거나 훼방이거나 둘 중 하나였을 것이다. 치정에 뒤얽힌 한바탕 소란이 일어날 법도 했건만 별다른 일은 일어나지 않았다. 둘은 둘대로 하나의 일에 열중했고 하나는 하나대로 조용히 옆에서 꿀만 따려고 했다. 그러다가 여의치 않자 훌쩍 자리를 털었다.

벌의 다리는 앞다리, 가운뎃다리, 뒷다리 도합 여섯 개다. 열두 개나 복잡하게 얽힌 다리 중에서 제것을 찾기가 어려웠음일까. 붕, 날아올라 한 바퀴 선회하더니 아무런 미련이 없이 떠나버렸다. "서울 밝은 달에 밤들이 노니다가 / 들어와 잠자리를 보니 / 가랑이가 넷이도다. / 둘은 나의 것이었고 / 둘은 누구의 것인가? / 본디 내 것이지마는 / 빼앗긴 것을 어찌하리오?" 내 짐작이 맞다면 처용이 처한 처지가 이와 같지 않았을까.

두 마리 벌이 짓고 있는 "이층 공사"를 보는데 떠오르는 한 편의 시가 있었다. 원로시인 오탁번의 해학시(諧謔詩)이다. "항간의 음담인데 얼마 전 이 이야기를 처음 듣고 나는 차마 웃지 못하고 눈물을 흘렸다"라고 시인이 창작 동기를 밝히는 시이다.

읽는이로 하여금 저절로 입가에 웃음을 흘리게 하되 눈가에 눈물도 고이게 하는 시. 얼핏 보면 음탕하고 노골적이되 다시 보면 흐뭇하고 건강함도 철철 흘러넘치는 시. 소쩍새와 개똥벌레와 베짱이도 찬조 출연하는 시.

한바탕 벌들이 놀다 간 후의 엉겅퀴 모텔은 금세 청소를 깨끗이 해놓았다. 아무 일도 없다는 듯 굴비처럼 시치미를 뚝 뗀 채 흔들리고 있었다. 엉겅퀴 꽃은 무슨 일이 있었냐는 듯 그 흔적을 말끔히 지우고 있었다. 엉겅퀴 대궁은 바람의 목을 끌어안고 그 좋은 탄력을 자랑하며 다음 손님을 기다리고 있었다.

수수밭 김매던 계집이 솔개그늘에서 쉬고 있는데
마침 굴비장수가 지나갔다
굴비 사려, 굴비! 아주머니, 굴비 사요
사고 싶어도 돈이 없어요
메기수염을 한 굴비장수는
뙤약볕 들녘을 휘 둘러보았다
그거 한 번 하면 한 마리 주겠소
가난한 계집은 잠시 생각에 잠겼다
품 팔러 간 사내의 얼굴이 떠올랐다

저녁 밥상에 굴비 한 마리가 올랐다
웬 굴비여?
계집은 수수밭 고랑에서 굴비 잡은 이야기를 했다
사내는 굴비를 맛있게 먹고 나서 말했다

여름

앞으로는 절대 하지 마!
수수밭 이랑에는 수수 이삭 아직 패지도 않았지만
소쩍새가 목이 쉬는 새벽녘까지
사내와 계집은
풍년을 기원하며 수수방아를 찧었다

며칠 후 굴비장수가 다시 마을에 나타났다
그날 저녁 밥상에 굴비 한 마리가 또 올랐다
또 웬 굴비여?
계집이 굴비를 발라주며 말했다
앞으로는 안 했어요
사내는 계집을 끌어안고 목이 메었다
개똥벌레들이 밤새도록
사랑의 등 깜박이며 날아다니고
베짱이들도 밤이슬 마시며 노래 불렀다

─〈굴비〉, 오탁번

11

· 울릉도에서 만난 칡넝쿨

『시경』, 〈갈담〉

꽃이라고 하면 주무시다가도 벌떡 일어나는 분들이 있다. 대구야생화 연구회의 회원들이다. 이 모임에서는 1년에 서너 번 먼 산행을 하는데 계사년 여름에는 울릉도행이다. 어쩌다 인연이 닿아 그 말석에 따라붙기로 했다.

서울에 거주하는 나로서는 동대구역에 9시, 포항에는 12시에 도착해야 하는 빠듯한 시간이었다. KTX 타러 아침 일찍 집을 나서는데 《한겨레신문》이 발끝에 걸렸다. 외면하고 그냥 지나치려는데 1면의 사진이 눈길을 붙들었다. 너무나도 식상한 정치인의 뻔뻔한 얼굴들이 아니었다. 파란 하늘을 배경으로 녹슨 철길을 담은 사진에 이런 설명문이 붙어 있었다.

이틀 뒷면 한국전쟁 휴전협정을 맺은 지 꼭 60년이 된다. 남북은 2007년 5월 17일 분단으로 끊어졌던 남과 북의 철길을 연결했다. 그날 서쪽에선 남쪽 열차가 경의선을 따라 휴전을 넘어 개성으로 올라갔고, 동쪽에선 북쪽 열차가 강원도 고성군 현내면 제진역까지 내려왔다. 하지만 2013년 7월 현재. 남과 북은 철길뿐 아니라 교류와 협력도 끊어졌다. 지난 16일 민간인 출입통

제선 안 동해북부선 제진역 철길은 검붉은 녹뿐만 아니라 칡넝쿨로 뒤덮여 있었다.

바다는 그리 사납지 않았다. 뱃멀미 한 번 없이 오후 4시 반경 도동항에 도착했다. 서둘러 도동 성당을 찾았다. 울릉도 도동 성당의 주임 신부님 또한 열렬한 꽃 애호가로서 대구야생화연구회의 회원이기도 했다. 저녁을 먹기 전에 성당 뒤편의 산을 잠깐 다녀오기로 했다.

산행 채비를 하는 동안 성당의 조그만 화단을 보니 능소화가 주렁주렁 피어 있다. 중국 원산의 덩굴성 식물로 줄기에 흡착근이 발달하여 다른 물체에 착 달라붙어 잘 기어오른다. 재미있는 건 줄기의 대칭성이다. 저 혼자 뿔뿔이 기어오를 법도 하건만 좌우로 정확이 균형을 유지하면서 줄기 끝이 둘로 갈라진다. 마치 성당 제단의 촛대처럼!

육지와는 사뭇 다른 울릉도의 생태계. 이번 여행에서 울릉도는 무슨 꽃과 나무들을 우리에게 보여줄까. 울릉도는 육지와는 한 번도 연결된 적이 없이 화산 폭발로 이루어진 섬이다. 따라서 식물상이 아주 특이하다. 울릉도에서만 서식하는 특산종이 많다. 가벼운 흥분과 함께 따가운 햇살을 등에 지고 가파른 길을 올랐다.

작은 봉우리에 도착하니 벌써 우리의 기대를 배반하지 않는다. 이곳은 섬개야광나무와 섬댕강나무의 군락지였다. 천연기념물 제51호였다. 하지만 절벽 능선이라 함부로 들어갈 수 있는 곳이 아니었다. "잎은 난형, 도란형 혹은 타원형이며 가장자리가 밋밋하다. 엽병과 탁엽이 있고 표면에는 털이 없거나 약간 있고 뒷면에는 털이 많으나 점차 없어진다. 꽃은 5~6월에 피고 백색이다."라는 섬개야광나무의 설명문으로 만족해야 했다.

섬개야광나무. 이 나무는 중국이나, 러시아, 서남아시아에는 흔히 자라지만 우리나라에서는 오로지 울릉도, 그것도 해안 절벽지대, 더구나 3~4군데에서만 자라는 아주 귀한 식물이다. 그래서 멸종위기 1급으로 지정된 식물이다. 꽃피는 시기는 좀 늦었다고 하나 이번 여행에서 찾을 수가 없는 것일까. 내일을 기약할 수밖에 없었다.

참나리가 참 많이도 피어 있는 절벽을 끼고 행남등대로 내려가는 길이었다. 울릉도가 섬이라는 지리적 조건을 알아차리기라고 한 것일까. 덩굴식물들이 교목과 관목들을 부둥켜 안고 있었다. 칡넝쿨이 쑥쑥 자라나고 있었다. 어떤 것은 전봇대를 휘감아 오르기도 했다.

전국 어디를 가나 흔히 보이는 칡넝쿨. 동해의 외딴섬 울릉도에서 칡넝쿨을 보니 아침에 보았던 신문 속의 칡넝쿨이 떠올랐다. 칡넝쿨에 얽혀 내처 생각의 골짜기로 한 걸음 더 뻗어갔다.

칡덩쿨이 뻗어가네
골짜기로 뻗어가네
그 잎사귀 무성해라
꾀꼬리도 날아와서
덤불숲에 모여앉아
꾀꼴꾀꼴 울어대네

칡덩쿨이 뻗어가네
골짜기로 뻗어가네
그 잎사귀 무성해라
잘라다가 삶아내어

굵고 가는 베를 짜서

옷 해 입고 좋아하네

여스승께 고하리라

친정 간다 고하리라

막 입는 옷 내어 빨고

나들이옷 내어 빨고

모두 내어 빨아놓고

부모 뵈러 친정가리

—『시경』(심영환 옮김. 홍익출판사)

위 시는 『시경』의 한 대목이다. 『시경』은 현실을 풍자하고 백성들을
못살게 구는 정치를 원망하는 것도 있지만 남녀 간의 정과 이별 그리고

보통 사람들의 애환을 시로 읊은 것도 많다. 총 305편의 시 중에서 두 번째인 '갈담(葛覃)'은 오늘날에도 그대로 적용될 법한 보통 사람들의 일상생활에서 비롯된 심경을 노래하고 있다. 시집간 딸이 결혼하고 친정과 부모님을 그리워하는 심경을 다루고 있는 것이다. 그때나 지금이나 사람살이의 형편과 마음의 세목들은 어쩌면 그리도 대동소이할까. 뭍이나 섬이나 식물이 자라나는 생태도 어쩌면 이리도 똑같을까.

행남 등대에서 바닷가로 완전히 내려서면 도동항까지 해안 산책로가 잘 조성되어 있다. 벌써 어둑어둑해지는 바닷가. 파도가 끊임없이 철썩이는 가운데 절벽을 따라 칡넝쿨처럼 뻗어나가는 길이 있었다. 세파에 시달릴 대로 시달리는 사람들에게 저 바다의 파도는 가족들과 함께라면 실상 그리 무서운 것이 아니었다. 그 길 한가운데를 삼삼오오 무리지어 사이좋게 걸어가는 보통 사람들. 그중에는 모처럼 큰맘 먹고 친정 부모 모시고 울릉도에 여행 온 아낙, 옛날에는 아주 곱상했던 딸도 있으리라.

12
.

비 오는 날의
화분에 담긴 식물들

기형도의 《여행자》

최근에 비가 많이 왔다. 밤낮을 가리지 않고 높낮이도 고려하지 않고 전국적으로 골고루 왔다. 너무 많이 오는 비이다 보니 비가 직접 들이치지 않는 곳으로도 비가 들어갔다. 지하철 구내에도 물기로 흥건했다. 엘리베이터 안에도 우산이 묻어온 빗물로 번들거렸다.

현관도 마찬가지였다. 외출했다가 신발코에 묻어 따라온 물기로 얼룩덜룩했다. 텔레비전에서도 비가 주룩주룩 흘러내렸다. 온통 비에 관한 뉴스뿐이었다. 식구들도 밥을 먹으면서 비에 대한 이야기만 했다. 근원을 따진다면 물과 물고기의 관계처럼 밥의 전신인 벼와 하늘에서 오는 비는 상당히 친근한 관계일 것이다. 세상이 온통 습기로 축축해졌다.

비는 하늘에서 찾아온 물질이다. 아래로 떨어진 빗물은 알 수 없는 문자를 자꾸 적으면서 더 아래로 내려갔다. 그 무슨 두려운 느낌이라도 감지한 것일까. 손에 물 한 방울 묻히기 싫어하는 도시인들은 주로 검은 우산을 쓰고 출근한다. 사무실에 도착해서도 조금의 물기를 용납하지 않으려 했다. 한 방울의 비라도 들이칠까봐 유리창문을 꼭꼭 닫아걸었다.

화분 하나 없는 사무실은 없을 것이다. 햇볕을 많이 쬐어야겠다는 작은 배려로 화분을 창가에 주로 둔다. 화분은 빗소리를 더욱 가까이에서

들을 수 있다. 감질나게 소리로만 비를 실컷 맞는 것이다. 그건 해갈에 아무 소용없는 일이다. 유리문이라 밖은 훤히 잘 보인다. 잘만 하면 고향에서 직접 오는 저 빗물을 받아먹을 수 있을 것 같다. 손 뻗어보지만 차가운 꼴만 당한다. 줄기찬 비는 줄줄이 창문 바깥으로만 뛰어내리는 것이다.

비가 오는 여러 날 동안 화분의 식물은 한 모금의 물도 얻어먹지 못했다. 다리 한번 제대로 뻗지 못하는 화분만으로도 이미 충분한 감옥살이인데 이건 무슨 잔인한 사태인가. 마음이 축축해진 사람들은 식물도 당연히 젖어 있다고 여기는 것 같았다. 화분의 흙에도 물이 질컥이는 것으로 짐작하는 것이다. 그저 자기를 중심으로 생각하기 때문이다. 세상은 홍수인데 정작 실내의 식물들은 쫄쫄 굶는다는 이 아이러니! 아마도 사람들의 마음속 물기가 마르고 나서야 식물들도 이 가뭄을 겨우 벗어날 수 있을 것 같았다.

아무리 줄기차게 오더라도 비는 멎는 법이다. 여러 날 만에 우산을 두고 퇴근하는 길이었다. 몸살을 앓고 난 하늘은 후련해 보였다. 붉고 건강한 얼굴을 되찾았다. 공중을 떠돌던 먼지들이 비의 밧줄을 타고 모두 아래로 내려왔다. 모처럼 전방이 깨끗했다. 그 풍경을 놓치기 싫어 지하철 대신 버스를 타기로 했다. 쏟아져 나온 사람들로 거리가 북적댔다. 이들도 모두 흙에서 유래한 몸과 하늘에 잇닿은 정신을 가지고 있다. 세상이 상쾌하니 덩달아 모두들 유쾌한 발걸음들이었다.

대한문에서 꺾어져 서소문 정류장에서 버스를 기다리고 있었다. 은행나무 가로수가 묵묵히 서 있는 가운데 바로 앞이 횡단보도였다. 목이 좋은 곳이라 그런지 대기하는 빈 택시들이 많았다. 전광판에서 우리집행 버스는 10분 뒤에 도착한다고 알려주었다. 조금 여유를 가지고 나란히 서 있는 택시를 보았다.

긴 줄을 이루는 저 영업용 택시들은 하나하나가 다 작은 구멍가게이다. 사람들 이동이 빈번한 횡단보도 앞에 저렇게 이동식 가게를 차렸다. 가게들은 지붕의 등을 모두 환히 밝혔고 에어컨을 빵빵하게 틀고 있었다. 가게 안의 온도를 낮추는 그만큼의 열기가 바깥을 데우고 있었다. 아직 오지도 않는 택시손님 때문에 버스를 기다리는 손님들이 곤욕을 치르고 있었다.

갑자기 어디선가 여자 둘 남자 넷의 일행이 횡단보도로 몰려왔다. 한 사람이 택시를 타려고 하자 다른 사람이 목소리를 높였다. 이쪽 편에서 한잔했으니 저쪽 편에서도 공평하게 한잔만 더 하자고 하는 것 같았다. 옥신각신하다가 녹색불이 들어오자 그들은 택시를 남겨두고 우르르 횡단해 버렸다. 불빛 가득한 도로가 뗏목만 남은 쓸쓸한 강으로 갑자기 변하는 것 같았다.

신호등의 불은 주기적으로 바뀌었다. 사람들이 밀물처럼 모였다가 썰물처럼 건너갔다. 건너편에서 또 그만큼이 건너왔다. 좌우의 빌딩은 대부분 불이 꺼졌다. 그래도 몇몇 사무실은 불이 환했다. 그곳 창턱에 뻐쩍

마른 난초 화분이 걸터앉아 있었다. 높은 빌딩떼에 가려 달은 얼른 보이지 않았다.

서울 도심에서 보이지 않는 달을 찾으면서, 달이 거느리고 있는 여러 산들을 생각했다. 천마산, 태백산, 설악산, 회문산, 백암산. 그리고 최근 태풍 무이파한테 흠씬 두들겨 맞은 지리산 노고단까지. 꽃을 찾아 한번씩 다녀본 산들이었다. 지금도 눈에 아삼한 산의 골짜기, 능선, 정상. 그곳곳에서 한 번이라도 눈길을 맞춘 나무들의 안부가 궁금해졌다. 이 홍수의 계절에 어디 발밑에 상처는 안 났을까. 이 와중에도 통통한 체력을 나름대로 길어 올렸을까.

휘영청 달 대신 휘황한 가로등이 공중을 점령한 이곳은 크게 보아 인왕산과 남산의 골짜기이기도 하다. 그 옛날에는 천리 한양길에 이제 다 왔다며 한 번씩 쉬어가는 고개이기도 했을 것이다. 당시엔 그 얼마나 좋은 풍광이었을까. 행여 꽃에 관심이라도 두었다면 정말 좋은 꽃산행이었을 것이다. 높은 빌딩 사이로 텁텁한 바람이 불어오자 은행나무들이 출렁거렸다. 가로수가 답답한 지경에서 목을 길게 빼고 울부짖는 동물처럼 보였다.

그는 말을 듣지 않는 자신의 육체를 침대 위에 집어던진다

그의 마음속에 가득찬, 오래 된 잡동사니들이 일제히 절그럭거린다

이 목소리는 누구의 것인가, 무슨 이야기부터 해야 할 것인가

나는 이곳까지 열심히 걸어왔었다, 시무룩한 낯짝을 보인 적도 없다

오오, 나는 알 수 없다, 이곳 사람들은 도대체 무엇을 보고 내 정체를 눈치 챘을까

그는 탄식한다, 그는 완전히 다르게 살고 싶었다, 나에게도 그만한 권리는

있지 않은가

　　모퉁이에서 마주친 노파, 술집에서 만난 고양이까지 나를 거들떠보지도
않았다

　　중얼거린다, 무엇이 그를 이곳까지 질질 끌고 왔는지, 그는 더 이상 기억
도 못한다

　　그럴 수도 있다, 그는 낡아빠진 구두에 쑤셔박힌, 길쭉하고 가늘은

　　자신의 다리를 바라보고 동물처럼 울부짖는다, 그렇다면 도대체 또 어디
로 간단 말인가!

　　—〈여행자〉, 기형도

　　버스를 기다리는 10분 동안, 나는 택시 안을 자주 바라보았다. 지금 택
시기사는 에어컨 때문에 창문을 열 수가 없는 것 같았다. 창문을 연다 해
도 길에서 풍겨오는 온갖 번들거리는 냄새에 곤욕만 치를 것이다. 시무
룩한 얼굴에 짜증만 더해질 것이다. 신경을 뻗어 기웃거려 보았자 보이
는 건 모두 제것이 아니다. 감질나게 입맛만 버려놓기가 쉽다. 모두가 퇴
근하고 쉬는 시간이 그에게는 영업시간이다. 하루 종일 돌아다녔지만
직접 걸은 적은 없다. 그저 엑셀레이터와 브레이크 페달을 왔다 갔다 했
을 뿐이다. 하지만 낡아빠진 구두에 담긴 야윈 다리는 왜 이리 갈수록 묵
직해지는 것일까.

　　끼니야 어차피 불규칙하니 여기서 운 좋게 장거리 손님 하나 태우고
변두리 기사식당을 찾아가는 게 소박한 희망일까. 답답한 지경에서 목
을 길게 빼고 울부짖는 것 같은 은행나무 아래에서 오지 않는 손님을 기
다리며 기사 아저씨는 화분의 식물처럼 조용히 담겨 있었다.

13
.

소나기 마을에서
만난 마지막 단어

황순원의 〈소나기〉

임진년 여름 날씨가 아주 변덕스러웠다. 장마도 제법 길었다. 1년에 한 번 있는 사촌 형제들과의 모임을 양평 어느 계곡에서 물놀이를 겸해서 했다. 오랜만에 만난 형님, 누이들과 옛날 이야기를 하면서 재미있게 놀았다. 하룻밤을 자고 그냥 헤어지기는 서운해서 어디를 갈까 하다가 마침 근방에 '소나기 마을'이 있어 가보기로 했다.

아침부터 곧 무언가 내릴 듯 우중충한 날씨였다. 북한강변 사이로 늘어선 형형색색 요란하게 번들거리는 간판들. 그렇다고 딱히 내 마음을 긁어주지도 못하는 그 사이로 천천히 운전해 가는 동안 '소나기 마을'에서 꼭 확인하고 싶은 단어가 하나 떠올랐다. 주차장에 차를 대는데 벌써 비가 부슬부슬 내리기 시작했다. 소나기는 아니었지만 '소나기 마을'을 방문하는 데는 그야말로 어울리는 풍경이었다. 그리 큰 규모는 아니었지만 아담한 마을 전경이 한눈에 들어왔다.

잘 아다시피 '소나기 마을'은 황순원의 단편소설 〈소나기〉를 모티브로 해서 조성된 마을이다. 실제로 황순원과 양평은 아무런 연고가 없다. 소설 속에 등장하는 다음의 한 구절을 근거로 해서 양평군이 유치하여 만든 것이다.

"어른들의 말이 내일 소녀 네가 양평읍으로 이사간다는 것이었다. 거기 가서는 조그마한 가겟방을 보게 되리라는 것이었다."

잘 조성된 길을 따라 가는데 큰 뽕나무가 멀리 밭 가운데 있었다. 우리 형제들은 모두 같은 골짜기, 같은 들판에서 뛰놀며 놀았다. 같은 햇빛, 같은 물, 같은 곡식을 먹고 자랐다. 그래서 그런가. 옷차림은 다들 달라도 얼굴이나 행동은 닮은 구석이 많다. 얼굴이야 유전의 영향이겠지만 행동은 저런 지리적 조건을 공유했기 때문일 것이다. 굳이 말하지 않아도 모두들 어릴 적 입이 까매지도록 따먹던 오디(오돌개) 생각을 떠올리고 입맛을 다시는 것 같았다.

혹 눈에 띄는 야생화, 이를테면 소설 〈소나기〉 속에 등장하는 들국화, 싸리꽃, 도라지꽃이 있을까 싶어 눈을 곤두세웠는데 이렇다 할 꽃은 없었다. 특히 소설 속에서 소년이 한 옴큼 꺾어 소녀에게 건넨 '양산같이 생긴 노란꽃'인 마타리가 있나 둘러보았지만 어디에도 없었다. 마삭줄

마타리

의 흰 꽃이 흐드러지게 피어 있을 뿐이었다.

소나기광장을 지나 수숫단 오솔길 입구로 올라갔다. 바로 그 아래에 황순원 선생 내외의 묘소가 자리 잡고 있었다. 간단히 참배하고 황순원 문학관으로 들어섰다. 마침 비디오 상영이 있다고 해서 갔다. 시골 초등학교 교실풍으로 꾸며진 곳이었다. 전면에는 흰 칠판에 교탁, 13가지 실천사항, 시간표. 뒷면에는 태극기와 '도움이 되는 사람이 되자'라는 교훈과 '정직 성실 협동'의 급훈이 액자에 걸려 있었다.

옛날풍을 그대로 재현한 듯 녹색 칠을 한 작은 책상과 걸상에 조용히 앉았다. 해설사의 간단한 안내에 이어 곧바로 애니메이션이 펼쳐졌다. 칠판이 곧 무대였다. 선생의 소설 〈소나기〉와 〈학〉의 두 줄거리를 토대로 새롭게 각색한 것이었다. 영화에서 소나기가 퍼부을 땐 실제로 교실 천장에서 가는 비가 선풍기 바람과 함께 뿜어져 내렸다. 떠나온 고향을 생각하는 듯 감회에 젖은 형님, 누님들과 교실을 나서 다음 전시실로 들어서는데 퍼뜩 한 풍경이 떠올랐다.

———————

1995년 6월경 민음사에 근무하던 시절의 일이다. 민음사 편집부는 『김동리 전집』을 편집하느라 분주하였다. 동리는 뇌졸중으로 쓰러져 5년째 힘든 투병 생활을 이어가는 와중이었다. 이곳저곳에 흩어져 있던 작품을 모아 생전에 의미 있는 완간을 하느라 막바지 작업을 하고 있던 것이다. 그러던 중 동리의 부음 소식이 들렸다.

동리가 떠나던 날, 영결식에 참석하고 온 어느 소설가가 내 책상에 안내문을 두고 갔다. 안내문에는 식순, 조사와 함께 동리의 약력이 가지런히 정리되어 있었다. 그 약력에서 유독 내 눈길을 끈 단어가 하나 있었다.

동리의 제자로서 장례집행위원장을 맡아 고인의 떠나는 길을 총지휘한, 이제는 고인이 된 소설가 이문구가 스승을 위해 고심 끝에 고른 단어로 짐작이 되었다. 그 단어는 강렬하게 자리 잡아 내 머리에 남았다. 동리가 이승을 등지고 한 달 후인 7월 중순에 전집은 간행되었다.

2000년에 들면서 내 나이도 오후로 접어들었다. 말로만이 아니라 육체로 죽음의 희미한 신호를 몇 번 수신했다. 내 육체는 나에겐 대륙일터. 좁지만 또한 한없이 넓은 그 대륙의 어딘가에서 희미한 진동을 느꼈던 것이다. 그 여름에 경주에 있는 동리목월 기념관에 갈 기회가 있었다. 불국사 바로 앞에 있는 기념관 정문을 통과할 때 퍼뜩 잊고 있던 이 단어가 떠올랐다. 내 기억이 맞다면 혹 그 단어를 만날 수 있지 않을까.

오른쪽은 목월, 왼쪽은 동리가 사이좋게 자리하는 기념관의 규모는 상당했다. 나는 목월의 방을 천천히 둘러본 뒤 동리의 방으로 걸음을 옮겼다. 입구에 〈귀거래행〉이라는 동리의 시가 큰 포스터로 걸려 있었다. 동리는 소설을 쓰는 틈틈이 시도 썼던 것이다. 동리의 시는 처음 보았는데 아주 좋았다. 〈패랭이꽃〉, 〈은하〉 등을 읽었는데 이날 나에게 달라붙는 시의 맛은 목월보다는 오히려 동리 쪽이 더 좋았다.

전시관 중간쯤에 나도 힘을 쪼끔 보탠 민음사판『김동리전집』이 진열되어 있었다. 무녀도, 황토기/역마,밀다원시대/등신불,까치소리/저승새, 만자동경/사반의 십자가/을화/문학과 인간/나를 찾아서. 총 여덟 권이었다. 화가 박생광의 강렬한 그림이 언뜻 생각나는 울긋불긋한 표지도 그대로였다.

다음으로 생애와 문학이란 코너가 있었다. 주요 시기별로 동리의 활동이 자료와 함께 소개되어 있었다. 동리의 흉상은 맨 마지막 코너에 자리 잡고 있었는데 단단하고 야무진 인상이었다. 드디어 벽면에 가지런히 정리된 동리의 약력이 나타났다. 천천히 동리의 축약된 생애를 짚어 나갔다.

내 기억이 맞았다. 아주 오래전 어느 날 민음사 편집국장의 책상에서 만났던 강렬한 단어, 동리의 영결식장에서 사용되었던 그 단어를 동리 기념관의 약력 끝에서 다시 발견했던 것이다. 동리를 저승으로 떼메고 간 마지막 문장이 그곳에 있었다.

———

황순원문학관에서는 그 단어가 무엇이라고 되어 있을까. 아침에 소나기마을로 떠나면서 떠올린 것은 선생의 일생을 마무리하는 단어가 무엇일까 하는 점이었다. 유리곽 안에 잘 정돈된 선생의 일생을 천천히 둘러보았다. 선생이 사용했던 안경과 만년필, 출판한 책, 수집한 책이 전시되어 있었다. 육필로 쓴 어느 방명록에는 진한 먹의 붓글씨로 이런 구절이 적혀 있기도 했다. 文者求道之器也.

선생은 생전에 소설이나 시를 제외한 다른 글은 잡문이라 하여 일체 청탁을 거절하였다고 한다. 문학적 염결성을 죽는 날까지 유지하였던 모양이다. 문학하는 행위를 구도자의 마음으로 여기고 이를 일생동안 유지한 것임을 저 문장은 보여주는 것이리라.

마지막 단어. 그 하나를 머리에 굴리면서 문학관을 이리저리 살펴나가는데 선생의 일생을 표로 정리한 것이 벽에 붙어 있었다. '한 눈에 보는 작가 연대기'였다. '소나기'라는 단편을 비롯해 만만찮은 시와 소설로 우리 한국인의 감수성을 여지없이 건드린 소설가. 구도하듯 시를 짓고 소설을 쓴 황순원 선생의 일생을 마무리하는 마지막 단어가 그곳에 있었다.

———————

한 인간이 이 세상으로 들어오는 입구는 다 똑같다. 우리는 누구나 다들 '다리 밑에서 주워오는' 존재들이 아닌가. 그 단어가 대개 비슷하다. 한글로 '태어나다'이거나 한자어로 '출생'이다. 이에 비해 한 사람이 일생을 견디고 나가는 출구는 저마다 다르다. 그래서일까. 그 마무리 단어도 다 다른 법이다.

사람의 목숨이 끊기면 우리말로는 '죽다' 혹은 '돌아가다'라거나 '세상을 뜨다'라고 표현한다. 한자말은 다종다양하다. 졸, 몰, 사망, 요절, 산화, 순애, 순직, 순국, 타계, 귀천, 작고, 하직, 별세, 운명, 영면, 사거, 서거, 승하, 붕어, 소천, 선종, 입적, 열반, 입멸, 환원 등등이다.

옛편지를 보면 하천(下泉), 하세(下世), 불기(不起)가 등장하기도 한다. 아무튼 망자를 두고 선택한 단어를 보면 죽은이의 신분, 직업, 종교는 물론 죽음의 순간을 대강이나마 짐작할 수 있을 정도이다.

소설 〈소나기〉에서 소년이 소녀에게 꺾어준 꽃이 있다. 마타리이다. 전국 어디에서나 흔하고 이때쯤 피는 꽃이다. 이날 정작 소나기 마을에서는 찾을 수가 없어 아쉬웠다.

소나기마을로 가는 길목에는 가로등 아래 길게 플랑카드가 붙어 있었다. 소년이 소녀에게 마타리를 꺾어 건네주는 것을 표현한 그림이었다. 추적추적 내리는 비에 반사되는 마타리. 그 시든 꽃그림을 지나 내려오

여름

는데 시와 소설을 겸업했던 두 분의 일생을 마무리한 마지막 단어가 다시 한 번 떠올랐다.

김동리는 다음과 같았다. "1995년 6월 17일. 23시 23분. 신화(神化)."
황순원은 다음과 같았다. "2000년 별세."

14

꺼끌이넝쿨이 전하는
까끌한 추억들

소식의 〈녹균헌〉

조그만 일이라도 도모할랴 치면 그냥 넘어가는 법이 없다. 은행과 기관에서 인감증명서와 주민등록초본을 달라고 한다. 등본과 달리 초본에는 현주소뿐만 아니라 결혼한 이후의 행적이 고스란히 기록되어 있다. 솥단지 걸고 솔가한 뒤 주고받은 전세계약의 역사가 빼곡하다.

　　서울에 살면서 아파트를 벗어나 본 적이 없다. 돌이켜 보면 거미줄에 걸린 나방처럼 네모난 아파트에 꼼짝없이 걸려들었다. 그야말로 아파트 행진곡이다. 벽산아파트에서 시작하여 아파트, 또 아파트, 또또 아파트……또또또 아파트 그리고 아파트, 다시 지금의 아파트까지. 아파트의 구조는 대개 한결같다. 현관만 닫으면 마개에 닫힌 호리병의 신세를 벗어날 수 없다. 들고나는 문도 오직 딱 하나뿐이다.

　　내 거쳐온 아파트는 시공회사가 내건 브랜드 이름만 알록달록한 게 아니었다. 막다른 골목을 지정해 주는 아라비아 숫자도 현란하기는 마찬가지였다. 1106호, 708호, 503호…… 1103호, 그리고 1205호까지. 픽 희한하게도 5층 이하에서는 산 적이 없다. 아파트의 구조는 공중에 띄엄띄엄 건설된 산촌(散村)이다. 공중에서 공중으로만 경중경중 뛰어다닌 셈이다. 뿌리 없는 삶이라 손가락질해도 할 말이 없다.

아파트가 생기면서 없어진 것들이 많다. 아파트단지가 들어서자 골목이 없어졌다. 아파트가 고층으로 올라가자 처마가 무너졌다. 골목은 호기심과 상상력의 곳간이다. 처마는 빗소리가 숨어 있는 곳이고 제비가 동거하는 곳이다. 이 모두가 없어지고 말았다.

이는 아파트 외부에서 벌어진 일들이고 내부에서 없어진 것도 있다. 아파트 안에는 숨을 곳이 없다. 다락이나 헛간, 뒤안은 아파트 사전에는 없는 말들이다. 화장실은 있지만 오래 머물 곳이 못 된다. 베란다도 마찬가지다. 요즘은 그마저 없애고 한두 평 더 넓히는 것이 대세이다. 거실에서 창문 열면 바로 낭떠러지로 연결된다.

어린 시절 어머니한테 야단을 맞기도 했다. 형한테 꿀밤도 맞았고 동무과 사소한 일로 다투기도 했다. 그런 이유가 아니라도 그냥 혼자 있고 싶을 때가 있었다. 그렇게 그랬을 때, 아무도 없는 곳에서 혼자가 되어 훌쩍거리고 싶을 때. 혼자를 혼자이게 하는 공간이 필요했다. 다락이나 헛간, 뒤안이 있어 그런 사정을 받아 주었다.

없다. 아파트에서는 갈 곳이 없다. 아파트에서도 가야 할 순간은 많이 생기는데 마땅히 갈 곳이 없는 것이다. 아파트에는 숨을 곳이 없다. 아파트에서는 모든 생활이 다 들킨다.

초등학교 3학년까지 시골에서 살다가 부산으로 전학을 갔다. 중고등학교 시절 내내 방학만 되면 무조건 고향의 큰댁과 외가에서 뛰놀았다. 얼마전에 식물의 세계로 한 발을 들이밀면서 꼭 가고 싶은 곳도 자동으로 떠올랐다.

바로 그곳은 내가 오늘 뛰어드는 외가의 뒤안이다. 어릴 적 울적한 날의 추억이 고스란히 퇴적되어 있는 곳이었다. 이제껏 조금도 유념하지 않았던 그곳의 생태계가 몹시 궁금해졌다. 벌초하러 갔다가 들른 외가

여름

에서 인사를 마치자마자 그곳으로 곧장 뛰어들었다. 많은 시간이 흘렀지만 그곳은 옛날 냄새가 잔뜩 고여 있었다. 가장 변한 것이 있다면 무뢰배처럼 뛰어든 나였다.

장독대와 넓은 잎을 자랑하는 토란이 몇 줄기 서 있는 곳을 지나니 뒤안이 한눈에 들어왔다. 이제껏 외가에 왔더라도 매번 그냥 지나쳤던 곳이다. 매우 쇠락한 담부랑은 온통 호박잎들의 차지였다. 예로부터 초가지붕에는 집지킴이라 하여 뱀 한 마리가 사는 건 예사로웠다. 호박 줄기는 그 능구렁이처럼 천천히 기어가면서 허물어져가는 담부랑을 붙들고 있었다. 집을 건사하는 게 안에서 사는 식구들이라면 건물을 지키는 건 바깥에 따로 있는 듯 했다.

담부랑 아래에는 옛날의 그 풀과 그 나무들로 그득했다. 한해살이풀이라지만 뒤안에서 만난 것들은 세월의 때가 잔뜩 묻은 정다운 골동품 같았다. 비록 한때나마 초롱초롱했던 내 눈을 초록으로 물들이던 녹색의 식물들이다. 예전에는 미처 관심도 없었고 이름도 몰랐던 바랭이, 환삼덩굴, 꼭두서니, 질경이, 둑새풀 등등 서로 뒤엉켜 자라고 있었다.

산초나무도 있었다. 나무는 불그스름했고 가시가 날카로웠다. 산초나무의 열매는 특이한 향이 난다. 우리 고향의 별미로 시내에서 잡은 물고기로 끓이는 어탕이 있다. 이때 산초열매 빻은 가루를 넣어야 제맛이 난다. 우리에서 돼지를 키우듯 예로부터 뒤안에서 기르고 가꾸는 나무였다.

아주 흔한 풀이지만 외가의 뒤안에서 이 풀을 만날 줄은 몰랐다. 가시가 잔잔히 난 며느리밑씻개였다. 조금은 고약한 이 이름을 고향에서는 어떻게 부를까. 외사촌 형님한테 물어보았더니 꺼끌이넝쿨이라고 하였다. 줄기가 몹시 꺼끌꺼끌해서 붙인 이름인 듯했다.

아직은 그래도 뙤약볕이 한창이었다. 노란 호박꽃을 제외하고 드물게 핀 꽃이 있었다. 정구지꽃이었다. 우리 고향에서는 부추를 정구지라고 한다. 막걸리 집에서 흔히 보았던, 밀가루 사이에 누워 있던 정구지도 어엿하게 꽃을 피우고 있었다. 옛날부터 말이 있었다. 담부랑 밑에 정구지꽃이 피면 가을이 온다!

그 옛날 따뜻하고 통통한 굴뚝이 있던 자리엔 가스통이 있었다. 큰 참나무 둥구리도 있었다. 작은 홈이 군데군데 패인 둥구리는 표고버섯 균주를 심어 버섯을 재배하는 것이었다. 예전과는 아주 다른 풍경이었다. 뒤안의 끝도 골목처럼 또 한 번 꺾여 돌아나갔다. 그 끝자락에는 살구나무, 앵두나무와 함께 대나무가 작은 숲을 이루고 있었다. 늘 그저 그렇게 저 자리에 있는 것으로만 알았던 대나무. 이 좁은 뒤안의 생태계에 하필이면 꽃이나 열매를 기대하기 힘든 대나무를 심어둔 것은 이런 뜻도 함께 자라라고 심어둔 것이 아니었을까.

밥상에 고기가 없는 것은 괜찮지만

거처에 대나무가 없을 수 없다네

고기가 없으면 사람을 수척하게 하지만

대나무가 없으면 사람을 속되게 하네

사람이 야위면 살찌게 할 수 있지만

선비가 속되면 고칠 수 없는 것을

곁에 있던 이가 이 말을 비웃기를

고상하나 바보 같은 짓이라 하네

만약 대나무를 대하고 고기를 실컷 먹는다면

세상에 어찌 양주학이 있겠는가?

—〈녹균헌(綠筠軒)〉, 소식(蘇軾)

옛날 기억을 힘껏 떠올리며 엎드려 사진도 찍고 이런저런 추억에 젖다가 뒤안을 나올 때였다. 꼭 누가 내 뒤를 붙잡는다는 느낌이 들었다. 뒤안에서 자라는 식물들은 특징이 있다. 호박을 비롯해서 환삼덩굴, 꼭두서니, 며느리밑씻개 등은 모두 잎이나 줄기에 잔털이 많고 몹시 까끌까끌하다. 형님 말씀마따나 죄 꺼끌이넝쿨인 셈이다. 그러니 느낌이 아니라 실제로 풀들이 손짓으로 내 바지자락을 붙들고 있는 중이었다. 풀들은 전략적으로 내 엉덩이에 씨앗를 묻히면서 필시 이렇게 말하는 지도 모르겠다.

"아니 벌써 서울에 갈라꼬? 그 아파트에 가서 갇힐라꼬?"

15

지리산 법계사에서 만난
부처님의 발바닥

문태준의 〈맨발〉

지리산으로 갔다. 새벽 중산리에서 출발해 벽계사를 거쳐 천왕봉 오르는 길. 며칠 후면 무시무시한 태풍 볼라벤이 한반도를 덮친다고 했다. 미리 기별이라도 주는 것일까. 습한 안개가 중산리 계곡을 가득 뒤덮었다. 가늠할 수 없는 거리의 골짜기에서 몇 가닥의 안개가 뻗어나와 코끝을 간질였다. 서울에서는 집집마다 유리창에 신문지를 붙였다. 종이신문들이 모처럼 쓸모를 만났다. 통인동 어느 골동품 가게는 이사할 때 쓰는 노란 테이프로 X자를 그리기도 했다. 전깃불 아래 휘황한 문명의 도시가 온통 난리법석을 떨었다.

　전깃줄이 아니라 공중을 통해 오는 바람결의 소식을 미리 전해들었는가. 지리산 나무들은 서로 어깨를 겯고 잎사귀를 조용히 흔들고 있었다. 무언가 큰 변화의 기운이 골짜기에 흠씬 했다. 뻐딱한 비탈을 세상으로 알고 사는 뿌리와 그 뿌리를 누대로 덮고 있는 썩은 잎사귀들. 그 중의 몇몇은 이 참에 볼라벤을 타고 새로운 골짜기로 건너갈 수도 있겠다.

　이보다 2주 전, 《경향신문》에 짧은 칼럼을 실었다. 〈발바닥에 관한 5가지 단상〉이란 제목이었다. 일부를 인용하면 다음과 같다.

(……)우리는 모두 죽는다. 드물게 좌탈입망(坐脫立忘)을 한다고도 하지만 그게 중요한 것은 아닐 것이다. 우리는 누운 채 숨을 거두고 누워서 저세상으로 간다. 얼굴 들고 가는 게 아니라 발바닥을 들고 가는 것이다. 그러니 그곳에서는 망자의 얼굴이 아니라 발바닥을 가장 먼저 보게 되지 않을까. 피둥피둥한 살집이나 조각 같은 몸매는 거떨떠도 아니 볼 것이다. 그리고 이렇게 물을 것 같다. 그대는 과연 얼마만큼 그대의 세상을 돌아다녔는가?

이번 지리산은 망설임 끝에 나선 길이었다. 천왕봉을 거쳐 치밭목 대피소에서 일박을 하고 유평마을로 하산하는 코스였다. 모처럼 산장에서 하룻밤을 자야 한다. 소소하게 챙겨야 할 물품이 많아 배낭 무게가 만만찮았다. 힘든 고비를 만나면 108번을 세면서 갔다. 그러면 그런대로 그만큼 전진하는 것이다. 아주 힘들 땐 칼럼에서 했던 한 문장을 속으로 더듬었다. 그러자 마음의 면적이 조금은 넓어지고 복잡한 가슴이 편안해지기도 했다. 그대는 과연 얼마만큼 그대의 세상을 돌아다녔는가?

길을 걷다보면 발에 모든 하중이 실린다. 발바닥에 피곤이 쌓일 수밖에 없다. 이솝식으로 말해서 같은 인체에서 누가 수고를 더하고 덜하고를 따지는 건 무의미할 것이다. 물론 무릎의 관절이 스프링처럼 완충작용을 하기는 한다. 최종 부하는 발바닥에 걸리기 마련이다.

순두류 계곡에서 법계사 입구까지는 그리 심한 경사는 아니었다. 등산객은 물론 법계사의 신도들도 출입하는 길이다. 조릿대가 안내하는 산길은 두 배의 사람들을 묵묵히 받아내고 있었다. 길바닥의 돌은 아주 맨질맨질하고 단단하고 많이 닳아 있었다. 가는비, 는개, 안개 등이 골고루 섞인 날씨였다. 공기 중의 빽빽한 습기가 접촉해서 사위가 온통 물기로 촉촉했다. 길바닥에 깔린 돌들은 그 어떤 날보다 아주 매력적으로 빛났다.

요즘의 기후 변화는 산세(山勢)를 닮았다. 호젓한 오솔길인가 하더니 갑자기 낭떠러지가 나타나고 평탄한 능선인가 하더니 급전직하의 벼랑 끝 폭포로 안내하는 형국이다. 올해는 그 이상 기온에 감각을 그만 잃어 버렸나. 벌써 열매를 맺어야 할 매미꽃이 아직도 생생하다. 병조희풀, 물봉선도 꽃을 달고 있다. 물 풍년을 맞아 더욱 통통해진 바위에서는 참바위취와 바위떡풀이 건장하게 줄기를 꼿꼿하게 세우고 있다.

꽃들의 기운이 꽉 꺾인 산길에서 꽃으로 가던 관심을 길바닥으로 돌리기로 했다. 부처님의 발바닥에 대해서 궁리해 보기로 한 것이다. 일생에 걸친 구도 행각, 발바닥이 편평해지도록 멀리 돌아다니신 부처님. 그분의 발바닥을 닮은 돌 하나가 이 바닥에 있지 않을까, 싶었던 것이다. 칼럼의 이렇게 마무리되었다.

부처님의 몸을 밝히던 불이 꺼지고 적멸의 순간이 왔다. 열반에 들기 직전, 부처님은 슬피 우는 제자들에게 관(棺) 밖으로 슬쩍 발을 내밀었다고 한다. 평생의 구도행으로 편평해진 평발이었다. 부처님이 보여주려는 게 그냥 단순한 발만이었을까. 혹 발 중에서도 가장 아래인 발바닥을 보라는 뜻이 아니었을까. 미리 경험하는 잠깐의 죽음처럼 매일 잠자기 위해 누우면 비로소 동굴처럼 환히 드러나는 발바닥. 그 안에 인생의 비의(秘意)가 숨어 있다는 가르침을 전하려는 부처님의 마지막 동작이 아니었을까.

계속 두리번거리다가 드디어 눈으로 들어오는 게 하나 있었다. 발뒤꿈치와 엄지발가락이 흙에서 도드라지게 툭 튀어나온 돌이 보였다. 숨은그림찾기 하듯 길바닥의 가운데를 유의하니 발바닥을 닮아 보이는 것도 같았다. 작은 두 개의 돌멩이는 엄지와 검지 발가락으로 치면 될 것 같았다. 세 개만 더 주워 배치하면 영락없는 다섯 개의 발가락을 단 발바닥 하나를 그럴 듯하게 연출할 수 있을 것 같았다.

아쉬웠다. 자세히 보니 그것은 발바닥의 중앙 부분이 조금 패였다. 평발이 아니었다. 부처님이 아니라 사람의 발바닥이 아닌가. 내가 찾는 그분의 것이 아니었다. 사진만 찍고 일어서는데 시 한 편이 떠올라 힘을 보탰다.

비 오듯 땀을 쏟고 108 숫자를 여러 번 세며 한참을 올랐다. 로타리 산장을 지나 법계사 일주문에 도착했다. 일주문이란 기둥을 일렬로 세워서 만든 문이란 뜻이다. 그 일주문 위에 현판이 붙어 있었다.

智異山法界寺. 법계, 法界. 많은 뜻이 있겠지만 법(法)과 비법(非法)의 한 경계(境界)를 뜻하는 말로 나는 이해했다. 일주문이 성과 속의 경계인 것처럼, 이승과 저승의 한 경계가 바로 나의 몸인 것처럼.

일주문 앞에서 길은 두 갈래로 나뉜다. 법계사로 가는 길과 천왕봉으로 가는 길이다. 길은 끝없이 이어지지만 이 길 또한 그 어떤 한 경계를 표시하는 것이리라.

절로 가는 것과 산으로 가는 것의 갈림길 바로 앞 한가운데에서 마음에 착 들어맞는 돌을 드디어 만났다. 투박하지만 완연한 사람의 발바닥을 닮았다. 그것은 힘줄이 뚜렷하고 편평한 평발이고 맨발이었다. 여기까지 따라온 문태준의 시, 〈맨발〉을 부르며 쾌재도 불렀다.

오호라, 내가 발견한 내 부처님의 발바닥!

어물전 개조개 한 마리가 움막 같은 몸 바깥으로 맨발을 내밀어 보이고 있다
죽은 부처가 슬피 우는 제자를 위해 관 밖으로 잠깐 발을 내밀어 보이듯이
맨발을 내밀어 보이고 있다
펄과 물 속에 오래 담겨 있어 부르튼 맨발
내가 조문하듯 그 맨발을 건드리자 개조개는
최초의 궁리인 듯 가장 오래하는 궁리인 듯 천천히 발을 거두어 갔다
저 속도로 시간도 길도 흘러왔을 것이다
누군가를 만나러 가고 또 헤어져서는 저렇게 천천히 돌아왔을 것이다
늘 맨발이었을 것이다
사랑을 잃고서는 새가 부리를 가슴에 묻고 밤을 견디듯이 맨발을 가슴에
묻고 슬픔을 견디었으리라
아―, 하고 집이 울 때
부르튼 맨발로 양식을 탁발하러 거리로 나왔을 것이다
맨발로 하루 종일 길거리에 나섰다가
가난의 냄새가 벌벌벌벌 풍기는 움막 같은 집으로 돌아오면
아―, 하고 울던 것들이 배를 채워
저렇게 캄캄하게 울음도 멎었으리라

―〈맨발〉, 문태준

16

꽃잎이 점지한 절 앞을 지나며

박목월의 〈사월의 노래〉

여기는 강화도 고려산. 계사년의 파라택소노미스트 교육도 슬슬 마무리를 향해 달린다. 전날에는 석모도에서 수생, 염생 식물을 관찰하고 오늘은 역사의 흔적이 가득한 이 야트막한 산을 올랐다. 미꾸지 고개에서 올라 정상을 거쳐 백련사까지 종주하는 코스였다. 능선을 따라 걷는 길이라 좌우로 서해 바다가 훤히 보이고 북으로 눈길을 돌리면 손에 잡힐 듯 북한땅이 보였다. 군대 간 아들 면회하러 가 본 백령도에서 북한땅을 보고 이렇게 가깝느냐며 놀랐는데, 강화도에서 보는 그것도 그에 못지않아 더욱 놀랐다. 요즘 한참 국내에서 입씨름을 해대는 NLL도 아마 저 건너 바다의 잘록한 해협 가운데로 걸쳐져 있을 것이다.

그동안 꽃산행을 하면서 꽃도 꽃이지만, 꽃이 자연에서 처한 자리에서 엮어내는 풍경에도 주목을 해 왔다. 아니 꽃만이 아니었다. 그것이 없다면 자연이라는 것이 성립하지 않을 벌레나 곤충은 물론 지형과 바위 등의 무정물에서도 특별한 감흥을 느꼈다. 고마운 것은 이 특별한 상황에 걸맞게 내가 읽었던 시 한 편이 맞춤하도록 찾아와 준다는 점이었다.

그러한 사정이고 보니 산의 입구에서부터 나는 나름의 감각을 풍선처럼 팽팽히 긴장시킨다. 자연이란 제가 가진 요소를 탁월하게 결합시켜 언제 어디서 출몰할지 가늠할 수 없기 때문이다. 오늘은 또 어떤 사연을 엮을 수 있을까, 기대하면서 일행의 꽁무니에 따라붙었다.

황순원의 〈소나기〉에 등장하는 마타리는 얼마 전 양평의 소나기 마을에 가보았더니 이미 지고 없었다. 조그만 위도 차이가 꽃을 죽이고 살리는가 보다. 고려산에는 색감 좋은 노란 마타리가 이정표처럼 등산로 가까이에 띄엄띄엄 피어 있다. 그 끝에는 고추잠자리가 앉아 아슬아슬한 탄력을 즐기고 있었다.

완만한 능선을 따라 가다가 어느 작은 봉우리에 올랐다. 그 굽이에서 먼저 도착한 어느 분의 한 마디에 귀가 번쩍 뜨였다. "저기 갈매나무 좀 보세요!" 아니, 이 나무라면 백석의 그 유명한 시, 남신의주유동박시봉방의 대단원을 이룩하는 그 나무가 아닌가.

"(……) 나는 이런 저녁에는 화로를 더욱 다가 끼며, 무릎을 꿇어 보며, / 어니 먼 산 뒷옆에 바우섶에 따로 외로이 서서, / 어두어 오는데 하이야니 눈을 맞을, 그 마른 잎새에는, / 쌀랑쌀랑 소리도 나며, 눈을 맞을, / 그 드물다는 굳고 정한 갈매나무라는 나무를 생각하는 것이었다."에 나오는 그 갈매나무.

여기는 북한의 신의주가 아니고, 지금은 눈이 펑펑 내리는 겨울이 아니라서 그랬는가. 긴장의 현장이라서 그랬는가. 강화도에서 만난 나무는 홀로 우뚝하게 서 있는 게 아니라 덩굴식물들과 서 있는 비교적 작은 나무였다. "드물고 굳고 정하다"는 시의 느낌과는 사뭇 달랐다. 그러나 그래도 이게 어디인가. 고려산 능선 바위 옆에 외로이 서 있는 갈매나무는 나에게 처음 찾아온 갈매나무. 그 장소의 그 갈매나무는 잊을 수 없는 나무가 되고야 말았다.

진달래 피는 때면 장관을 이룬다는 고려산의 정상에는 미군부대인 듯

여름

한 군사시설이 있어 접근금지 구역이었다. 철조망 사이를 비집고 꼭대기까지 눈으로만 갔다 오는 수밖에 없었다. 영어로 적힌 간판을 흘겨보다가 옆으로 난 길로 슬금슬금 내려왔다. 얼룩무늬 포장을 한 트럭 한 대가 쌩, 하고 먼지를 일으키며 내려갔다.

만개한 진달래가 가장 잘 보인다는 전망대를 지나니 작은 연못이 있었다. 고려산 오련지(五蓮池)라 했다. 팻말에 이르기를. "이 산에는 크고 작은 5개의 오정(五井)이 있다. 이는 불교가 우리나라에 들어오는 4세기에 축조되어 정상의 큰 연못은 하늘에 제를 올리는 제단으로 사용되었고 작은 연못 4개는 연개소문이 군사훈련 시 말에 물을 먹이던 곳이다. 이후 고구려 장수왕 4년 인도의 천축조사가 이곳 고려산에서 가람 터를 찾던 중 정상의 연못에 피어 있는 5가지 색상의 연꽃을 따서 불심으로 날려 꽃이 떨어진 장소에 꽃 색깔에 따라 백색 연꽃이 떨어진 곳에 백련사를 흑색 연꽃은 흑련사를 적색은 적석사를 황색은 황련사로 지었으나 청색꽃은 조사가 원하는 곳에 떨어지지 아니하여……"

하, 좋다. 참 좋다. 꽃잎을 바람에 날려 그 꽃잎이 점지하여 주는 곳에 불심 가득한 절을 짓다니! 더구나 인도에서 온 스님이라니! 그 당시 우리하고 인도는 군사적인 관계가 아니라 문명과 종교가 오고가는 관계였던 모양이다. 문득 조금 전 고려산 능선에서 만난 고인돌 군락도 그냥 마구잡이로 조성한 무덤이 아닐 것이란 추측이 들었다.

너무 오랜 세월이 흘러 오련지의 물맛은 볼 수가 없었다. 물이 고여 있었지만 너무 퇴락해서 말에게도 먹이지 못할 물이었다. 배낭에서 꺼낸 식어빠진 한 모금의 물로 목을 축이고 백련사로 내려오는 길이었다. 죽 이어진 시멘트 포장길 옆에 작은 규모의 군사시설이 있었다. 녹슨 철조망 곁에 있는 하얀 팻말. 아주 짧은 문장의 경고문은 한글과 영어가 병

기되어 있었는데 특히 영어는 모조리 붉은색이었다. 아치형의 콘테이너 막사 옆에 한 무더기 꽃이 피었다. 멀리서 볼 땐 흰 꽃잎이 도드라졌다. 목련꽃인가. 이런 노래를 흥얼거렸다.

> 목련꽃 그늘 아래서 베르테르의 편질 읽노라
>
> 구름꽃 피는 언덕에서 피리를 부노라
>
> 아 멀리 떠나와 이름 없는 항구에서
>
> 배를 타노라
>
> 돌아온 사월은 생명의 등불을 밝혀 든다
>
> 빛나는 꿈의 계절아
>
> 눈물 어린 무지개 계절아
>
> (…)
>
> —〈사월의 노래〉, 박목월

아니었다. 가까이 가서 보니 목련이 아니라 무궁화였다. 따지고 보니 지금은 목련이 필 시기도 아니다. 목련꽃이라면 전성기가 4월인데 지금은 늦가을이다. 더구나 자잘한 꽃송이가 몇 달려 있어 목련처럼 우람한 느낌을 주는 게 아니었다. 전신을 덮고 시원하게 누워 편지를 읽을 만큼의 그늘은커녕 발아래 돌 하나도 제대로 못 가리고 있었다. 아무래도 나의 식물학적 안목에 문제가 있는 듯.

흰색의 무궁화꽃. 흔한 무궁화가 아니라 변이종인 듯했다. 꽃도 꽃이었지만 철조망 옆의 팻말이 눈길을 붙들었다. "모든 것을 잊을 것! FORGET EVERYTHING."

잊으라 했다. 그것도 모든 것을 잊으라 했다. 너무 멋진 말이 아닌가.

여름

베르테르의 편지에 등장했더라면 아주 어울렸을 것 같은 문장이다.

물망초라는 꽃이 있다. 얕은 보라색의 앙증맞은 꽃이다. 발등보다 조금 높은 곳에서 피어 저를 잊지 말아 달라는 듯 빤히 쳐다보는 꽃이다. 목련보다 조금 늦은 시기에 핀다. 영어로는 NOT-FORGET-ME. 하지만 여기서는 FORGET EVERYTHING이라 했다. 이것으로 꽃이름을 삼는다면 물망초를 뛰어넘을 것 같았다. 꽃말은 잊는 것, 모든 것을 잊는 것.

잊고 안 잊고는 생각이자 마음일 것이다. 그렇다면 그것들은 어디에 있을까. 머리에 있나 가슴에 있나. 그것도 아니라면 발바닥에 있나. 어디에 있든 하나 분명한 것은 그것을 내가 어찌지 못한다는 점이다. 만나고 싶은 사람은 못 만나서 괴롭고 만나지 말아야 할 사람은 만나서 괴로운 것처럼 마음이나 생각도 그 원리가 똑같다. 잊어야 할 것은 잊지 못하고 잊지 말아야 할 것은 그냥 잊어버리고!

이제 몇 걸음 안 가 꽃잎에서 비롯된 우람한 가람, 백련사가 나타날 것이다. 옛사람들이 부렸던 저 '텅 빈 충만'을 이젠 어디에서 찾을까. 지금의 우리는 그런 여유를 가지지 못한 시대를 통과하는 중이다. 여기는 군사시설, 그것도 무슨 대단한 비밀을 취급하는 장소인 듯 했다. 조명등과 감시카메라를 힐끗 보며 지나자니 시적인 감흥은 사라지고 보안을 강조하는 냉정한 명령만이 녹슨 철조망 옆에 걸려 있었다.

출입자는 모든 것을 잊을 것!
FORGET EVERYTHING YOU DO HERE!

가을 · 겨울

1

백암산의 매운탕 한 그릇

신경림의 〈갈대〉

전남 장성의 백암산에서 두 번째로 높은 봉우리인 사자봉으로 오르는 길이었다. 백암산에서 처음 발견되었다고 해서 그 이름을 얻은 백양꽃은 못 볼 줄 알았다. 계절이 벌써 저무는 가을이었기 때문이다. 산 초입에서였다. 마지막으로 안간힘을 다해 피어난 꽃을 만날 수 있는 건 행운이었다. 드물고 귀한 백양꽃의 올해 마지막 모습을 가까스로 담을 수 있었다.

우리 일행은 가인교에서 백양사를 왼쪽으로 비켜 산으로 올랐다. 오른편 백양사로 가는 편평한 길에는 꽃무릇(석산)이 탐스럽게 줄지어 피어 있었다. 이상하다. 백암산은 흰 바위가 많아서 백암(白巖)이다. 그런데 왜 이리 붉은 꽃들이 지천에 피었을까, 라고 생각하는 건 짧은 소견일 뿐이다. 이 붉은 꽃들과 흰 바위들이 어떻게 서로 어울리고 내통하는지를 전혀 짐작할 수조차 없다. 다만 이제 곧 들이닥칠 단풍의 전조를 의식해서 내 눈이 유독 저 색깔들만 포착하고 있는지도 모르겠다. 더구나 백암산은 내장산의 한 자락이니 그 단풍이 오죽하랴.

올 봄에 한번 와보았던 길이라 조금은 익숙하다. 그건 길의 아래, 그러니까 등산객의 발길로 반질반질해진 시멘트 길바닥만 그렇다는 것이다.

먹구름이 몇 점 흩어진 길의 지붕도 사정은 비슷했다. 하지만 길의 좌우는 전혀 딴판으로서 새로 보는 것이나 마찬가지였다. 봄에 피어났던 것들은 이제 모두 가을꽃들에게 자리를 내어주고 다음을 기약하고 있었다. 키큰나무들은 꽃을 지우고 열매를 갈무리하고 있었다. 호주머니 하나 없는 나무들은 한겨울 동안 제 씨앗을 어디에 감출까.

백암산은 가장 높은 봉우리인 상왕봉을 필두로 사자봉, 백학봉, 도집봉, 가인봉 등이 우뚝 솟아 있다. 일반 등산이라면 상왕봉이 목표일 것이나 꽃산행에서는 조금 다른 코스를 잡았다. 우리는 사자봉을 지나 몽계폭로 해서 남창계곡으로 빠지기로 했다.

청류동 골짜기를 한참 걸어올라 한 이정표에 도달했다. 일행은 둘로 나뉘었다. 옆으로 계속 나가서 굴거리나무 집단 서식지를 보고 남창계곡으로 빠지는 팀. 바로 치고 올라가 사자봉 정상에 들렀다가 남창계곡으로 빠지는 팀.

나는 사자봉을 넘는 쪽을 택했다. 봄에 굴거리나무 서식지는 이미 보았기 때문이기도 하지만 한 가지 이유가 더 있었다. 사자봉에 서서 사자봉 그 아래를 한번 더듬어 보고 싶었기 때문이었다.

궂은 날씨는 간간이 비를 뿌렸다. 많은 비는 아니었지만 산중에서 모자 쓰고 비 맞을 때 나는 집 한 채가 되고 모자의 챙은 처마가 된다. 나의 귀는 그대로 풍경(風磬)으로 달린다. 토닥토닥토닥 혹은 타박타박타박. 귀에 바로 육박하여 들어오는 빗소리는 그 어디론가 걸어가는 소리이기도 하다. 빗소리를 들으며 급한 경사를 오르는데 층꽃풀이 무더기로 피어 있었다. 포도송이처럼 꽉 여문 꽃들이 그야말로 층층이 달려 있다. 아래 부분이 목질로 되어 있어 층꽃나무라고도 하는 식물이다.

산은 아무리 얕은 산이라도 그 정상을 쉽게 내주지 않는 법이다. 이제 더 이상 올라갈 곳이 없나 싶은데 또 한 봉우리가 저 곳에 있다. 봉우리와 봉우리를 비교해 보면 내 지금 있는 곳이 더 높아 보이는데 화살표는 냉정하게 앞을 가리킨다. 여기가 정상이 아니라는 것이다. 등을 떠밀며 여기서 또 더 가라는 것이다.

몇 고비를 넘어 백암산 사자봉에 도착했다. 사자봉에는 그 흔한 표지판도 편평한 바위도 보이지 않았다. 안개만이 자욱했다. 주위가 어두울 정도였다. 내 좁은 시야로는 앞이 가늠되지가 않았다. 첩첩한 허공이 잿빛으로 가득 찼다. 전망이 온통 안개뿐이었다. 굳이 여기에 내가 올라온 이유. 저 안개 너머로 가는 길.

……벌써 하루가 빠져나간 오늘 너머 어제. 나는 저 안개 너머에 있었다. 암자는 사자봉 너머 저 어딘가에 자리 잡고 있었다. 안개가 농축될 대로 농축된 곳이었다. 그 암자에는 젊은 스님이 있었다. 나는 그 암자에서 홀로 수행하는 젊은 스님을 만나고 있었다.

스님은 밥을 손수 지어먹고 텃밭을 일구고 죽은 나무를 거두어 땔감으로 쓴다고 했다. 텔레비전도 없고 인터넷도 연결되지 않는 도량이었다. 지난 두 달 동안 운문암에서 스님 서너 분이 운동차 다녀갔을 뿐 찾아온 사람은 오늘의 내가 처음이라고 했다. 매일 아침과 점심 두 차례에 두 마리의 다람쥐만 찾아온다고 했다.

오후불식. 스님은 하루 두 끼니만 먹는다. 차 한 잔이 저녁이라고 했다. 서울에서 출발을 할 때 무엇을 들고 갈까 고민을 했었다. 이리저리 생각했지만 무슨 품목을 골라야 할지 선뜻 떠오르는 게 없었다. 결국 백양사입구역까지 빈손으로 갔다. 그곳 슈퍼에서 골랐다. 5kg짜리 '단풍미인' 두 가마니. 스님께 적어도 긴요한 양식은 될 것 같았다.

2시부터 5시까지 암자에서 머물렀다. 녹차를 따라주는 스님 뒤로 백학봉의 아름다운 풍광이 걸렸다. 나는 배에 기별도 안 갔지만 지금 스님은 나 때문에 이른 저녁을 너무 포식하는 것은 아닌가. 더 있고 싶었지만 하루를 건너가는 해가 나에게 신호하였다. 너도 이젠 그만 건너가거라.

"저기 백학봉의 자태가 좋습니다."
"가만히 잘 보세요."
"……"
"부처님의 누운 모습과 꼭 같지 않나요!"
"경치가 너무 좋습니다."
"단풍 들 때 한번 더 오세요."

작은 법당과 좋은 풍경과 스님의 평온한 심사를 많이도 어지럽혔다. 작별인사를 했다. 쌀을 어깨에 메고 올라갈 땐 몸이 무거웠다. 내려올 땐

가을

마음이 무거워졌다. 파랗게 이끼 낀 돌계단을 밟고 내려와 일행이 기다리는 숙소로 향했다. 잠깐 되돌아보니 암자의 지붕을 문지르고 있는 사자봉.

……그 사자봉에 나는 오늘 도착한 것이다. 사자봉에 오르니 안개 속에 껑충한 식물들이 삐죽삐죽 바위 사이로 솟아 있었다. 갈대인가 했더니 억새가 바위 틈에 비좁게 서 있었다. 바람이 심하게 불었다. 바람의 세기를 몸으로 번역하면서 가냘픈 풀들이 흔들리고 있었다.

자욱한 안개 너머 스님이 계신 곳을 눈으로 짚어보았다. 맑은 날이었다면 백학봉을 보면서 위치를 어림했을 터인데 첩첩전방은 오리무중이었다. 스님은 오늘의 마지막 공양을 하고 있을지도 모를 시각이었다. 용맹정진하는 스님을 생각하자니 마음속에서 조용히 올라오는 것이 있었다. 잠시 눈을 감고 내 나이를 생각하여 보았다. 잠깐 내 몸이 흔들렸는가? 누군가 어깨를 툭 치는 것 같았다. 억새가 시치미를 뚝 떼고 있었다. 침침한 눈으로 발밑을 더듬으며 사자봉을 떠났다.

언제부턴가 갈대는 속으로
조용히 울고 있었다.

그런 어느 밤이었을 것이다.
갈대는 그의 온몸이 흔들리고 있는 것을 알았다.

바람도 달빛도 아닌 것.
갈대는 저를 흔드는 것이 제 조용한 울음인 것을

까맣게 몰랐다.
-산다는 것은 속으로 이렇게
조용히 울고 있는 것이란 것을
그는 몰랐다.

―〈갈대〉, 신경림

백암산을 내려오면서 귀한 식물을 만났다. 수정난풀이었다. 온통 투명한 흰색이었다. 이 풀은 엽록소가 없어 광합성을 하지 못한다. 낙엽이 쌓인 곳이나 습한 곳에서 외부에서 영양을 공급받아야 하는 부생식물(腐生植物)이다. 거무튀튀하게 썩어가는 것들을 정화시켜 저 흰색을 길어올리는 풀. 백암에 가장 어울리는 식물을 꼽는다면 수정난풀이 아닐까.

드디어 산을 다 내려왔다. 국립공원 초소가 보이고 유니폼을 입은 직원들이 보이고 또 다른 계곡에서 등산객들이 줄줄이 내려오고 있었다. 모두들 요란한 복장이었다. 어디 수행처가 따로 있겠는가. 다만 마음이 머문 자리가 곧 수행의 자리일 뿐이다. 옷 색깔만 다르지 백암산이 배출하는 수행처사라고 해도 되지 않을까. 나도 그 틈에 요란함을 더하며 껴들었다.

여느 등산로 입구처럼 좌우로 상점들이 많았다. 올 봄에 왔을 때와 별반 다를 바 없는 풍경이었다. 등산을 마친 사람들이 홀가분하게 뒤풀이를 하고 있었다. 파전 혹은 묵을 앞에 두고 막걸리 혹은 소주를 높이 들고 건배를 하는 팀도 여럿이었다. 그런 왁자지껄한 소리를 헤치고 우리는 나무와 야생화 공부를 더 했다. 감태나무, 예덕나무, 독활, 도꼬마리 등을 공책에 적었다. 어디를 가도 사람들보다는 그래도 나무가 더 많았다.

　우리 일행은 장성호로 이동했다. 호수 주변과 둑 안의 생태계를 더 조사했다. 특히 논두렁에서 발견한 식물들이 소소한 재미를 듬뿍 안겨주었다. 모르는 건 높은 산에만 있는 게 아니었다. 마을 가까이에도 충분히 많았다. 망외의 소득이었다.

　모든 관찰을 마치고 호반에 있는 식당으로 갔다. 매운탕 전문집이었다. 얇은 비닐이 깔리고 그 위로 각종 반찬이 차려졌다. 테이블마다 냄비가 끓기 시작했다. 군침 도는 반찬을 안주로 해서 하루의 고단함을 털었다. 맥주를 꿀꺽 삼키자 목안에 묻은 먼지도 씻겨나갔다.

　몇 순배가 더 돌고 드디어 하얀 김이 나는 냄비뚜껑을 열었다. 묵은지를 비롯한 각종 야채와 벌건 양념 사이로 메기가 토막난 채로 누워 있었다. 장성호 주변에서 뛰놀던 메기였을 것이다. 술을 한 잔 더 비우는 동안 건너편의 한 분이 앞접시에 야채와 국물을 가득 채워서 건네주었다. 내 덩치를 가늠했는지 메기도 큰 토막으로 담아주었다.

　어제 보았던 해가 호수 저쪽으로 건너가고 세상에는 모든 저녁이 왔다. 보기만 해도 얼큰한 국물을 떠 입에 넣는데 스님 생각이 났다. 그 스님한테 아침과 점심의 두 끼를 얻어먹는 다람쥐 두 녀석도 생각이 났다. 매운탕 맛? 숟가락은 모르지만 혀는 알아차리는 그 맛? 그걸 굳이 여기서 거론해야 할까?

2 · 벼 포기 사이의 내 그림자

정판교의 시 한 편

전생(前生)과 전신(前身)은 달라도 한참 다르다. 오늘 아침 나는 밥을 먹었다. 밥의 전신은 쌀이다. 쌀은 벼에서 나온다. 사과가 사과나무에 달리는 것처럼 쌀도 쌀나무에 달리는 줄로 아는 아이들도 있다. 도시에서 나고 도시에서만 자란 경우라면 전혀 이해가 안 가는 바도 아니다.

점심은 짜장면으로 때웠다. 짜장을 제외한 면발의 전신은 밀가루이다. 밀도 밀나무에 달리는 게 아니다. 밀은 밀이라고 하는 식물의 열매이다. 밀가루는 이 열매를 빻은 것이다. 밀은 보리하고 아주 비슷하게 생겼다. 밀은 가루로 가공하고 다시 물로 반죽을 해서 끓이거나 구워서 먹지만 뭐니 뭐니 해도 그냥 밀밭에서 바로 따 이삭째 불에 구워 먹는 게 가장 맛있다. 잘 구운 빵도 저리 가야 한다. 물론 불에 탄 까끄라기로 인해 입 주위가 시꺼멓게 되는 것은 각오해야 하겠지만.

짜장면을 먹고 사무실로 돌아오는 길이었다. 주로 아이들을 상대로 떡볶이와 어묵을 주로 파는 가게 앞에 화분 무더기가 있었다. 어묵의 주성분은 밀가루이고 떡볶이의 그것은 쌀이다. 전에 볼 때는 맨드라미, 접시꽃, 봉숭아, 나팔꽃 등등이 어울려 있었다. 유심히 보았더니 벼가 심겨 있는 게 아닌가. 이 뜻밖의 장소에서 벼를 보다니! 눈이 좀 휘둥그레졌

다.

"농사는 예술이다"라고 주장하는 분이 있다. 그는 '쌈지농부'의 천호균 대표이다. "광화문광장이나 서울광장에서도 벼농사가 가능하다"고 주장하는 분이 있다. 그는 유기농으로 일가를 이룬 '사단법인 흙살림'의 이태근 대표이다. 궁리에서 이 두 분의 대담집, 『농부로부터』를 출간했다. 벼는 농부의 발자국 소리를 들으며 자란다고 한다. 나는 지금 벼를 키우는 그런 창조적인 일은 못 한다. 그저 손바닥만한 책을 출판하는 작업을 해서 겨우 밥벌이를 한다.

분식점 앞 화분을 그간 숱하게 지나쳤다. 오늘 처음 벼를 본 것은 분명 아니었다. 이렇게 이 시점에 서울 인왕산 아래 옥인동의 아스팔트 옆에서 자란 벼가 비로소 눈에 들어오는 것은 그래도 그런 분들의 목소리를 담은 책을 만드는 덕분이 아니었을까.

벼에 대해 색다르게 공부하는 기회를 가졌다. 계사년 9월 파라택소노미스트 산행으로 백양사를 품고 있는 백암산에 갔었다. 흰 바위가 많아서 백암산으로 불리는 산에는 호남의 가을꽃 냄새가 물씬했다. 이 산은 봄에도 온 적이 있다. 봄꽃과 가을꽃은 아주 달랐다. 백암산의 한 봉우리인 사자봉을 거쳐 내려오니 시간이 좀 남았다. 일행은 장성호 주변에 있는 들판으로 가서 호숫가, 논두렁, 밭 등의 생태계를 조사하기로 하였다.

장성호는 아주 넓은 호수였다. 호수로 흘러드는 물가 주위에는 쓰레기도 쌓여 있었다. 그 쓰레기들을 그런대로 아우르면서 이런저런 야생화들이 피어 있었다. 지저분함과 악취는 자신의 소관사항이 아니라는 듯 꽃들은 태연히 최선을 다해 피어나 있었다. 실제로 그건 코를 달고 있는 종(種)에게나 해당되는 사항이기도 하다.

이제껏 그냥 건성으로 매끄러운 수면이나 두둥실 흰 구름만 보아왔는데 직접 수변의 땅을 밟으니 무척 다양한 종류의 야생화가 있었다. 미국실새삼, 며느리배꼽, 매자기, 나도겨풀, 뚜껑덩굴, 강아지풀, 자귀풀, 차풀, 쑥, 비수리, 큰고랭이 등이었다. 여뀌, 개여뀌, 흰여뀌 등 여러 종류들의 여뀌들도 많이 있었다. 여뀌에 관해서는 특별한 추억이 많다.

억새가 먼 하늘을 바라보며 바람에 가냘픈 허리를 맡기고 있었다. 수변을 다 보고 가을 들판으로 올라섰다. 농촌에서 자란 나에게는 그냥 익숙한 풍경이었다. 논에는 벼가 무거워진 고개를 숙이고 빽빽이 들어서 있었다.

다 자란 벼는 아랫도리를 훤히 드러낸 채 말라가고 있었다. 지난 여름 흙 속의 양분과 물을 힘껏 열매에게 올려보낸 줄기는 바짝 야위었다. 그

벼 줄기들은 소의 먹이인 여물로, 초가지붕을 덮는 재료로, 여러 용도로 쓰이는 새끼줄로 변신하였다. 이제 농부가 시퍼런 낫을 가지고 와서 벼 베기를 할 것이니 벼는 제 발목도 마저 내어줄 준비를 하고 있었다. 소와 마찬가지로 벼는 버릴 게 하나도 없는 작물이었다.

우리가 공부하려는 것은 벼뿐만이 아니었다. 논둑과 논둑 주위에 있는 여러 풀들도 모두 관찰하였다. 가장 먼저 이름을 익힌 건 각시그령이었다. 그냥 잡초라고만 알아왔던 곳에서 이런 예쁜 이름을 만날 줄은 몰랐다. 붉은빛이 감도는 꽃은 귀엽고도 예뻐서 손을 갖다대니 몸이 먼저 간지러워졌다.

논뚝외풀. 그 키 작은 풀들을 만나려니 자연스럽게 땅에 엎드려야 했다. 물 없는 논과 바짝 마른 논바닥, 단단히 여문 나락들. 농약 냄새는 안 나고 추억의 냄새로 물컹했다.

처음 듣는 이름들이 연달아 튀어나왔다. 맙소사. 그냥 덤벙덤벙 다니기만 했던 논두렁 주위에 그렇게 다양한 식물들이 사는 줄을 예전엔 미처 몰랐다. 하늘방동가지, 바늘여뀌, 밭뚝외풀, 그리고 박하. 소박하게 핀 박하는 나도 아는 풀이었다. 작은 잎을 하나 따니 벌써 박하사탕을 깨물 때처럼 박하향이 코를 찔러 왔다.

어릴 적 무수히 논두렁을 밟고 다녔다. 논두렁에는 콩을 드문드문 심기도 했다. 무성한 풀은 베어다가 꼴을 만들어 소를 먹였다. 그 풀속을 뛰어다니던 방아깨비와 메뚜기는 잡아서 구워먹었다. 그렇게 옛날 생각에 잠겨 논두렁을 질러가자 묵은밭이 하나 나왔다.

고랑이 다 허물어진 빈 밭에는 각종 풀들이 수북히 자라나고 있었다. 이곳을 두고 그냥 잡초가 많네, 라고 해서는 안 된다. 엄밀히 말해 잡초라는 이름의 풀은 없는 것이다. 미국가막사리, 중대가리풀, 차풀, 자귀풀

가을

등 생태계를 이루는 식물이 자기 자리를 하나씩 어엿하게 차지하고 있었다.

백암산을 톺아나가면서 꽃산행을 하는 것도 좋았지만 산 아래에서 이렇게 논두렁을 훑어보는 공부가 무척 신선했다. 굽이굽이 논둑을 걸어갈 땐 온몸에서 꿀렁꿀렁 풀물이 솟아나는 듯했다. 참으로 오랜만에 가르마 같은 논길을 따라 걷는 이 기분!

멀리 우리가 타고 온 버스가 보이고 논두렁을 벗어났다. 나는 아쉬운 마음에 마을을 향해 꾸불렁꾸불렁 기어가는 논두렁을 한참 바라보았다. 이 논두렁 끝까지 가서, 마을 너머로 가서, 또 그 너머너머로 계속 간다면 어디로 연결될까. 내 고향으로, 내 어린 시절로도 갈 수 있을까. 즐거운 상상을 해보다가 발길을 돌렸다. 돌아서는 내 특별한 심정에 눈이 번쩍 뜨이는 광경이 들어왔다. 이제는 이름을 알 수 없게 된 어느 벌레 한 마리가 가을 강아지풀을 휘감아서 누에처럼 제 몸을 칭칭 감아 고치를 만들고 있었다. 아마도 이 녀석은 지금 새로운 우화(羽化)를 꿈꾸고 있으

리라.

————

　백암산에서 돌아와 쌀밥 몇 공기를 비우자 며칠이 흘렀다. 9월 마지막 날에 어머니를 모시고 잠깐 고향엘 들렀다. 내 고향 마을의 들판 역시 익어가는 벼들로 누렇게 출렁이고 있었다.

　마을 앞 도로에 서서 내 직접 뛰놀던 논두렁과 논과 벼를 바라보았다. 동청 한가운데에 자리잡고 있는 느티나무가 논에 그림자를 아름답게 드리우고 있었다. 논두렁으로 가까이 가자 그림자는 더욱 똑바로 서는 것 같았고 키도 커졌다. 그렇다면 나도? 느티나무 가까이로 무람없이 다가가자 논은 시커먼 내 그림자도 흔쾌히 받아주었다. 휘늘어진 나무 옆의 작은 그림자는 흡사 느티나무에서 갓 태어난 새끼처럼 보이는 것도 같았다.

전생과 전신은 달라도 한참 다르긴 하다. 하지만 또 한긋 생각하면 이렇기도 하겠다. 전생은 전신을 포함하는 말이 아닐까. 논 가운데에 선 느티나무의 그림자와 나의 그림자를 오래 바라보았다. 바라볼수록 그림자 둘은 아주 더 선명해지는 것 같았다. 저 그림자에 앞뒤가 있을 순 없겠다. 하지만 저 작은 그림자의 전신은 분명 나였다.

논은 좁고 생은 짧다. 논 가운데에 꽂힌 작은 그림자는 나의 다음 생을 가리키는 표지판일까. 두 그림자를 무심하게 바라보는데 정판교(鄭板橋, 1693~1765) 시 한 구절이 떠올랐다.

> 前身應是明月(전신응시명월)
> 幾生修到梅花(기생수도매화)

> 내 전생은 밝은 달이었지.[*]
> 몇 생애나 닦아야 매화가 될까?

---

[*] 이 구절은 매화를 사랑한 퇴계의 시로 널리 알려져왔다. 필자 또한 그렇게 알고 인용한 적이 여러 번이었다. 그러나 퇴계전집에 이런 시는 없다고 한다. 이 시는 남송 사방득(謝枋得)의 시 〈무이산중(武夷山中)〉의 마지막 구절 "幾生修得到梅花"를 끌어다, 청 정판교가 "前身應是明月"을 앞구에 덧붙여 만든 대련이 출처라고 한다.

3 · 추석 때 생각나는 현호색

왕유의 〈구월구일억산동형제〉

현호색은 종류도 많고 어느 산에 가도 쉽게 만날 수 있다. 흔하다고 함부로 대하기도 하겠지만 그 꽃의 모양이 다른 여느 것들과는 확연히 구별이 된다. 꽃을 가만히 보면 지상을 박차고 그 어디로 떠나기 직전의 모습을 떠올리게도 하는 것이라서 각별한 느낌을 갖게 하는 것이다. 그뿐만이 아니다. 하나씩 달려있는 보통의 꽃들과 달리 현호색의 그것은 다정한 형제들처럼 모여 있다. 아마도 그래서 형제가 많은 이들은 그 꽃을 그냥 지나치지 못하는 것 같다.

신묘년의 봄. 제대로 꽃공부를 하겠다 결심하고 처음 찾은 곳은 서울 근교의 천마산이었다. 겨울을 막 빠져나왔지만 희끗희끗한 잔설이 보이고 꽃샘추위가 매서운 날씨였다. 그곳에서 태어나 처음으로 작정을 하고 본 꽃들이 있었으니 그중의 하나가 점현호색이었다. 임도를 따라 올라가며 계곡으로 눈길을 던지다가 만난 꽃이었다.

봄이 오는 때를 알고 이를 따라 맞추어 피어나는 꽃들. 천마산은 야생화가 다양하다. 아마도 천마산은 계절을 견인하는 이 다종다양한 야생화 덕분에 봄을 먼저 맞이하고 봄향기도 오래 머물게 하는가 보다. 산으로 점점 올라갈 때 복수초, 꽃다지, 만주바람꽃, 너도바람꽃, 노루귀, 피나물 등이 활짝 피어나고 있었다.

정상 부근에서 앉은부채 옆에서 피어나는 현호색을 만났다. 현호색이 손바닥처럼 벌어진 녹색의 잎이 밋밋한 것에 비해 점현호색의 그것에는 뚜렷한 흰 무늬가 있다. 마치 어린아기의 엉덩이에 나타나는 청회색의 몽고반점처럼.

우리나라 산을 탐험할 때 현호색 종류를 만나는 건 흔한 일이다. 그만큼 널리 많은 곳에 분포한다. 경기도의 천마산 이후 전남의 백암산, 전북의 회문산, 강원도의 태백산 등지에서 어김없이 현호색, 왜현호색, 흰현호색 등을 보았다. 야생화가 절정을 이루는 시기라면 어느 산에 가더라도 현호색의 무리는 활짝 피어 있었다.

태백산에 갔을 때 조금 특이한 현호색을 보았다. 갈퀴현호색이었다. 도드라진 꽃받침이 꽃통, 다시 말해 꽃의 엉덩이를 감싸고 있는 게 마치 갈퀴 같다고 해서 붙은 이름이다. 경주의 토함산 자락에서도 목록을 하나 더했다. 날개현호색이었다. 이것은 꽃의 아래쪽 좌우측에 작은 날개처럼 톡 튀어나온 부분을 가지고 있다. 마치 물고기의 지느러미처럼.

계사년 초봄의 일이었다. 꽃동무들과 함께 대구 근교의 어느 숲으로 갔다. 우리나라에서 보기 드문 평지의 자연숲이었다. 이팝나무, 물푸레나무, 굴참나무, 왕벚나무, 느릅나무 등이 우람하게 자라고 있었다. 그 나무들의 낙엽들 사이로 풀들이 봄을 힘겹게 밀어올리고 있었다. 그 풀들 가운데 단연 눈길을 끄는 것은 쇠뿔현호색이었다. 꽃의 머리 부분이 소의 뿔처럼 보인다고 해서 그 이름을 얻었다고 했다.

내처 근처에 있는 삼성산으로 갔다. 그곳에서도 여러 야생화들 틈에서 새로이 현호색의 종류를 하나 추가했다. 이미 여러 번 안면을 익힌 현호색과 함께 자생하는 남도현호색이었다. 삼성산에는 봄의 지표가 되는

현호색	
갈퀴현호색	점현호색
쇠뿔현호색	날개현호색
	남도현호색

야생화가 여럿 어울려 있었다. 만주바람꽃, 노루귀, 꿩의바람꽃, 남산제
비꽃 등이었다.

현호색 종류의 꽃들은 조금 특이하다. 줄기 끝으로 집합하면서 달리
는 꽃들은 오리가 어미나 먹이를 찾아 떼로 모여드는 형국이다. 자세히
보면 하나하나 분리되어 독립된 꽃이다. 각자 공중의 그 어디로 떠나려
는 것 같기도 하다. 줄기를 도움닫기로 하여 막 이륙하기 직전의 모습인
것도 있다.

꽃들은 지금 어느 허공을 찾아 이렇게 줄줄이 대기하고 있는 것일까.
뒤뚱거리며 달려와 줄기 끝에서 문득 멈춘 현호색 꽃을 보자니 떠오르
는 한 편의 시가 있었다. 왕유(王維, 699?~759)의 〈구월구일억산동형제
(九月九日憶山東兄弟)〉.

여기는 대구 근처의 삼성산이다. 내 고향 거창이 여기서 멀지 않다. 그
시를 감안하면서, 내 형제들을 생각하면서 일부러 꽃이 네 개인 현호색
을 골라 엎드려 사진을 찍었다. 흔감하기도 했고 허전하기도 했다. 팔꿈
치에 마른 낙엽 부스러지는 소리가 유난히 크게 들리는 것 같았다. 바스
락, 바스락, 바스락, 바스락.

키가 다른 꽃들은 차례를 지키며 도약을 준비하고 있었다. 차디찬 북
녘으로 떠나는 기러기들의 안항(雁行)처럼 꽃들은 위아래의 간격을 잘
유지하고 있었다. 혹 저 꽃들도 원래 다섯 송이였는데 하나가 빠진 것은
아니었을까?

———

계사년 추석 휴일은 닷새나 되었다. 연휴 마지막 날 몇몇 동무들과 달

맞이하러 인왕산에 올랐다. 달은 그새 한쪽 귀퉁이가 허물어지긴 했지만 노랗게 떠서 컴컴한 하늘을 잘 건너가고 있었다. 달이 남산 위에 왔을 때 통인시장에서 구입한 깎은 알밤을 손바닥에 놓고 견주어 보았다. 달의 크기와 밤의 크기가 서로 비등비등했다. 보름달을 내 몸의 안방으로 맞아들이는 기분으로 알밤을 깨물어 먹었다.

인왕산은 서울에서는 제법 높은 곳이다. 찬바람이 몹시 불었다. 범바위를 지나 전망대에 서니 도심은 현란한 불빛으로 넘실거렸다. 도심에 제법 가깝게 접근했는지 벌써 온도가 다르게 느껴지는것 같았다. 독립문 지나 안산과 인왕산이 만드는 넓은 골짜기에 자동차가 빽빽했다. 멀리 일산 쪽으로 우글우글 달아나는 불빛들을 보면서 계단을 내려가는 동안 내 신경은 선바위 쪽으로 곤두섰다. 인왕산의 선바위는 무속신앙의 굿도량으로 아주 영험한 곳이다. 오늘 내가 확인하고 싶은 것은 그 선바위 뒤로 조그맣게 튀어나온 어느 바위의 근황이었다.

몇 해 전, 점심시간을 이용하여 인왕산을 줄기차게 드나들 때의 일이다. 나름 인왕산에 꽂혀 있는지라 나의 퇴근사실을 어둠에 잠겨가는 인왕에게 반드시 고하고 통인동의 좁은 골목길을 빠져나가는 게 습관처럼 되어버렸다. 어느 날 우연히 인왕산을 바라보다가 나는 굉장한 사실 하나를 발견하였다.

모아이(Moai)는 칠레 이스터 섬에 있는 사람 얼굴 모양의 석상이다. 직접 본 적은 없지만 크기 3.5미터, 무게 20톤 가량이나 되는 어마어마한 크기라고 한다. 누가 어떻게 이 석상을 만들었을까. 왜 그 섬에 거대한 석상이 자리잡았을까. 아직도 풀리지 않는 수수께끼를 간직한 모아이. 어느 풍광 좋은 사진을 보면 넓은 들판에서 꿈꾸는 듯한 표정으로 먼 하늘을 항상 바라보고 있는 모아이였다.

놀라워라. 인왕산 능선에 바로 그 모아이가 있지 않겠는가. 효자동 통인시장 근처 어느 골목에서 고개를 들 때 척, 눈으로 들어오는 그 바위가 나에겐 영락없는 모아이였다. 그 이후 인왕산을 볼 때마다 선바위가 있는 곳의 중턱에서 꿈꾸듯 서 있는 모아이를 꼭 챙겨 보게 되었다. 급기야는 이런 엉뚱한 상상을 해보기도 했다. 혹 인왕산의 모아이는 칠레의 형제들이 인왕산으로 이민 오겠다는 계획을 세운 뒤 미리 파견한 선발대는 아닐까.

이런 연유이고 보니 명절 밤에 이곳을 지나자니 더욱 마음이 각별해지는 것이었다. 추석날 밤 칠레 이스터 섬에 떨어져 있는 형제들이 문득 한 사람이 적다는 것을 알고 더욱 그리워하지는 않았을까. 그런 은밀한 추측을 하면서 인왕산의 모아이 곁을 지날 때 특별한 안부를 전했던 것이었다.

인왕산에서 계사년 추석 뒤풀이를 조금은 인상적으로 한 셈이었다. 절기상으로 보아 지금은 야생화가 단풍에게 자리를 양보하고 모두 문을 닫는 시기이다. 인왕산에도 내년 봄을 기약하고 서둘러 지하로 들어간 꽃들 중에는 현호색도 있을 것이다. 내년에는 현호색을 챙길 수 있을까. 내년 추석에도 인왕산에서 달맞이 하면서 모아이를 만날 수 있을까.

중국에서 음력 9월 9일은 중양절이다. 딱 맞아떨어지는 것은 아닐 테지만 우리의 추석에 해당하는 명절로 여기면 될 것이다. 구월구일억산동형제, 9월9일 산동의 형제를 생각함. 달빛만으로는 모자라 이마에 쇠뿔처럼 플래시를 달고 더듬더듬 내려와 시절에도 딱 어울리는 왕유의 시 한 편을 떠올리며 쓸쓸한 집으로 갔다.

獨在異鄉 爲異客 (독재이향위이객)

가을

每逢佳節 倍思親 (매봉가절배사친)

遙知兄弟 登高處 (요지형제등고처)

遍揷茱萸 少一人 (편삽수유소일인)

홀로 타향에 살아 나그네 되니

매번 명절을 맞을 때마다 가족 생각 더욱 간절해진다

멀리서도 알리라, 형제들이 높은 곳에 올라

머리에 수유꽃을 꽂다가 문득 한 사람이 빠졌다는 것을

─〈구월구일억산동형제〉, 왕유

4

해병대 연병장에서 만난
개미 이야기
최승호의 〈개미〉

경주에서 일박하고 감포에서 늦은 아침을 먹었다. 해송이 우거진 한적한 해변을 따라 길을 나섰다. 어느 모퉁이를 돌자 바로 큰 간판이 눈을 압도했다. 백미러로 보니 이제껏 씩씩해하던 아들도 일순 얼어붙는 듯 눈을 감았다. "해병대 미래는 이곳에서 시작된다." 빨간 간판에 노란색으로 쓴 글씨였다. 빨간색은 피를, 노란색은 땀을 상징한다고 한다. 아들과 아내를 먼저 연병장으로 보내고 운동장에 임시로 마련된 주차장에 차를 댔다.

　　카메라를 챙겨 아들이 있는 곳으로 가는데 보도 블럭을 따라 개미 몇 마리가 눈에 띄었다. 쪼그리고 앉아 사진을 찍었다. 작은 가로수 아래로 단단한 진흙이 보이고 개미가 드나드는 구멍이 보였다. 그 안으로 들어가면 개미소굴일 것 같았다.

　　개미와 나. 아무런 인연이 없다. 굳이 연결고리를 찾는다면 몇 가지 있긴 있다. 그저 작고 검은 것이 특징인 그 곤충의 이름을 개미라고 알 뿐. 허리가 지나치게 잘록한 그것을 개미라고 부를 뿐. 어린 시절 시골에서 소먹이하러 갔다가 더러 개미를 밟아 죽이기도 했을 뿐. 뿔뿔뿔 달아나는 개미를 붙들어 장난하고 희롱하였을 뿐. 낡은 아파트에 살 때 좁쌀만한 개미를 쓰레받기에 담아 창밖으로 던졌을 뿐. 하마터면 중요한 한 가지를 빼먹을 뻔했다. 개미나 나나 아침이면 먹이를 찾아 집을 나선다는 것.

개미에 대한 전문적인 지식은 별로 없지만 지금 이곳의 특수성을 고려해서인지 군대개미(army ant)가 떠올랐다. 군대개미, 그것은 아주 호전적인 개미라고 한다. 군대개미의 큰 턱은 낫을 연상케 할 만큼 위협적이고 언제나 공격자세를 취한다고 한다. 워낙 많은 먹이가 필요해서 수십만 마리가 함께 움직이며, 군대보다 더한 조직력과 분업화된 사회, 끝없는 방랑생활을 통해 가는 곳마다 초토화시킨다는 군대개미였다. 어느 다큐에서 본 군대개미는 사자, 치타, 하이에나보다 더 무시무시한 포식자였다.

해병대 교육훈련단 연병장에는 개미처럼 사람들이 몰려 있었다. 입대하는 장정과 그에 딸린 환송객들이 상당했다. 아들을 찾지 못해 우왕좌왕하는데 아내로부터 전화가 와서 겨우 상봉했다. 아들은 불안한 심사를 달래려는지 누군가와 통화를 하면서 자꾸 허전한 머리를 쓰다듬고 있었다.

나도 저 시절을 다 겪은 바가 있었다. 그땐 김광석이 〈이등병의 편지〉에서 절절이 읊은 바대로 했다. 집 떠나며 부모님께 큰절하고, 경주 고모님댁 근처에서 머리 빡빡 깎고, 영천초등학교 운동장에 집결했다가 열차타고 논산훈련소로 가고, 입영열차 의자에 엉덩이 대신 대가리 박고 물구나무설 땐 가슴 속에선 무엇인가 치밀어 오르고, 친구들한테 편지 부탁하고, 풀 한 포기 친구 얼굴 모든 것이 새로웠고.

아들이 해병대에 입대하는 날. 한참 멀어져 난 내 젊은 날의 꿈 옆으로 아들의 고난이 시작되고 있었다. 그래도 떠나보낸 날들 틈으로 여유가 찾아온 건 다행한 일이었다. 꽉 막힌 그때의 기억에서는 나무 한 그루, 풀 한 포기조차 자리할 수 없었다. 오늘은 달랐다. 한 끗발 비켰다고 연병장에 듬직하게 서 있는 나무들이 눈으로 들어왔다.

가로수를 보았다. 향나무, 벚나무, 소나무 등이 여기저기 줄지어 꽂혀 있었다. 군기가 바짝 든 단풍나무, 회양목는 단정했다. 시선을 낮추니 풀 한 포기가 있었다. 그것은 생명력이 끈질긴 잡초였다. 그것의 이름은 띠. 고향에서 너무나 자주 본 풀이었다. 또한 오늘은 특별히 띠 사이를 바쁘게 돌아다니는 개미도 만나지 않았는가.

갑자기 호르라기 소리가 나더니 장정들에게 집합하라는 방송이 나왔다. 시들어 빠진 군악대의 연주가 들렸다. 줄 맞추어 가다가 갑자기 소나기 만난 개미들처럼 어느 순간 우르르 몰려가는 행렬 속으로 아이가 사라졌다. 얼굴이 다 다르듯 같은 뒷모습도 없다지만 오늘은 그런 것 같지가 않았다. 짧게 짤린 뒷통수들 사이에서 도무지 내 아이를 알아볼 수가 없었다. 눈앞에서 갑자기 아이를 잃어버린 어미가 흐느끼기 시작했다.

포항의 해병대 교육훈련단 근처에 오어사(吾魚寺)라는 절이 있다. 지금 이곳의 연병장에서 그리 멀지 않은 곳이다. 원효대사와 혜공선사. 개천의 물고기를 잡아먹고는 다시 살아나게 하는 법력을 겨루었는데, 그 중 한 마리가 살아나자 서로 '내(吾) 고기(魚)'라고 우겼다는 전설을 간직한 절이다. 누구의 공력이든 천우신조로 살아나 지느러미를 흔들며 오어사 근처의 물속으로 사라진 그 한 마리 물고기처럼 아이는 연병장의 대열 속으로 사라지고 말았다. 제 어미를 울린 줄도 모르는 채 아직은 낯모르는 동기들과 서로 손을 부둥켜 잡고 엉성하게 오와 열을 맞추어 어느 건물 안으로 훌쩍 떠나버린 것이다.

뭘 그러랴 했지만 실제 당하고 보니 마음 한구석이 텅 비는 듯한 느낌은 어쩔 수가 없었다. 그렇게 아이는 민간인에서 훈병으로, 부모의 자식에서 조국의 아들로 처지와 신분이 바뀌었다. 이제 '죽기 일보 직전까지의 훈련'을 마치고 나면 군인이 될 것이다.

주차장으로 갔더니 차들이 한꺼번에 빠져나가려고 병목 현상이 벌어지고 있었다. 느긋해지기로 했다. 쓸쓸한 마음도 달랠 겸 다시 개미 소굴을 찾아갔다. 아마 이 녀석들도 인간 못지 않은 사회조직이 있을 것이다. 농사도 짓는다고 하니 군대 조직은 두 말할 필요도 없을 것이다. 해병대 같은 특공대도 있을 것이다. 인간 사회의 작은 소동에도 아랑곳 하지 않고 개미들은 각자의 임무를 수행하고 있었다.

살아 있는 모든 사람들의 총무게와 세계적으로 분포하는 모든 개미들의 총무게는 거의 맞먹는다고 한다. 개미는 지능으로나 개체군으로나 인간에 필적하는 생명체인 것이다. 인류가 멸망하면 지구의 새주인이 될 확률이 높다는 개미. 오늘 뜻밖의 장소에서 우연히 만난 개미들에게 허전하고 복잡한 심정을 의탁한 바가 컸다.

아는 이 아무도 없는 해병대 연병장에서, 셋이 왔다가 둘만 떠나려는 쓸쓸한 심사에서, 그나마 얼굴을 익힌 개미들. 나 떠난 뒤에도 훈련소의 지하세계를 장악하며 생활할 개미들. 아들에게 미리 소개시켜주었더라면 훈련받느라 땅을 박박 길 때 혹 아는 척이라도 해줄까.

개미와 나와의 연결고리를 앞에서 몇 개 들기는 했지만 한 가지가 더 있다. 민음사 시절, 『개미제국의 발견』을 출간하는 데 관여한 적이 있었다. 그리고 그 책을 소개하는 아래의 짧은 글을 어느 신문에 실었다. 돌이켜 보면 나에게 머리를 쥐어박혔던 바로 그 꼬마가 오늘 해병대에 입대를 하는 셈이다.

우리집 꼬마가 아주 어렸을 때, 가지고 노는 장난감이란 게 자동차다 공룡이다 해서, 야, 임마, 그딴 거 가지고 놀아봐야 뭐하느냐며 머리를 쥐어박은 적이 있다. 그날 아이를 아파트 화단으로 데리고 가서 나무 이름 몇 개를 복창시

가을

키고 개미 구경도 하고 들어왔다. 나는 아이들의 심성을 위해 동물과 식물의 이름 100개 이상은 외우게 해야 한다는 미국 어느 시인의 말을 신봉하는 편이다. 왕침개미, 노랑잘록개미…… 물경 120종이 넘는다는 우리나라 개미 이름을 발음하면 그 잘록한 허리가 내 입술에 걸리는 듯하다.

그 무심하고 부지런한 무리를 보는 데 한 편의 시가 떠올랐다. 나중 훈병한테 편지로 소개해 주어야겠다고 마음먹으면서 특별한 친근감과 함께 날씬한 개미허리를 몇 방 더 찍었다.

얼마나 갇혀 쩔쩔맸던 것일까.

첩첩산중 군 막사에서 끌고온 예비군복 가방을 열자 까만 얼굴을 내밀고 기어나오며 '여기가 어딘가? 여기는 대체 어딜까?' 개미가 뿔눈을 이리저리 더듬댄다.
길이 끊어져버리는 순간이다. 의무의, 당위의, 습관의, 최면의 길이 끊어지면서, 막막함이 이글거리는 순간이다.
'자넨 이제 왕을 잃었네. 개미君, 자네가 자신의 왕이 되게. 불안한 바람 속을 홀로 가고 홀로 걷는 왕 말이야' 나는 개미에게 속삭이며 가방으로 들어가려는 개미를 방바닥으로 툭 떨어낸다.

개미가 간다, 난처한 까만 낯짝을, 갸우뚱거리면서, 개미가 간다. 제 밥쯤이야 제가 어디서 찾아 먹겠지.

―〈개미〉, 최승호

5.

가수는 노래하고
나는 꽃을 본다

어효선의 〈꽃밭에서〉

신묘년 여름의 일이다. 〈나는 가수다〉라는 프로그램이 일요일 저녁을 뒤흔든 적이 있었다. 나름 실력이 짱짱하다고 인정받는 일곱 명의 가수가 출연해서 노래 경연을 벌인다. 청중평가단이 투표하여 한 사람씩 탈락시키는 서바이벌 무대이다. 이런 경우도 있었다. 한 가수는 꼴찌를 해서 탈락했고 한 가수는 노래 부르다가 그만 가사를 까먹고 다시 불렀다가 불공정하다는 논란이 일자 자진 퇴장했다. 두 명의 가수가 새로 합류했다.

새로 등장한 가수 중 한 명이 조관우였다. 그는 목소리만으로도 심금을 울린다는 대중가수이지만 그의 윗대 어른들은 국악, 특히 판소리로 일가를 이룬 분들이다. 가수 조관우의 할머니는 인간문화재 박초월(朴初月, 1913~1983) 여사이고 그의 부친은 조통달 명창이다. 학창 시절 조관우는 말썽을 피우면 선생님한테 이런 말을 들었다고 한다. "야, 임마. 할머니는 초월하고 아버지는 통달했는데 너는 뭐꼬?" 어쨌든 조관우가 자신만의 독보적인 영역을 구축한 가수로 성장한 것은 그대의 걸쳐 득음의 경지에 이른 이런 집안 내력과 무관치 않을 것이다.

그의 음악세계를 잘은 모르지만 조관우, 하면 떠오르는 노래가 하나

있다. 그것은 〈꽃밭에서〉라는 곡이다. 원래 가수 정훈희의 노래이다. 그
것을 조관우가 자신만의 색깔과 향기로 다시 불러 크게 히트하였다. 노
랫말이 좋아서 좋아하는 것일까. 나도 마음속으로 최대치의 고성을 질
러가며 가끔 흥얼거리기도 한다.

꽃밭에 앉아서 꽃잎을 보네 고운 빛은 어디에서 왔을까 아름다운 꽃이여
꽃이여 이렇게 좋은날엔 이렇게 좋은날엔 그님이 오신다면 얼마나 좋을까 아
아 꽃밭에 앉아서 꽃잎을 보네 고운 빛은 어디에서 왔을까 아름다운 꽃송이
이렇게 좋은날엔 이렇게 좋은날엔 그님이 오신다면 얼마나 좋을까 아아 꽃밭
에 앉아서 꽃잎을 보네 고운 빛은 어디에서 왔을까 아름다운 꽃송이

———————

가수는 노래하고 나는 꽃을 본다. 꽃밭에는 꽃이 있고 꽃에는 꽃잎이
있다. 꽃잎에서 뻗어나오는 고운 빛. 그 빛은 어디에서 왔을까. 가수가
마이크 앞에서 고운 빛이 어디에서 왔느냐고 열창할 때 나는 꽃밭에 앉
아서 물어본다. 이 꽃들의 이름은 어디에서 왔을까.

뿌리깊은나무에서 1978년에 초판 발행한 책이 있다. 제목은 『털어놓
고 하는 말』. 이 책에는 우리 현대사에서 각 분야의 선구자들이 전해주
는 눈물겨운 체험담이 수록되어 있다. 영화감독 김기영, 어류학자 정문
기, 의사 공병우, 명창 박녹주, 동요작사가 윤극영, 국어학자 이희승, 작
사가 반야월 등 스물일곱 편이다.

이 중에는 식물학자 박만규(1906~1977)의 고백도 들어 있다. 그 글에
나의 물음에 대한 작은 실마리가 들어 있는 것 같았다. 좀 길게 인용해

본다.

　그래 마흔 살 난 사내가 한밤에 화차 가는 소리를 내며 엉거주춤 타자기와 씨름질을 해야만 했던 일은 무어냐? 그것은 선생노릇 스무 해 동안에 짬만 나면 산으로, 들로, 물가로 돌고 돌며 모든 식물에 우리말로 이름을 달아주는 일이었다. 우리나라에는 절로 나서 자라는 식물이 사천여 가지나 있다. 그 가운데에 〈조선식물향명집〉에서 이름을 달아준 것이 이천 가지이다. 그러나 나머지 이천 가지는 확실한 이름이 없으니, 여기서는 이렇게 불리고 저기서는 저렇게도 불리어서 식물 공부하는 사람들에게는 여간 어려움을 주는 게 아니었다. 나는 내가 모은 표본물 가운데 〈향명집〉에 나오지 않는 것은 그것들대로 모아서 새로 이름을 붙이고, 〈향명집〉에 실린 이름 가운데서 나쁜 것만 골라 고쳤다.

　꽃은 처음 본 사람이 그 느낌으로 무어라 불러주면 그것이 곧 그 꽃의 이름이 된다. 제비처럼 날렵하니 제비꽃, 씹어보아 쓰다고 씀바귀, 물가에서 자란다고 물쑥. 이 모두가 우리네 조상들이 지어서 불러내려온 이름들이다. 그러나 이처럼 꾸밈없고 멋진 이름만 있는 것은 아니다. 듣기만 해도 슬그머니 웃음이 나오는 엉큼한 이름도 많다.

　난초과에 딸린 여러해살이풀로서 붉은 꽃이 한 개씩 늘어져 피는 꽃을 〈향명집〉에서는 개불알꽃이라고 이름 지어놓았다. 꽃의 모양에서 딴 이름인 듯하나 부르기가 몹시 난처한 이름이라 나는 요강꽃이라고 바꾸어놓았다.

　광릉 부근에서 나는 더덕의 한 종류인 소경불알도 이와 비슷하게 점잖은 이름이다. 이처럼 욕하듯이 불러야 하는 이름이 식물에만 있는 것은 아니다. 우리가 말조개라고 부르는 조개의 본디 이름은 말씹조개였다. 이 조개의 이름은 경성고등학교 생물교과서를 만들면서 지금의 말조개로 고쳐 실었다.

일본 이름을 우리말로 번역하여 만든 이름 가운데는 끈끈이주걱이니 며느리밑씻개니 하는 이름도 있다. 며느리밑씻개는 마디풀과에 딸린 한해살이풀로서 길가에서 흔히 볼 수 있는 풀이다. 이 풀의 일본이름은 의붓자식밑씻개인데 풀의 모양이 예쁘지 않고 잎과 줄기에 잔 가시가 많아 껄끄러우므로 의붓자식처럼 미운 것의 밑이나 닦았으면 좋겠다는 데서 붙여진 이름인 듯하다. 의붓자식이 미운 만큼 며느리도 미우니 우리나라에서는 며느리밑씻개가 되었다.

위에서 사례로 든 이름들의 운명은 오늘날 어찌되었을까. 국립국어연구원에서 펴낸 표준국어대사전에서 확인하여 보았다. 개불알꽃은 살아 있다. 예쁜 꽃사진과 함께 수록되어 있다. 요강꽃은 없다. 요강나물이 있기는 한데 전혀 다른 식물이다. 소경불알도 살아 있다. 열매사진과 함께 수록되어 있다. 말씹조개는 없다. 말조개로 대체되었다. 며느리밑씻개도 살아 있다. 말들도 식물이나 동물처럼 살고 죽는다는 것을 확인할 수 있다. 또한 그게 누군가의 의도대로 죽고 사는 게 아니란 것도.

──────

여기에 동요가 하나 있다. 그것은 어효선 선생이 작사한 〈꽃밭에서〉이다. 어느 자리에서 해금으로도 연주하는 것을 들었는데 아주 좋았다. 이제껏 나도 여러 번 불렀지만 아빠라고 하기가 어쩐지 쑥스러웠다. 조금 개사하기도 했다.

　　아빠하고 나하고 만든 꽃밭에

채송화도 봉숭아도 한창입니다
아빠가 매어놓은 새끼줄 따라
나팔꽃도 어울리게 피었습니다

애들하고 재밌게 뛰어 놀다가
아빠 생각나서 꽃을 봅니다
아빠는 꽃 보며 살자 그랬죠
날 보고 꽃같이 살자 그랬죠

　초등학교 3학년까지 살았던 시골집 마당에는 소똥냄새가 물컹한 거름자리가 있었다. 조금 떨어진 삽작 옆으로 손바닥만한 꽃밭이 있었다. 지릅대기 꽂고 새끼줄로 울타리를 한 돌담 밑의 조그만 꽃밭이었다. 희미한 기억을 떠올리면 그 꽃밭에는 봉숭아, 맨드라미, 칸나, 나팔꽃, 채송화 등이 자라고 있었다. 어린 마음에도 비 오고 난 뒤가 좋았다. 소나

땅채송화　　　　　　　　　　　　　바위채송화

기가 한소끔 내리고 나면 봉숭아 꽃잎들이 아래로 흩어졌다. 빗물로 세수한 모래알이 작은 돌담 위로 깨끗하게 올라앉았다. 어떤 모래는 힘껏 뛰어올라 식물의 줄기를 간신히 붙들고도 있었다. 모두가 하늘이 시킨 일이었다.

우리집 꽃밭의 생태계를 이루었던 여러 여린 식물들. 봉숭아 꽃잎으로는 손톱에 물을 들였다. 맨드라미를 따서 기정떡에 고명으로 넣어 쪄 먹었다. 나팔꽃을 통째로 흰옷에 엎어놓고 손바닥으로 딱 때리면 나팔꽃 모양이 그대로 옷감에 찍혔다. 그 빈약한 꽃밭의 목록 중에서도 채송화가 특히 좋았다. 채송화는 먹지도 않았고 물들이지도 않았다. 때리지도 않았다. 그저 채송화에 손바닥을 맡기면 온몸이 덩달아 간질간질해졌다.

최근에 나는 산으로, 들로, 물가로, 바닷가로 돌아다닌다. 식물에 우리말로 이름을 달아주는 일은 아니고, 그저 있는 이름이라도 제대로 알려고 둔한 머리를 괴롭히는 중이다. 이번에 나는 알았다. 채송화도 종류가 무지 많다는 것을.

우리집 꽃밭에 살던 것과 다른 두 종류를 보았다. 회문산 어느 돌틈에서는 바위채송화, 울릉도 갯가 바위에서 땅채송화를 만났다. 가장 최근에 본 것은 설악산에서였다. 오색으로 올라가 대청봉 지나 희운각에서 일박했다. 다음날 공룡능선 지나 마등령 거쳐 내려가는 길이었다. 비선대로 바로 빠질까 하다가 금강굴에 가려고 몸을 옆으로 튼 순간이었다. 철제계단 입구 옆의 아름드리 나무 아래에서 바위채송화가 왈칵 달려드는 게 아닌가.

채송화는 이름은 각기 달라도 모두 지면 가까이에 산다. 채송화를 보려면 고개를 아래로 숙여야 한다. 사진도 찍을 겸 자세히 보려고 몸을 바

가을

짝 엎드렸다. 노오란 꽃잎 사이로 뻗어난 길. 그 길 따라 어린 시절로, 시골집 정든 꽃밭으로 갈 수 있다면!

설악산 비선대 위에서 아무런 주저없이 훌훌 뜨고 싶었다.

6 · 배꼽 같은 개망초

안도현의 〈무식한 놈〉

쑥부쟁이와 구절초를

구별하지 못하는 너하고

이 들길 여태 걸어왔다니

나여, 나는 지금부터 너하고 절교(絶交)다!

안도현의 시, 〈무식한 놈〉의 전문이다. 읽고 보니 너가 곧 나였다. 내
용은 물론이고 그야말로 제목이 나에게 딱 들어맞는 네 글자였다. 거창
할 것 없는 과거를 돌이켜보면 더욱 그랬다. 이에 자극을 받아 촉발된 것
은 아니었지만 적어도 식물 이름 100개를 중얼거리자는 결심을 했다.

식물들께서 들으면 웃으시겠지만 나로서는 대단한 결심이었다. 식물
학과를 졸업하고 30년도 더 지나 늙은 복학생이 된 심정으로 식물의 세
계로 입장한 이유가 여기에 있다. 무작정 산으로 가서는 안 될 것 같아서
후배가 운영하는 동북아식물연구소의 문을 두드렸다. 그곳은 매년 일반
인들에게 봄꽃, 가을꽃 교육을 체계적으로 실시하는 곳이었다.

신묘년의 봄부터 시작해서 이듬해까지 파라택소노미스트 강의를 세

번 연속적으로 들었다. 덕분에 이제는 그럭저럭 식물의 이름을 108가지 이상은 중얼거릴 수 있게 되었다. 어쩌다 108배를 할 때 숫자 대신 야생화의 이름을 부르며 절을 할 수 있는 것이다. 물론 이 이름과 그 식물을 정확히 연결하려면 아직도 머뭇거릴 때가 많다. 어찌되었든 이 기특한 식물들을 머리에 옮겨심으면서 마음의 생태계에도 약간의 변화는 있으리라고 믿는다.

처가가 있는 춘천으로 가는 길에 천마산이 있다. 꽃공부를 하겠다고 처음으로 간 산이었다. 예전엔 산이라면 그저 그냥 녹색의 큼지막한 삼각형 정도로만 알고 있었다. 이제 조금은 다르다. 경춘고속도로를 달릴 때 그 산의 계곡이나 어느 바위 틈에서 만났던 야생화를 떠올린다. 비라도 오는 날이면 주룩주룩 물에 젖는 당단풍나무를 머릿속으로 옮겨 심는다. 그러면서 물과 나무로 범벅이 된 내 머리는 그저 단단한 해골만은 아닐 것이란 생각을 슬몃슬몃 해보기도 하는 것이다.

식물, 그거 함부로 짓밟고 아무렇게나 꺾고 그냥 외면하기는 쉬웠다. 하지만 이름을 알고부터는 그럴 수가 없었다. 아는 것과 모르는 것의 차이가 컸다. 괭이눈이라고 이름을 아는 마당에 어찌 해맑게 떠오르는 그 얼굴을 시꺼먼 등산화로 짓밟을 수 있겠는가.

사람들에게 가장 가까이 있는 식물은 무엇일까. 집에서 키우는 화초 말고 들이나 산으로 나갈 때 가장 흔히 마주치는 꽃은 무엇일까. 식물 공부를 할 때 나를 가장 곤혹스럽게 하는 것이 있다. 그것은 높은 산이나 깊은 골짜기에 있는 식물이 아니었다. 오히려 너무나 흔한 식물들이 잘 구별이 되지를 않았다. 그것들은 대궁이 허리춤까지 올라오고 여러 갈래로 퍼진다. 대개 흰 꽃이 많고 옅은 보라색 꽃도 있다. 잎은 자세히 관찰하면 다 다를 것이나 내 눈에는 구별이 잘 안 된다.

가을

개망초	
개쑥부쟁이	개미취
미국쑥부쟁이	까실쑥부쟁이
	산구절초

이들은 모두 비슷해서 굉장히 헷갈린다. 흔히들 통칭해서 그냥 들국화라고 부르기도 한다. 하지만 그것들은 엄연히 고유한 이름을 제각각 다 가지고 있다. 쑥부쟁이, 개쑥부쟁이, 미국쑥부쟁이, 까실쑥부쟁이, 바위구절초, 산구절초, 망초, 개망초, 개미취, 벌개미취 등등이다.

가을 들판이나 산으로 들어갈 때 흰 꽃이 무리 지어 하늘거리는 것을 본다. 친구들과 어쩌다 집 가까이에 있는 구룡산에 갈 때, 초입에서 이런 질문을 받으면 대략 난감해진다. 나의 과거를 두루 꿰는 친구들이라 급소를 정확히 찌르는 것이다. "저 흔한 흰꽃의 이름이 뭐야?" 최근의 행적을 자랑하던 나는 말문이 막힌 채 그만 쥐구멍이라도 찾든가 잎이 까끌까끌한 며느리밑씻개가 수북한 덤불로 뛰어들고 싶어지는 것이다.

임진년 파라택소노미스트의 마지막 가을 실습이 경기도 가평의 유명산에서 있었다. 단풍이 들기 시작하면 꽃들은 이제 더 이상 피지 않고 자취를 감추기 시작하는 법이다. 단풍과 경쟁하지 않겠다는 꽃들의 작전일까. 단풍을 더 돋보이게 하려는 배려일까. 꽃들은 외출을 삼가면서 자신의 세계로 침잠하는 듯했다.

이젠 슬슬 퇴장 준비를 하는 야생화들을 일별하면서 하산하는 길이었다. 산에서 내려올수록 예의 흰 꽃들이 눈에 많이 띄기 시작했다. 여러 번의 산행에서 한 가지는 확실히 알게 되었다.

까실쑥부쟁이. 이는 쑥부쟁이 중에서도 까칠하고 거친 털이 촘촘히 박힌 식물이었다. 그간 꽃만 보다가 비슷한 종을 구별하기 위해서는 잎을 비교해야 한다는 것도 새삼 배웠다.

또 하나 확실하게 머리에 각인된 게 있으니 그것은 개망초이다. 이 꽃도 가을철이면 정말 흔하게 우리 곁에 핀다. 이 식물을 기억하게 된 것은 그 꽃의 생김새 때문이다. 개망초의 꽃은 꼭 계란을 깨뜨린 것 같다. 풀어진 흰자의 중앙에 노른자가 떠 있는 것과 정말 비슷하다. 그래서 계란 꽃이라고하는 것이다.

하루가 하루 만에 그 어디로 가는 저물녘. 산에서 터덜터덜 내려와 마을 입구에서 흔들리는 개망초를 보았다. 노란 꽃이 가운데 있고 혀 모양의 깃털이 둘레를 감싸고 있는 게 영락없는 계란이었다. 계란은 난생이다. 그러니 배꼽도 없고 주름도 없다. 그저 매끈하다. 그렇다면 나는?

나는 태생이다. 배꼽이 있다. 그 언젠가 태중에서는 나를 먹여 살리는 입이었던 배꼽. 이젠 그 소임을 다하고 버려진 폐허처럼 배꼽은 쓸쓸하다. 배꼽을 자세히 관찰하면 그 어떤 띵띵한 물건을 싼 보자기의 매듭 같기도 하다. 그 보자기 안에는 무엇이 들어 있을까.

내가 만약 난생이었다면 매끈한 계란처럼 떼굴떼굴 어디로 굴러가기가 쉽고, 그래서 그만큼 이 세상을 훌쩍 뜨기도 쉬운 일이었을까. 만약 매듭 같은 배꼽이 없었다면 계란처럼 쉽게 깨지고 개망초처럼 바람과 흔들흔들 잘 놀 수 있었을까.

끌러도 잘 끌러지지 않는 보자기 속의 몸이다. 궁리하고 궁리해도 잘 풀어지지 않는 그 수수께끼를 생각하면서 유명산 골짜기를 벗어났다.

7

·

배롱나무 옆의 큰절 간판

김광석의 〈이등병의 편지〉

봄이라면 '봄날은 간다'를 흥얼거렸겠다. 맞춤하게 비라도 와준다면 '봄비'를 읊조렸겠다. 쓸쓸한 가을이다. 곧 겨울로 넘어가기 직전의 날씨였다. 찬밥 한 덩어리 입에 넣으면 목구멍으로 넘기기 싫은 계절이다. 아들이 군대 간 이후 한 가지 버릇이 생겼다. 혹 군사우편 한 통이라도 들어 있을까. 각종 고지서가 쌓이는 우편함을 기웃거리게 된 것이다. 그러면서 자주 흥얼거리는 곡조는 〈이등병의 편지〉였다. 가사를 순서대로 외울 수 없으니 그저 생각나는 대로 띄엄띄엄 한 구절씩.

비가 부슬부슬 내리는 임진년 시월 마지막 토요일. 올해의 마지막 꽃산행에 참가하러 목포로 향했다. 유달산과 압해도의 송공산을 관찰하는 여정이었다. 대청역에서 오후 3시 출발인데 집을 나서니 자유로가 꽉 막혔다. 서울시내에서 마라톤 대회가 열렸는데 그 여파가 미친 것이었다. 목포행을 포기하려다가 혼자 KTX를 타고 뒤따라가기로 했다.

아예 늦은 김에 사무실에 들러 몇 가지 볼일을 처리하고 6시 20분 발 기차를 타러 용산역으로 갔다. 제대로 갔더라면 지금쯤 목포항에서 일행들과 어울려 세발낙지와 구수한 사투리를 안주로 달큰한 소주를 몇 잔 들이키고 있을 무렵이었다.

지금은 저녁 6시. 시침이 길게 기지개를 켜는 시간이다. 이유없이 뒷덜미가 시큰해지고 그 어디 돌아갈 곳이 문득 생각나는 시각이었다. 낮이 본격적으로 밤으로 전환되는 입구였다. 집 떠난 아이라면 괜히 엄마 품이 그리워 울먹해지는 저녁 6시였다.

비에 젖은 등산화를 끌고 용산역 로비를 지나는데 기차를 주제로 한 사진전이 열리고 있었다. 나는 지금 기차라고 쓰지만 열차라는 말이 더 좋다. 기차는 싸늘하고 열차는 따뜻하다. 어릴 적 시골에서는 모두 열차라고 했다. 김광석의 노래에서도 열차 대신 기차라고 하면 영 말맛이 나질 않는다. "집 떠나와 열차 타고 훈련소로 가던 날……" 흥얼거리며 작품들을 감상했다.

"열차시간 다가올 때 두 손 잡던 뜨거움 기적소리 멀어지면 작아지는 모습들……" 하는데 육중한 기차가 들어오는 사진 하나가 눈에 들어왔다. 그야말로 다닥다닥 붙은 기찻길 옆 오막살이 판잣집이었다. 화물을 가득 실은 듯한 기차가 큰 머리를 앞장세우고 오는데 작업모를 쓴 두 철도기사가 급히 피하는 장면을 찍은 사진이었다. 제목은 〈비키세요〉. 그 판잣집의 한 귀퉁이에 담배가게 간판처럼 동그란 표지판이 있어 더욱 눈길을 사로잡았다. 사진 속 그 간판에는 '기적'이란 글씨가 선명했다.

일행과 떨어져 혼자 목포역에 내리고, 혼자 늦은 저녁을 먹고, 혼자 여관을 찾아가는 재미도 쏠쏠했다. 일행들이 신나게 놀고 있다는 노래방을 찾았다. 뒤늦게 도착한 터라 주최측 사람들에게 인사를 하고 맥주를 받는데 누구의 신청곡인지 〈이등병의 편지〉가 흘러나왔다. 그냥 있을 수가 없었다. 술기운이 모자랐지만 오색불빛이 빙글빙글 돌아가는 어두컴컴한 무대로 나가 2절을 나눠챘다.

도도한 흥이 흐르고 맥주 거품이 횡설수설하는 가운데 늦게 합석한 나도 거의 기분을 맞추는 수준에까지 갔다. 더 취하기 전에 갈 곳이 있었다. 맥주와 마른안주로 꼭지가 돌기에는 조금 억울했다. 화장실 가는 척하고 몰래 노래방을 나섰다. 다시 혼자가 되어 도착한 곳은 근처의 포장마차였다. 목포까지 와서 세발낙지를 생략할 순 없었다. 소주를 홀짝거렸다. 마침 손님은 나 혼자뿐이어서 여주인이 술도 따라주고 사투리로 응대도 해주는 호사를 누리면서.

기분 좋게 잤다. 잠에는 지각이 없다. 깨끗하게 일어나 간 곳은 유달산 입구였다. 광나무, 지네발난 등 특산식물에 대한 짧은 강의를 듣고 발걸음을 오르는데 '목포유달산조성기념비'가 눈에 띄었다.

하늘에 고개 처들고 노상 밋밋하게 키를 뽑는 멧부리 굽이치는 다도해를 발아래 다스리고 영겁의 침묵속에 속불로 일렁이는 날개 유달산은 남해의 수문장이요 내 고장의 표상이다. 기나긴 개항의 역사를 몸에 두르고 피어린 개척사의 증언대에서 잠들지 아니한다. 풀 한 포기 나무 한 그루에도 어찌 이 고장의 자랑과 숨결이 깃들지 않았으랴.(⋯⋯)

병풍 같은 검은 돌에 새긴 글을 따라 읽어 내려갔다. 오늘 유달산에서 해야 할 일 중의 하나가 나무 한 그루를 정확히 관찰하는 것이다. 그래서 그런 구절에 새삼스러워지기도 했지만 정작 가슴을 쿵, 두드리는 구절은 따로 있었다. 풀 한 포기. 자동으로 〈이등병의 편지〉를 또 흥얼거릴 수밖에 없었다.

"풀 한 포기 친구 얼굴 모든 것이 새롭다 이제 다시 시작이다 젊은 날의 생이여⋯⋯"

목포를 다녀오고 11월 들어 첫 주말 지리산에 갔다. 이번 코스는 화엄사에서 코재로 올라 성삼재로 내려오는 일정이었다. 11월에 들어서인지 날씨도 꼿꼿하게 차렷!하는 듯 쌀쌀했다. 어느새 초겨울 기운이 물씬했다.

내 그리도 좋아하는 화엄사 각황전에 들러 삼배하고, 그 장엄한 기와 지붕을 오래 올려다 보고, 국보인 삼층사자 석탑을 돌아보면서 짧은 명상에 젖기도 했다. 화엄사 뒤편의 호젓한 대나무 숲길을 따라가니 구층암이 나타났다. 기둥의 고량주를 모과나무의 뒤틀림을 그대로 이용한 건축미가 돋보이는 작은 암자이다. 아담한 본채는 대패질 하나 없이 천연의 나무결을 그대로 살렸다. 무엇 하나 자연을 거스르는 것이 없었다.

신라 말기에 만들어진 것으로 추정하는 3층 석탑이 서 있는 고즈넉한 절. 빗질한 마당에는 바람이 불고 햇빛이 놀고 있었다. 한켠 화단에는 모

과나무가 보이고 화단에는 화살나무가 있었다. 배롱나무가 우람히 자라고 있는 옆에 화살표가 있었고, 그 곁에 서 있는 간판의 검은 글자가 눈을 사로잡았다. 큰절 가는 길. 말하자면 구충암에서 화엄사로 가는 길을 표시하는 안내판이었다. 마음이 몹시 간절해지면 이런 엉뚱함으로도 연결이 되는가 보다.

    ……아이가 집을 떠나는 날. 할머니께 큰절을 했다. 나도 부모로서 큰절을 받았다. 춘천으로 가서 외할아버지, 외할머니한테도 큰절을 했다. 큰절을 하는 아이의 모습이 오래 눈에 밟혔다.

    …… 특별히 크게 쓴 큰절, 이라는 글자도 좋았다. 절은 많이 하면 할수록 좋은 것이다. 그러고 보면 〈이등병의 편지〉를 띄엄띄엄 부를 때에도 아래 대목을 가장 자주 입술에 올렸던 것 같다. 화엄사 뒤편 구충암 마당의 화살나무 옆 화살표 곁에서 또 흥얼거리는 노래.

      집 떠나와 열차 타고 훈련소로 가던 날 부모님께 큰절하고 대문 밖을 나설 때 가슴속에 무엇인가 아쉬움이 남지만……

8 .

노박덩굴의 생존 전략

송찬호의 〈산토끼 똥〉

발 없는 식물이 씨앗을 퍼뜨리는 방법은 기발하고 독창적이다. 봉선화처럼 손대면 톡, 터져서 주위로 힘껏 흩어지기도 한다. 나도물통이처럼 열매가 익을 대로 익으면 빵, 터지기도 한다. 그 압력에 꽃가루가 흰 연기처럼 주위로 힘껏 흩어진다. 도둑놈의갈고리처럼 씨앗의 표면에 우둘두툴한 갈고리가 있어 지나가는 등산객의 엉덩이에 턱, 슬쩍 올라붙기도 한다. 흔한 방법도 있다. 민들레 씨앗처럼 바람을 타고 휙, 멀리멀리 날아가기도 한다. 웬만한 꽃은 멋모르는 벌을 유인하여 등짝에 꽃가루를 묻혀 중신애비로 삼는다.

식물들의 이러한 지략과 상상력을 일천한 상식의 발 달린 것들이 어찌 다 알겠는가. 자연계에서 벌어지는 이 기막힌 번식 전략을 둔탁한 머리로서는 도저히 흉내내지 못한다. 이동할 수 없는 한계를 극복하기 위하여 햇빛, 바람, 물, 곤충, 새 그리고 인간마저 유인하여 이용하는 방법에는 탄복할 수밖에 없다. 대체 식물은 줄기나 잎, 열매에까지도 뇌를 장착시켜 놓기라도 한 것일까.

여름 휴가에 찾은 강원도 인구항의 어느 골목길. 바닷가 마을이라 돌담이 납대대하게 쌓여 있고 그 위로 호박 줄기가 우렁차게 뻗어가고 있었다. 적나라하게 벌어진 어느 호박꽃에서 노란 꽃가루를 흐벅지게 묻히며 놀고 있는 꿀벌을 만났다. 어느 식물학자는 벌을 '날아다니는 음경(陰莖)'이라고도 한다. 호박꽃은 대가리를 박고 정신없이 꿀을 탐하는 벌에게 꽃가루를 잔뜩 묻히며 그들의 전략을 흐뭇하게 실천하고 있는 중이었다.

백암산 갔을 때였다. 꽃산행을 마치고 내려와 뒷정리를 하는데 도꼬마리 씨앗이 배낭과 등산복에 찰싹 붙어 있었다. 어릴 적 흔히 보긴 했지만 참으로 오랜만에 보는 씨앗이었다. 떼내려고 해도 잘 떨어지지 않았다. 어디로 도망가려 하지도 않고 떼내려고 하면 오히려 손이 간지럽도록 악착같이 붙으려는 씨앗들.

지금 도꼬마리는 나를 벌처럼 취급하는 중인 것일까. 그 씨앗을 보는데 슬며시 회심의 용도가 떠올랐다. 서울로 데리고 가자! 집에 와서 수험생인 아이를 불러 어깨에 도꼬마리를 붙여 주었다. 이렇게 좋은 접착력이라면 엿이나 떡보다는 합격을 기원하는 데 훨씬 더 영험한 기운을 발휘할 것이라는 기대와 함께.

———

지리산 칠선계곡. 붉게 페인트 칠한 칠선교를 지나 제법 가파른 경사 길을 치고 올랐다. 양지바른 따뜻한 등성이에 무엇인가 특이한 게 눈에 띄었다. 그것은 낙엽과 잔돌이 뒤섞인 진흙과는 확연히 달랐다. 어느 누가 눈 똥이었다. 똥의 규모로 보아 제법 덩치가 나가는 짐승일 것 같았다. 그 무더기에는 소화가 아직 덜된 노박덩굴의 열매와 겨우살이의 열매가 들어 있었다.

그 똥을 눈 짐승은 그 열매를 아주 맛있게 먹었을 것이다. 그런데 왜 미처 소화도 덜 된 채 그것을 바깥으로 내놓았을까. 이 또한 식물의 전략이다. 동물의 내장을 한 바퀴 돌고 나온 씨앗은 발아도 훨씬 잘 된다고 한다. 흐물흐물한 태(胎)처럼 투명한 막을 덮고 있는 그 씨앗들은 보온 효과도 누리면서 천천히 흙으로 녹아 들어가서 새로운 생명, 노박덩굴과 겨우살이로 자라날 것이다. 시원하게 똥 눈 뒤 또 먹이를 찾아 골짜기를 헤매야 하는 짐승과 달리 식물의 씨앗들은 따뜻한 햇빛을 쬐며 흐뭇하게 웃고 있을 것 같았다.

사무실 근처에 있는 인왕산에 자주 오른다. 먼산에서 본 꽃을 인왕산에서 다시 만나면 헤어졌던 형제라도 만난 듯 아주 반갑다. 북악스카이웨이 지나 석굴암 올라가는 중턱에서 조금 비켜난 곳에 샘터가 있다. 인왕산 아래 주민에게 좋은 약수를 공급하는 그곳은 정갈한 분위기가 물씬하다. 누군가 공들여 청소한 흔적이 역력하다.

작년 여름 그곳에서 제비꽃을 만났다. 태백산에서 보았던 제비꽃과 종류가 같았다. 어린아이의 여리고 가는 손가락처럼 잎이 쭉쭉 째진 제비꽃. 그것은 남산제비꽃이 아닌가. 비록 아주 흔한 제비꽃이라 해도 인왕산에서 발견했기에 나는 충분히 놀라고 마음껏 반가운 것이다.

계사년 들어 처음으로 인왕산에 올랐다. 이번에는 부산에서 온 식물 전문가와 동행했다. 그간 숱하게 인왕산에 올랐으나 나무 이름을 제대로 몰랐으니 그저 문맹인 채 오르고 내렸던 셈이다. 아주 좋은 기회라 작정하고 나무 이름을 묻고 배우고 외우기 시작했다. 인왕산에는 제법 많은 나무들이 거주하고 있었다.

　자하문 쪽에서 올라 정상을 짚고 내려와 범바위를 지날 때였다. 앞장서서 걷던 분이 고개를 숙이고 작은 열매 하나를 가리켰다. 마지막 잎새처럼 헝클어진 줄기에서 하나만 외롭게 달려 있는 것이었다. 때가 때이니만큼 물기는 모조리 증발하고 바싹 마르고 있는 중이었다. 얼른 달려가는 나의 눈으로 노랗게 달려드는 열매.

　아! 그것은 노박덩굴의 열매였다. 지지난주 지리산에서 만난 어느 짐승의 똥 속에 누워 있던 바로 그 노란 열매였다. 신기한 생각에 직접 만져보기도 했던 노박덩굴의 열매를 인왕산에서 또 만날 줄이야!

　틈나는 대로 노박덩굴 열매의 변해가는 모습을 지켜보기로 했다. 그모습을 관찰하고 있으면 곧 찾아올 봄도 어느덧 내 차지가 될 것 같았다. 뜻밖의 감격에 겨워 범바위 돌계단을 내려오는데 지리산 칠선계곡에서 지금쯤 무럭무럭 자라고 있을 노박덩굴 씨앗이 떠올랐다. 이제 제법 떡잎이 돋아났을까. 송찬호의 시 한 편도 떠올랐다.

노박덩굴

산토끼가 똥을
누고 간 후에

혼자 남은 산토끼 똥은
그 까만 눈을
말똥말똥하게 뜨고
깊은 생각에 빠졌다

지금 토끼는
어느 산을 넘고 있을까

—〈산토끼 똥〉, 송찬호

9 · 식물 나라의 녹색 궁둥이

가와바타 야스나리의 『설국』

어쩌다 외국의 낯선 고장을 지날 때면 이런 생각이 들기도 한다. 이곳 사람들은 어떻게 살고 있을까. 말은 잘 안 통하지만 살림살이 세목을 끄집어내 보면 다들 서로 비슷하겠지. 학교가 있고 병원이 있겠다. 어쨌거나 당분간 팔자 좋은 여행객. 그런대로 폭신한 호텔에서 자고 요란한 먹거리나 볼거리를 찾겠지만 나도 모르는 사이에 장례식장도 여러 번 지나쳤을 것이다.

뿐일까. 이발소가 딸린 목욕탕이 있는가 하면 우체국과 자전거 수리점이 골목 귀퉁이에 자리잡고 있겠지. 혹 그 옆에는 헬스클럽이 성업중일지도 모르겠다. 책은 점점 안 팔리고 사람들은 하늘 대신 손바닥 안의 핸드폰을 보느라 고개가 구부러진다. 아이들은 수학을 싫어하고 부모님은 자식의 성적 때문에 고민이 많겠구나.

섬이라도 무인도가 아니라면 있을 건 다 있다. 그곳에도 정 붙이고 대대로 살아가는 사람들이 있기 때문이다. 그들에겐 그들만의 희노애락이 있고 생로병사가 있다. 바람을 거스리면서 풀은 위로 힘껏 자라나고 나무의 그림자는 아래로 뛰어내린다. 여기서도 중력의 법칙은 그대로 적용될 테니깐. 민요를 좋아하는 사람도 유행가에 빠진 사람도 따로따로 있을 것이다.

　대마도도 마찬가지였다. 제법 큰 섬인 그곳에는 도시가 형성되어 있고 아주 번화한 거리가 흥청대면서 길게 이어졌다. 줄기에서 가지 뻗어나가듯 좁은 길은 호기심을 가득 데리고 저 멀리 골목으로 숨어들었다. 눈길을 사로잡는 간판도 있었다. 고객들로 붐비는 십팔(十八) 은행. 점잖은 금융기관치고는 이름이 퍽 고약했다. 관광버스를 타고 대마도의 그런 요란하고 낯선 풍경 속을 내달리다가 도심을 벗어날 때 문득 시선을 확 끌어당기는 게 있었다. 터널이었다.

　터널 안은 국경을 초월해서 다들 비슷하다. 시멘트를 칠하거나 타일로 마감한 벽에 촉수 낮은 전등이 박혀 있다. 대개 터널은 꼭 한두 개의 전등이 고장 나 있다. 아예 그냥 깜깜한 곳으로 방치되어 있기도 한다.

　대부분의 천장은 아치형으로 둥글고 터널 안은 조금씩은 둥그렇게 휘어진다. 햇빛을 좀체로 구경할 수 없는 그곳에는 풀 한 포기 자라지 못한다. 순식간에 지나치는 헤드라이트 불빛으로 광합성을 하는 식물은 없는가 보다. 매연이나 소음을 먹고 자라는 기이한 먼지들이 진을 치고 있을 뿐.

　터널. 멀리서 보면 그곳은 작은 구멍에 불과하다. 녹슨 못자국 같은 그 작은 흔적에 의외로 큰 뜻이 숨어 있기도 하다. 그 안을 통과해가면 어떤 새로운 국면이 전개될 것 같은 예감이 고여 있는 곳이기 때문이다.

　몇 해 전 가까운 친구들과 중국의 서안(西安) 지역을 여행할 때였다. 어느 고원 지대를 갔는데 산속이 아니라 도로 한가운데 우뚝 터널이 있었다. 큰 바위를 뚫은 터널이었다. 과연 없는 게 없다는 중국다운 중국제 구멍. 골짜기나 숲길이 아닌 황량한 벌판에 대문처럼 서 있는 터널은 무슨 경계를 나타나는 표지석 같기도 하였다. 그 터널을 통과할 때 이런 상넘에 젖어보았다.

집과 조국으로부터 상당히 떨어진 지금, 여기, 이곳. 내 모든 신분과 습관과 일상과 언어와 관계를 일거에 단절하고 잠적해 볼까. 순식간에 나를 전혀 다른 나로 변신시켜 어떤 새로운 운명을 개척해 볼까. 그렇게 된다면 어떤 일이 벌어질까. 친구들은 사라진 나를 과연 얼마 동안 찾다가 결국은 포기하고 귀국할까. 가족들은 행방불명된 가장의 지푸라기 같은 흔적을 수소문하러 머나먼 이곳의 터널까지 찾아오기는 할까. 칙칙한 중국식 터널의 고장난 불빛 아래에서 그런 뚱딴지 같은 생각을 잠시 해 보았던 것이었다.

물론 그것은 생각에서 생각으로만 그치고 이내 소심한 여행객의 신분으로 되돌아와 터널이 끝나고 광명이 찾아오자마자 지갑을 열고 딸아이의 사진을 꺼내보았다. 그 이후 나에겐 한 가지 증세가 생겼으니 터널만 보면 돌연한 잠적과 변신을 떠올리며 그 어떤 한 경계를 생각한다는 점이었다. 그리하여 출퇴근하기 위해 남산터널을 통과할 때면 이 복장 이대로 그 어디론가로 자발적 망명을 떠날까, 스스로를 유폐에 처할까, 하는 생각을 한 번씩 해본다는 것!

부산에서 지척에 떨어진 대마도는 이 땅에 봄이 오기 전 겨울의 상록
수를 공부하기에 더없이 좋은 곳이다. 각종 양치식물도 풍부해서 다종
다양한 식생을 이룬다.

대마도 식물기행 사흘째. 날씨는 맑았다. 아침 일찍 만관교를 걷고 대
마도에서 가장 높은 에보시타케 전망대에 올라 대마도 전역의 경관을
두루 감상하였다. 통상 여행을 가면 가이드가 나서서 관광지에 대해 이
런저런 설명을 한다. 그러면 듣는 척이라도 하기 마련이다. 이번 여행단
의 사람들은 그저 멀뚱멀뚱하기만 했다. 설명이 끝나기도 전에 관광지
주위의 풀이나 나무, 고사리에 빠져들기에 바쁘다. 인공의 관광지가 제
아무리 빼어나도 자연의 그것에는 못 미친다는 것을 이미 체득한 분들
이기 때문이었다.

그것은 와타츠미 신사를 둘러볼 때도 마찬가지였다. 일행은 신사의
담장에서 콩짜개덩굴, 산쪽풀, 밤일엽, 가는새고사리, 돌잔고사리를 식
별하였다. 도요타마 공주를 모신다는 신당 앞의 우람한 나무가 팽나무
인지 느티나무인지를 동정하다가 서로 의견이 팽팽히 부딪혔다. 처음
엔 팽나무가 우세한 것 같더니 발밑에 떨어진 젖은 낙엽을 근거로 나중
엔 느티나무로 기울었다. 조금 멀찍이 떨어진 곳에서는 센달나무도 찾
아내었다.

대마도 식물탐사는 오전엔 낮은 곳의 관찰을 하고 오후엔 높은 산으
로 가는 일정으로 짜여 있다. 어느 식당에서 점심을 먹고 미타케(御嶽,
479m) 산을 향하여 가는 길. 시내를 빠져나와 산길로 가는 동안 터널을
만났다. 나는 버스의 맨 뒷좌석에 앉았다가 터널을 통과한 순간 자리에
서 일어나 사진을 찍었다. 순식간에 멀어져가는 풍경이기에 동작을 빨
리 해야 했다.

〈十善寺 トンネル(십선사 터널)〉. 나도 그간 식물에 대한 귀동냥을 좀 했다고 터널 입구에는 각종 이끼와 고사리 종류가 드문드문 포진하고 있다는 사실에 유념했다. 왕복 2차선을 통과시키는 큰 구멍이었다가 이 내 뚜껑을 닫아버리는 터널을 보다가 전기에 감전이라도 된 것처럼 한 생각이 떠올랐다. 그 어떤 경계(境界)에 관한 것이었다.

부산에서 한 시간 거리이지만 국경을 달리 하는 일본이라서 그랬을 까. 뉴스특보에 따르면 일본의 북해도에는 이상기후로 생활의 위협을 줄 만큼 폭설이 내리고 있다. 식물탐험을 하고 있는 여기는 대마도의 한 적한 산중으로 일본 본토에서는 오지 중의 오지로 여기는 곳이다. 하늘 도 그렇게 취급하는 것일까. 대마도엔 눈을 한 톨도 보내지 않았다.

대마도의 짧은 터널을 빠져나오자, 가와바타 야스나리(川端康成, 1899~1972)의 그 유명한 소설『설국』의 첫 대목이 떠올랐다.

국경의 긴 터널을 빠져나오자, 눈의 고장이었다. 밤의 밑바닥이 하얘졌다. 신호소에 기차가 멈춰섰다.

구불구불 임도를 오르던 버스가 미타케 산 등산로 주차장의 무인차단 기 앞에 멈춰섰다. 배낭을 챙기고 등산화 끈을 조인 뒤 버스에서 내렸다. 낯선 나라의 낯선 산. 미타케 산의 입구를 바라보니 햇빛이 환히 내리쬐 고 서늘한 기운이 흘러나와 골짜기를 타고 아래로 내려가고 있었다. 일 행의 뒤를 따라 골짜기로 입장했다. 식물의 고장이었다. 낮의 궁둥이가 녹색이었다.

10

· 쉬나무의 황홀한 겨울눈

문인수의 〈쉬!〉

삼성산 가는 길이다. 내가 아는 삼성산은 서울의 관악산 근처에도 있지만 오늘 가는 삼성산은 대구 아래 경산 부근에 있다. 소롯한 국도로 접어드는데 차창으로 달려드는 이정표에 얼핏 세 사람의 이름이 보였다. 원효, 설총, 일연. 만난 적은 없지만 이름만 들어도 잘 아는 분들. 까마득한 성인의 반열에 오른 세 이름을 접하니 삼성산의 유래가 저절로 이해가 되었다. 이곳의 풍광과 분위기가 예사롭지 않은 듯해 마음도 저절로 가다듬어졌다.

참 좋았다. 이렇게 겨울과 봄이 교차하는 따뜻한 날에 성인의 흔적이 물컹한 마을 근처를 걷는 기분이란. 그리 높은 산도 아니라 등산의 부담도 벗어났다. 그저 좋았다. 납작납작한 구릉을 따라 걷는 기분이란. 하늘도 더러 쳐다보면서 앞으로 나아갈 때 한땀 한땀 걸음을 옮긴다기보다는 구름 아래를 굴러 흐르는 듯.

저 구름이 엄청 가벼운 몸으로 높은 곳에 있다 하나 나를 흉내내지 못하는 것이 있다. 나처럼 이렇게 걸음을 멈추고 고개를 숙이지 못한다는 것. 그래서 지금 여기 이 인정 많은 동네의 대문 곁에서 피어나는 박태기나무와 담장 너머 바깥 세상이 몹시도 궁금해 안달을 하는 살구나무, 대추나무를 제대로 관찰하지 못한다는 것이다.

나는 문득 새삼스러워진다. 그간 열매만 게걸스럽게 먹을 줄 알았지 정작 그 나무들을 제대로 구분할 줄 몰랐다는 사실을. 그래서 활짝 꽃이 핀 나무 아래에서 고개를 갸웃거리며 멀뚱멀뚱할 때 마을의 할머니는 다가와 일부러 이렇게 큰소리로 나무의 이름을 던져주시는 것이었다. "아이고야, 올해 살구꽃이 참 이쁘기도 하네!"

나는 그 이름을 듣고서야 비로소 살구나무를, 살구꽃을 내 몸으로 받아들인다. 흰 꽃잎은 내 피부를 통하고 살갗을 뚫는다. 환한 빛깔은 내 얼굴로 번져간다. 이제 나는 이전과는 사뭇 다른 살구를 먹을 수 있을 것 같다.

작은 개울을 끼고 걷다가 어느덧 마을을 다 지났다. 개울물 소리가 졸졸 나는 곳이다. 밭 가운데 웬 여인이 봄나물을 캐고 복숭아밭이 올해의 기지개를 켜고 있다. 잔잔한 도랑물에 버드나무 가지가 늘어져 있고 말채나무가 뿌리를 드러낸 채 쉬고 있다.

그 뿌리는 절개지라서 허옇게 엉긴 엉덩이가 그대로 드러났다. 이끼가 잔뜩 낀 개울가에는 산괴불주머니가 활짝 피었고 그 옆으로 길가에 하얗게 핀 꽃은 민들레! 서양민들레가 전국으로 퍼져가는데 이것은 토종의 우리 민들레였다.

삼성산은 그다지 높은 산이 아니었다. 우락부락한 돌들도 없고 성인의 얼굴을 닮은 듯 단정하고 호젓한 길이 내내 이어졌다. 본격적으로 산으로 입장하니 남산제비꽃이 무더기로 피어났다. 덩치가 제법 큰 오동나무가 산소 앞을 지키고 있다. 오동나무는 작년의 큼지막한 열매를 아직도 달고 있다.

그리고 줄기에는 큰 구멍이 여러 개 있다. 오동나무는 큰 바람이라도 불면 제 빈 몸을 열어 악기소리라도 내려는 것일까. 그것을 기막히게 알았는지 동고비 한 마리가 하필이면 오동나무에 앉아서 한참 동안 지저귀는 것이었다.

오늘 우리가 목표로 한 꽃들이 너덜겅의 경사면에 여기저기 피어났다. 만주바람꽃, 복수초, 현호색, 남도현호색, 노루귀, 꿩의바람꽃. 아직 찬 기운이 우세해서 꽃들은 꽃잎을 닫고 있었다. 조금만 더 기온이 올라가면 꿩의바람꽃은 열두 장의 꽃잎을 활짝 펼칠 것이다.

이 조용한 산중으로 세상의 모든 침묵이 집중된 듯 고요하고 고요하다. 나는 오로지 여기에만 있을 수 있다. 그저 들리는 것은 꽃동무들이 꽃에 빠져, 꽃 앞으로 무릎 꿇고 투신하는 소리. 그 요긴한 동작을 받아내느라 낙엽들이 들썩거리는 소리. 어릴 적 읽은 동화 중에 꿈을 찍는 사진사가 있었다. 문득 소리를 찍는 카메라가 있으면 얼마나 좋을까, 싶었다. 이 장면, 이 광경을 소리와 함께 제대로 담아내는 카메라!

겨울 반 봄 반의 기운에 흠씬 젖은 채 골짜기를 빠져나오는 길이었다. 올랐던 길을 고스란히 되짚어 내려왔다. 앞장서서 걷던 일행 한 분이 개울가에 서 있는 나뭇가지를 가리켰다. 올라갈 땐 못 본 나무였다. 쉬나무라고 했다. 이것저것 따질 것 없이 이름만으로 연결이 되는 시 한 편이 떠올랐다. 이곳에서 가까운 대구에서 활약하고 있는 문인수 시인의 시, 〈쉬!〉였다.

　그의 상가엘 다녀왔습니다
　환갑을 지난 그가 아흔이 넘은 그의 아버지를 안고 오줌을 뉜 이야기를 들었습니다. 生의 여러 요긴한 동작들이 노구를 떠났으므로, 하지만 정신은 아직 초롱 같았음으로 노인께서 참 난감해하실까봐 "아버지, 쉬, 쉬이, 어이쿠,

어이쿠, 시원허시것다아" 농하듯 어리광 부리듯 그렇게 오줌을 뉘었다고 합니다.

(…)툭,툭, 끊기는 오줌발, 그러나 그 길고 긴 뜨신 끈, 아들은 자꾸 안타까이 따에 붙들어매려 했을 것이고, 아버지는 이제 힘겹게 마저 풀고 있었겠지요, 쉬―

쉬! 우주가 참 조용하였겠습니다.

인간 세상의 이 곡진한 이야기를 아는 듯 모르는 듯 쉬나무는 가지를 치렁치렁 늘어뜨린 채 버드나무, 말채나무, 신나무, 자귀나무와 어울리며 물가에 서 있었다. 그중에서도 신나무는 작년의 열매를 그대로 주렁주렁 달고 있다. 얼핏 보면 울음을 모조리 쏟아낸 매미가 하얀 날개를 달고 떼지어 하늘로 오르는 모습이다.

쉬나무는 매끈하게 뻗은 줄기도 줄기지만 겨울눈이 압권이다. 보라, 이 쉬나무의 겨울눈을. 아흔 넘은 노인이 환갑 지난 아들의 품에 안겨 오

신나무

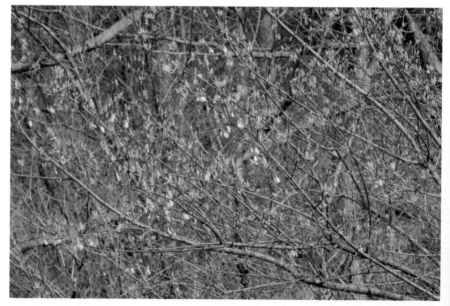

줌 누고 난 뒤의 시원하고 홀가분한 표정과 어쩌면 그리 꼭 닮으셨는가.

쉬─이!

11

풀, 나무, 흙, 시궁창이 풍기는 냄새

김정한, 존 스타인벡, 김현의 글들

"세상에 이름 모를 꽃이 어딨노! 이름을 모르는 것은 본인의 사정일 뿐. 이름 없는 꽃은 없다. 모르면 알고 써야지! 모름지기 시인 작가라면 꽃의 이름을 불러주고 제대로 대접해야지!" 이렇게 말하는 소설가가 있다. 동래고보를 졸업하고 〈사하촌〉 〈수라도〉 등의 작품을 남긴 요산 김정한(1908~1996) 선생이다. 흔히들 쉽게 쓴다. 산에 가니 이름 모를 새가 지저귀고 이름 모를 꽃들이 피어 있네, 라고.

만약 그렇게 쓴 이가 요산을 만났다면 꼼짝없이 저런 불호령을 들어야 한다. 선생이 남긴 것은 소설만이 아니다. 손수 식물을 채집하여 꼼꼼히 그리고, 지역별로 서로 다른 식물의 사투리 이름을 수집한 공책도 여러 권 남겼다고 한다. 선구적인 식물 관찰 일기이자 도감이 아닐 수 없다.

요산은 1936년 소설 〈사하촌〉으로 조선일보 신춘문예에 당선하면서 소설가의 길로 들어섰다. 1940년 일제의 발악이 극도에 달하자 붓을 꺾는다. 1966년, 쉰여덟의 나이에 이르러 〈모래톱 이야기〉를 발표하면서 문단에 복귀한다. 이때 붓을 다시 드는 소회를 밝힌 글은 지금 읽어도 뭉클하다.

이십 년이 넘도록 내처 붓을 꺾어 오던 내가 새삼 이런 글을 끼적거리게 된 건 별안간 무슨 기발한 생각이 떠올라서가 아니다. 지겹도록 오래 꾹 참아 왔었지만, 독재 권력에 여지없이 짓밟히고 있되, 마치 남의 땅 이야기나 옛 이야기처럼 세상에서 버려져 있는 따라지들의 억울한 사연들에 대해서까지는 차마 묵묵할 도리가 없기 때문이다.

내가 지금 창비에서 펴낸 『김정한소설선집』을 새삼 뒤적거리는 건 요산의 소설을 다시 읽고 무슨 독후감을 쓰려는 게 아니다. 수록된 열일곱 편의 소설의 한 배경이 되는 식물의 생태계를 조사하기 위함이다. 과연 요산의 소설에는 허투루이 꽃이니, 풀이니, 나무니 하는 단어는 등장하지 않는다. 애매한 형용사를 함부로 얹어놓지도 않는다. 그것들은 모두 구체적인 이름을 가지고 인물들과 섞여 있다.

데뷔작인 〈사하촌〉에만도 감나무, 뽕나무잎, 두렁콩, 포플라나무, 백양목, 느티나무, 소나무, 박, 치자나무가 나온다. 버섯은 더욱 구체적이다. 송이, 참나무버섯, 소케버섯, 싸리버섯. 그뿐이 아니다. 정자(亭子)나무도 나온다. 몽둥이도 그냥 몽둥이가 아니라 벚나무 몽둥이로 적시한다.

─────

쉰여덟에 이르도록 나는 내가 내 나라를 모르고 있다는 것을 알았다. 미국에 관해서 글을 쓰는 미국 작가이지만 나는 실은 기억에만 의존해 왔다. 그런데 기억이란 기껏해야 결점과 왜곡투성이의 밑천일 뿐이다. 나는 참된 미국의 언어를 듣지 못하고 미국의 풀과 나무와 시궁창이 풍기는 진짜 냄새를 모르고, 그 산과 물 또 일광의 빛깔을 보지 못했던 것이다. 오직 책이나 신문을 통해서 미국의 변화를 알았을 뿐이다. 허나 어디 그뿐이랴. 25년 동안 내 나라를 몸으로 느껴보질 못했다. 간단히 말해서 알지도 못하는 것을 써왔던 셈이다. 이른바 작가라면 이것은 범죄에 해당될 터이다. 그래서 나는 다시 내 눈으로 과연 이 거대한 나라가 어떤 나라인가 다시 발견해보리라 마음먹었다. (『찰리와 함께한 미국 여행』, 존 스타인벡, 이정우 옮김, 궁리출판)

이런 자각을 바탕으로 직접 설계하고 주문제작한 트럭을 운전하면서 애견 찰리와 함께 미국의 뒷골목 여행을 떠난 소설가가 있다. 트럭의 이름은 로시난테. 돈키호테의 애마에서 따온 것이다. 그는 4개월간 34개주를 누빈 생생한 여행기를 책으로 남긴다. 그 소설가의 이름은 존 스타인벡(1902~1968). 여행을 마치고 4년 후 그는 노벨문학상을 받는다.

존 스타인벡의 소설에서 식물은 어떻게 등장할까. 대표작인 『에덴의 동쪽』(정회성 옮김, 민음사)과 『분노의 포도』(김승욱 옮김, 민음사)를 살펴보기로 했다.

작가는 『에덴의 동쪽』에서 세 번째 문장을 이렇게 적는다. "나는 어렸을 때 보았던 갖가지 풀들과 신비한 꽃들의 이름을 아직도 기억한다." 『분노의 포도』에서는 첫머리를 이렇게 연다. "오클라호마 시골의 붉은색 땅과 회색 땅에 마지막 비가 부드럽게 내렸다. 이미 상처 입은 땅이 빗줄기에 다시 베이지 않을 만큼. 빗줄기가 개울을 이루어 흘러갔던 흔적 위로 쟁기들이 오락가락했다. 마지막 비에 옥수수가 쑥쑥 자라고, 길가의 잡초와 풀들이 점점 퍼져 나가 회색과 검붉은 색을 띠고 있던 땅이 초록색에 가려 사라져 버렸다."

아쉽다. 존 스타인벡이 '풀과 나무와 시궁창이 풍기는 진짜 냄새'와 '산과 물 또 일광의 빛깔'에서 한 발짝 더 들어갔으면 얼마나 좋았을까.

'잡초'에서 한 걸음 더 들어가 구체적인 이름을 불러주었더라면 얼마나 문장이 생생해졌을까. 잡초라는 이름의 풀은 없는 법이다. 존 스타인벡이 여섯 살 아래의 요산을 지하에서 만났다면 쓴소리 한 마디 들었을 것 같다.

———

　　내가 그를 처음 만난 것은 무교동에 있는 어느 다방 이층에서였다. (……) 여하튼 나는 그날 그의 흉악망측한 얼굴과 겁 없이 큰 목소리에 꽤나 놀랐다. 그 후에 그가 그의 아내를 이끌고 캐나다로 이민 갈 때까지 나는 상당히 빈번히 그를 만났다. 그와 나는 지독하게 술을 많이 마셨고, 많이 다퉜다. 그러는 도중에 나는 그가 무주 출신의 순촌놈이고 막둥이이며, 그의 어머니는 그에게는 할머니처럼 느껴질 정도로 나이가 많으며, 결코 오입을 하지 않으며, 오입하는 친구를 그렇다고 욕하지도 않는다는 것을 알았다. (……) 그의 아내는 메디컬센터에서 수간호사로 있었고, 그는 적은 원고료로 남편의 위치를 고수하며, 금호동 구석에서 살림을 차리고 있었다. 그와 나는 인사를 튼 후 2년만에 캐나다로 떠났다. 그 동안에 나는 그와 한번 술을 크게 마시고, 종로5가에서 반발광을 하였고, 떠나기 전날 그는 광화문 우체국 곁의 흙을 계속 씹어먹으면서 자기가 버린 조국을 한탄하였다. (김현문학전집, 『김현 예술 기행/반고비 나그네 길에』, 문학과지성사)

　　여기에서 '나'는 문학평론가 김현, '그'는 소설가 박상륭이다. 박상륭은 "서툰 영어로 캐나다에서 종합병원 시체부 청소부 노릇을 하며, 혼자 술에 취해 호수가에도 가보고, 인적 없는 거리에서 한국말로 크게 소리

지르"다가 장편소설을 완성한다. 박상륭은 이 소설을 김현에게 보내고 김현은 '문학과지성사'에서 펴낸다. 그 소설의 제목은 『죽음의 한 연구』. 영화로도 만들어졌고 두터운 매니아 층을 거느린 소설로 자리잡았다.

박상륭은 그 고된 이민 생활에서도 모국어를 잊지 않고 소설쓰기의 끈을 놓치 않았다. 무엇이 그 소설가를 그리 만들었을까. 많은 것을 들 수 있겠지만 이민 전날 광화문에서 씹어먹었다는 흙, 광화문을 배회하는 쥐들의 오줌 냄새도 적잖게 배었을 흙, 그 흙냄새도 크게 기여하지 않았을까?

한국어 중에서도 식물 이름은 한국인의 생활에서 가장 오래 되고도 친숙한 어휘공책이다. 이에 대한 연구는 한국어의 어휘 체계를 수립하는 데 기여할 수 있고 아울러 한국인의 정신 세계를 해명하는 중요한 작업이 될 수 있다. 또한 이미 명명된 식물 이름을 통하여 이름이란 게 사물이 지닌 요체와 특징, 명명자나 사용자들의 인지와 생활을 밀접하게 반영하는 것을 알 수 있다. 결국 한국인이 사물을 어떻게 인지하는가를 알 수 있다.

이는 『한국어 식물 이름의 연구』(임소영 지음. 한국문화사)라는 책의 결론을 요약한 것이다. 저자는 식물학자는 아니고 국어 어휘의 역동성을 연구하는 언어학자이다. 언어학의 박사학위 논문을 책으로 엮은 것이라 나로선 꽤 어려운 책이었다. 위에 적은 것 말고도 이 책에서 나는 두 가지 유용한 정보를 더 얻었다.

그 하나는 어휘에 관한 것이다. 우리는 무슨 말을 하고 살까. 우리가 살아가면서 가장 많이 사용하는 단어는 무엇일까. 기초어휘(basic vocabulary)란 일상의 언어생활에서 가장 기초적이고 핵심적인 어휘를 뜻하는 개념이다. 한국어의 기초어휘는 1,500개. 이 중 식물과 관련된 어휘는 28항목이라고 했다. "가시, 가지, 결, 곰팡이, 국화, 껍질, 꽃, 나리, 나무, 낙엽, 단풍, 대(竹), 넝쿨, 무궁화, 봉오리, 뿌리, 솔, 싹, 씨, 열매, 이끼, 이삭, 잎, 잔디, 장미, 줄기, 진달래, 풀."

또 하나. 이 책은 부록으로 우리나라 식물명을 모두 수록하고 있었다. 그 식물명 중에서 오로지 이름만으로 특이하거나, 엉뚱하거나, 더럽고 지저분하거나, 엉큼하거나, 냄새가 지독하거나, 무슨 사연이 있을 것 같은 식물을 골라 아래에 적는다.

부디 앞으로의 꽃산행에서 이 식물들과 모두 만날 수 있기를!

머지 않아 지하에서 저 나무들과 만났을 때 쓴소리 듣지 않기를!

그 언젠가 저 뿌리들과 몸 섞을 때 서로 낯설어 데면데면하지 않기를!

가마귀똥 갓똥 강나새끼 개구리발톱 개똥나무 개똥낭 개불알풀 꾀꽝낭 꾸지뽕나무 네귀쓴풀 노루오줌 누린내풀 다정큼나무 도꾸발떼 도독놈때 도둑놈의갈고리 도둑놈의지팡이 독새기풀 똥고리낭 똥낭 뙤짱 뚱딴지 뚱멀구 떨광나무 떨짱구 말똥비름 말오줌나무 말이빨강냉이 말오줌대 매뿔나무 밥도둑놈 밥쉬나무 방가지똥 뱀의혀 뱀혀 뽈똥나무 비듬나무 빨간개구리밥 빼뿌쟁이 삐들나무 새앙나무 소태나무 속썩은풀 송장풀 쉰쪽마늘 쉬땅나무 실망초 쒜비놈 쒜비눔 쓴마물 쓴너삼 쓴풀 씨아똥 앉은뱅이꽃 애기가래 애기닭의밑씻개 여우오줌 요강나물 이앓이풀 좀쥐오줌 중대가리풀 쥐꼬리망초 쥐꼬리풀 쥐똥나무 쥐오줌풀 지빵나무 진퍼리노루오줌 코따지 큰도둑놈의갈고리 큰땅빈대 큰가래 포리똥나무 헐떡이풀 흰수염며느리밥풀

가을

논두렁 지나 집으로 가는 길

한탄강 근처 연천 은대리에 가면 아주 특별한 거미가 있다. 이른바 물거미이다. 거미에 대해 나는 백두산 근처에서, 진도 근처에서 재미난 습성을 관찰한 바가 있었다. 이번 탐사에서 만난 물거미는 아주 각별했다. 이 거미는 물속에서 거미줄을 치고 물속 부유물을 잡아먹고 산다. 당연히 물속에 집을 짓는다.

직접 보았더라면 좋았을 텐데 거미를 직접 볼 수 있는 형편이 되지를 못했다. 전 세계에서 오직 한 종만이 존재하는 아주 귀한 거미라 했다. 우리나라에서는 이곳이 유일한 서식지이다. 물거미는 천연기념물로 보호받고 있었다.

물거미는 평생을 말 그대로 물속에서 생활한다. 물속에서 거미줄을 치고 작은 돌이나 물풀을 이용해서 집도 만든다. 물고기와 달리 육상거

미처럼 허파와 복부의 숨구멍으로 호흡하기 때문에 복부에 항상 공기방울을 붙이고 다닌다. 아가미 호흡을 하는 게 아니라 허파 호흡을 하는 것이다. 물 바깥이라면 어디 거미집이라도 볼까 했는데 이 또한 아가미가 없는 나로서는 접근할 수 있는 처지가 되질 못했다.

연천은 온 들판이 황금물결을 이루고 있었다. 거미는 그림자도 보지 못하고 안내판만 구경하고 논두렁의 식물을 관찰하기로 했다. 논에는 벼나 피만 자라는 게 아니다. 논두렁 정기를 먹고 사는 풀들이 의외로 많다. 비수리, 개여뀌, 쇠비름, 참방동사니, 미국갯기장, 까마중 등이 잘 자라고 있었다. 그 중에서도 길뚝아욱이라고도 하는 불암초가 눈길을 사로잡았다. 산중의 웬만한 야생화에 결코 뒤지지 않는 자태와 때깔을 자랑하고 있었다.

잠자리를 쫓아가다가 시선을 아래로 떨어뜨리니 논두렁이 안내하는 기막힌 풍경이 연출되었다. 저 논두렁을 타고 얼마나 많은 추억이 벌어졌는가. 논두렁을 걸어보았다. 저 멀리 은대리 마을의 정겨움이 손에 잡힐 듯 했다. 새삼스런 기분으로 논두렁을 꼭꼭 밟으며 나아갔다. 마음 속에서 솟구치는 무언가가 느껴졌다. 손바닥으로 벼의 낱알을 훑자 까끌까끌한 추억도 새록새록 돋아났다.

머리는 녹슬었다 해도 발바닥은 폭신한 두렁의 탄력에 대한 옛기억을 금세 되찾았는가 보다. 몇 걸음만 걸으려 했는데 도중에 꺾지를 못하고 끝까지 가고 말았다. 질경이가 쑥쑥 자라는 농로까지 갔다가 회전해서 돌아와서 꽃동무가 찍어준 뒷모습과 누런 벼이삭이 출렁대는 풍경의 사진을 보니 왈칵 일어나는 소감이 있었다. 나의 오늘, 지금 여기까지의 일생이 고스란히 드러나는 그림이 아니겠는가.

거미의 생활사를 보면 모두 1년생이다. 한 해를 열심히 바짝 사는 것이다. 물속에 집을 짓고 사는 물거미도 그렇다. 어디 이사할 일도 없이 이 은대리의 물속에서만 1년, 아니 평생을 살아가는 물거미의 집은 어떻게 생겼을까. 거센 물살의 흐름을 어떻게 이겨내는 구조일까. 거미집은 거미줄이 곧 집이다. 없는 듯이 있는 거미줄에 그 비밀이 감춰진 듯했다.

내 이제껏 살아온 이력이란 것도 압축해 보면 이 논두렁을 가로질러 저 마을까지로 가는 여정과 어쩌면 그리도 흡사한 것일까. 흙냄새 나는 고향을 떠나 여지껏 방황하고 우회한 결과가 저와 비슷한 아파트로 들어가기까지의 행로와 어쩌면 그리 꼭 포개지는 것일까.

거미처럼 나는 일년생도 아니라서 몇 년을 더 집에서 살아야 한다. 그러니 나머지 생이란 것도 시간의 압력에 버티려 완강한 시멘트로 지은 아파트에서 지내야 한다. 그러다가 아파트 너머 산으로 들어가든가 혹 다행스럽게도 그 산을 짚고 저 무한 창공 속으로 자유롭게 사라지든가. 연천 은대리 물거미 서식지 근처 논두렁에서 얻은 사진 한 장 속으로 내 생의 전(前)과 후(後)가 이리도 간단하게 요약되었다.

꽃산행 꽃시

1판 1쇄 찍음 2014년 11월 5일
1판 1쇄 펴냄 2014년 11월 10일

글·사진 이굴기

주간 김현숙
편집 변효현, 김주희
디자인 이현정, 전미혜
영업 백국현, 도진호
관리 김옥연

펴낸곳 궁리출판
펴낸이 이갑수

등록 1999. 3. 29. 제300-2004-162호
주소 110-043 서울시 종로구 통인동 31-4 우남빌딩 2층
전화 02-734-6591~3
팩스 02-734-6554
E-mail kungree@kungree.com
홈페이지 www.kungree.com
트위터 @kungreepress

ⓒ 이굴기, 2014. Printed in Seoul, Korea.

ISBN 978-89-5820-280-6   03810

값 15,000원